进 阶 式 对 外 汉 语 系 列 教 材
A SERIES OF PROGRESSIVE CHINESE TEXTBOOKS FOR FOREIGNERS

成功之路
ROAD TO SUCCESS

2

成功篇
ADVANCED

主　编	邱　军
副主编	彭志平
执行主编	赵冬梅
编　著	李小丽

ROAD TO SUCCESS
A SERIES OF PROGRESSIVE CHINESE
TEXTBOOKS FOR FOREIGNERS

北京语言大学出版社
BEIJING LANGUAGE AND CULTURE
UNIVERSITY PRESS

图书在版编目（CIP）数据

成功之路.成功篇.第2册/邱军主编；李小丽编著.
-北京：北京语言大学出版社，2008.12
ISBN 978-7-5619-2253-8

Ⅰ.成… Ⅱ.①邱… ②李… Ⅲ.汉语-对外汉语教学-教材
Ⅳ.H195.4

中国版本图书馆CIP数据核字（2008）第187112号

书　　　名：成功之路·成功篇（第二册）
版式设计：冯志才
责任印制：汪学发

出版发行：**北京语言大学出版社**
社　　　址：北京市海淀区学院路15号　　邮政编码：100083
网　　　址：www.blcup.com
电　　　话：发行部 82303650/3591/3651
　　　　　　编辑部 82303647
　　　　　　读者服务部 82303653/3908
　　　　　　网上订购电话 82303668
　　　　　　客户服务信箱 service@blcup.net
印　　　刷：北京外文印刷厂
经　　　销：全国新华书店

版　　　次：2008年12月第1版　2008年12月第1次印刷
开　　　本：889毫米×1194毫米　1/16　　印张：课本18.75／练习答案0.75
字　　　数：349千字　　　印数：1-2000
书　　　号：ISBN 978-7-5619-2253-8/H·08242
定　　　价：65.00元

凡有印装质量问题，本社负责调换。电话：82303590

目 录

7 古迹今日

背景阅读与练习

一 阅读文章，按要求完成各项练习

（一）

什刹海（Shíchàhǎi）往哪儿走

赵大年

① 什刹海要不要建酒吧街？这是 5 月中旬以来的热门话题。天儿暖和了，原先喜欢去三里屯泡吧的年轻人嫌那边拥挤喧嚣，纷纷来到通风良好、碧波荡漾（dàngyàng）、垂柳环绕的什刹海岸边。于是，这里已有的 30 来家酒吧的生意立刻兴隆（xīnglóng）起来，人声鼎沸（dǐngfèi），银锭桥上小轿车川流不息，据说这就是商机涌现。瞧，新酒吧陆续开张，还有多处正在"大兴土木"，又据说明年此时至少发展到 60 家，形成北京第二条酒吧街，再加上许多茶馆、旅游设施，什刹海将变成北京市区内一个文化休闲的好地方。

② 我是怀着惋惜的心情来谈论这个话题的。因为北京城里最后一片宁静、自然的景区很可能被喧嚣热闹的商业浪潮淹没掉。什刹海将失去自己的品格。它原有的品貌是怎样的呢？这里有一水相连的西海、后海、前海；有"九庙一庵（ān）"；有著名的醇（chún）亲王府，恭亲王府花园，郭守敬纪念馆，宋庆龄、郭沫若、梅兰芳、吴冠中、杨沫等名人故居（也是保存下来的四合院——老北京民居之佳作）；有 18 条曲折幽深的胡同；有"城中第一佳山水"的银锭桥。它碧水环绕、浓荫蔽道、古朴醇（chún）厚，它性情恬（tián）静、安详，文化积淀深厚，至今还没有被"钢筋水泥的现代怪物"吞噬（tūnshì），仍保留着大自然赋予的天真烂漫。世界历史文化名城北京，只有这么一个幽雅洁净的去处了，怎忍心任人涂抹（túmǒ）？

③ 什刹海往哪儿走？应该怎样开发？看来商机和酒吧是挡不住的。当年南方的运粮船队和商船经大运河直接驶进元大都，积水潭"帆樯（fānqiáng）蔽日"，码头繁忙，岸边店铺鳞次栉比（lín cì zhì bǐ），客栈、酒楼生意兴隆。后来漕（cáo）运只到通州，什刹海一带才清静下来，可见天下没有不变的光景。我只希望现在的开发是有节制的，避免掠夺（lüèduó）性占有。控制汽车，那喧嚣热闹就能减轻一半；加强治安管理，酒吧也应该是"静吧"；更不能弄成收门票的公园，应该像皇城根遗址公园那样，让平民百姓自由活动休闲。但愿咱北京人能够保护好什刹海原有的品貌：水木相亲，宁静自然。

（摘自《北京晚报》，2003 年 6 月 12 日，有删改）

简单回答下列问题：

1. 什刹海有什么变化？这种变化说明了什么？

2. "什刹海往哪儿走？应该怎样开发？看来商机和酒吧是挡不住的。"你对这句话是怎么理解的？

（二）
什刹海——老北京的味儿

① 北京的风景去处不可胜数，但我最爱去什刹海。

② 最近一次去什刹海正赶上秋天的末尾。停靠在什刹海胡同里的三轮车，像老北京的冰糖葫芦，长长的一串。车篷或红或黄，背面统一漆着"To the Hutong（到胡同去）"。黑色车身，黄铜车把，橙黄的绣花坐垫，透着股精神劲儿。车夫一般上身黄坎肩，下身收脚裤，足蹬"千层底"，把毛巾往肩上一搭，上车一声"坐稳了您哪（nei）!"，使出脚力，在胡同中逶迤（wēiyí）前行。北京的三轮车夫，多为祖辈就居住此地的老北京，一口地道的北京腔儿，张口明清，闭口民国。经恭亲王府，他讲给你

听和珅的事儿；过醇亲王府，他又讲溥仪继位。外地来的游客啧啧（zézé）称赞："在皇城根儿下住着就是不一样!"丁零零———清脆的铃声和着车夫"借光了您哪!"的吆喝声，由远及近又由近及远。这一串串车流就像一条条流动的彩练，飘忽在胡同里，点缀于绿叶老槐间。

③ 新兴起的酒吧群落也成了什刹海可观可赏的一景。一家挨一家的酒吧，设计上别出心裁。异国风情的不说，因为占压倒多数的还是中国风。比如说一家酒吧，门把儿是做旧了的铜制佛手；椅子是后背加高两三倍的传统中国太师椅；玻璃展柜五光十色，里面摆着各样儿的外国名酒，酒的包装却又中国化，是用竹签和白底蓝花儿绵纸制成的。再瞧旁边的一家酒吧，迎面是用钢钉接成的玻璃幕外墙，猛一看超现代，可它的侧身仍旧是灰色的砖墙。更有趣的是，其门前悬挂着若干硕大的竹编鸟笼，门里放着几把藤椅，可见这家店主精神上追求的还是东方传统的情致。伸向湖中的平台是一个露天酒吧，一个中年人坐在藤椅上望着湖面，就那么望着，忽略了时间，忘却了空间，躲避了世间的一切纷扰。看着他，我不禁也被他的这种心境所打动。能让一个也许正处于事业巅峰的人静下来，这就是什刹海的魅力吧。

④ 离酒吧群落不远有古玩市场，一些绝迹北京街头多年的民俗玩意儿都可以在这里寻到。卖小人儿书的，吹糖人儿的，捏（niē）面人儿的，缝小布驴、布老虎的，做风车儿的，推着自行车卖山楂糖葫芦的，应有尽有。街上交织着汉语、英语、德语、法语、俄语，有穿着唐装的外国老头儿，有戴着中国挂饰的外国姑娘，有身着冲锋衣裤、脚蹬登山鞋的青年男女，有戴着头盔（kuī）全副武装的山地自行车爱好者，还有留着长发、不修边幅的艺术家。北京大学景观设计学研究院院长俞孔坚说到什刹海，用了这样的话："……这里不仅有躲在胡同里的中国传统的民间文化，还有弥漫（mímàn）着红尘和喧嚣的都市酒吧；这里不仅有普通百姓破旧的小院，也有达官贵人辉煌耸立的红墙丽宫。什刹海就在这样不同文化、不同地位、不同肤色的相互撞击中展现它独特的魅力。"

⑤ 日薄西山。我回过头，又看了一眼什刹海，看到了一个世界的北京。

（摘自 人民网，2006 年 6 月 19 日，有删改）

简单回答下列问题：

1. 作者为什么说在什刹海"看到了一个世界的北京"？

_____

_____

_____

2. 你怎么理解"什刹海——老北京的味儿"？

_____

_____

_____

　　什刹海　是北京内城保留了原有民俗文化的富于老北京特色的传统风景区和民居保留区。由西海、后海、前海组成，是一条自西北斜向东南的狭长水面，三湖一水相通，以后海水面最大。元代这里曾是南北大运河北段的起点，水域宽阔，王府环绕，园林密布，寺庙林立，景色优美。

　　什刹海历史悠久，早在13世纪，蒙古族灭金，被称做金中都的金代北京城（在现在北京城区的西南一带）的宫殿毁于大火，元世祖忽必烈决定另建一座新的都城。什刹海是元大都规划设计的最基本的依据之一，从这个意义上可以说：先有什刹海，后有北京城。

　　酒吧一条街　什刹海周边的酒吧从2001年的两三家，现已发展到好几十家，在北京形成了继三里屯酒吧街之后的又一条特色酒吧街。加上前海原本的"水上游""胡同游"旅游项目，目前这里已经形成以前海为龙头，向后海、西海辐射的什刹海旅游休闲产业经济圈。

　　什刹海酒吧经济确实拉动了区域经济，培育了特色文化，但是它带来的违法建筑、环境破坏、交通拥堵等问题也干扰了该地区居民的正常生活，影响了首都文明形象，更限制了其自身发展。

　　现北京市政府已作出什刹海功能街区具体规划，将完成什刹海地区平房保护修缮工作和什刹海旅游文化圈的标志建筑等13项环境建设；什刹海还将按功能被分成"前海热闹活动区""后海安静休息区"和"西海垂钓区"。

背景链接

二　快速阅读下列各段，按逻辑关系将各段重新排序

（三）　　　　　　　限时：1分钟

A. 北京是六朝古都，历朝历代的皇上为祭祀设的坛不少，但这"五坛"却非常有名。时过境迁，如今这"五坛"已成为北京城重要的文化遗产和名胜古迹。

B. "五坛"是哪五坛呢？南城的天坛，北城的地坛，东城的日坛，西城的月坛，皇城的社稷（shèjì　原指土神和谷神，后用来代表国家）坛。从老北京城的版图上看，您会发现这"五坛"是按《周易》的理论设立的，南北东西都是相互对应的，体现了天、地、日、月、人的关系，说明古人设坛是非常讲究的。

C. 老北京人都知道北京有"五坛"和"八庙"。什么是坛呢？说白了就是古代举行祭祀、誓师等大典设的台子，多用土和石头等建成。

D. 由于老北京的坛不止这五个，加上有的坛现在已改为公园，所以，您如果问现在的北京人，他未必能把这"五坛"说全。

重新排序＿＿＿＿＿＿＿＿＿＿＿

（四）　　　　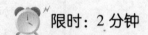限时：2分钟

A. 古人一般是在立春后的第五个戊（wù　天干的第五位）日，约在春分前后，祭祀社神。这一天也叫"社日"。早年间"社日"是一个重要节日，除了祭神，祈求（qíqiú　恳切地希望或请求）丰收年景，乡邻之间还要聚会宴饮。

B. 祭社要立社坛。皇上给自己立的社叫"五社"，"五社"按古代"天圆地方"的说法，坛顶分东、南、西、北、中五个部分，铺着青、红、白、黑、黄五色泥土，象征着五方的土地。现在在中山公园内的社稷坛，依然能看到这五色土。

C. "社稷"一词中的"社"，指的是土神，"稷"，指的是谷神（谷，指五谷，即稻、麦、黍（shǔ　小米）、稷（jì　高粱）、菽（shū　豆类））。古代中国是农业大国，人们把土神和谷神看得相当重要，古代的帝王都要祭"社"和"稷"，后来，"社稷"成了国家的代名词。

D. 辛亥革命推翻帝制后，民国三年（1914年），社稷坛被改为中央公园，是京城最早向公众开放的公园之一。1925年，孙中山先生在北京逝世后，曾在社稷坛停灵。1928年为纪念孙中山先生，中央公园又改名为中山公园。

E. 社稷坛，在中山公园内。一般的北京人都知道中山公园，但是往往把社稷坛给忽略了。

重新排序＿＿＿＿＿＿＿＿＿＿＿

（五）

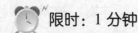 限时：1 分钟

A. 从 1985 年起，因历年春节在此举办大型庙会而闻名。

B. 地坛分内坛和外坛。坛内设有神厨、神库、宰牲亭、钟楼、斋宫等。值得一提的是地坛的坛面所铺的石头数均为偶数（ǒushù 能够被 2 整除的整数，如 2、4、6、8 等），古人以偶数为阴数，且有"天为阳，地为阴"的说法。

C. 地坛是明清两代帝王祭祀"皇地祇（zhī）神"的地方，最早叫方泽坛。明代嘉靖（Jiājìng 年号）十三年（1534 年）重新修缮后改叫地坛。

D. 1925 年，当时的京兆尹（Zhàoyǐn 类似现在的市长）薛笃弼（Xuē Dǔbì）征得内务部同意，把地坛改为京兆公园，同时安装了一些体育设备，建成了北京第一个体育场。1928 年，京兆公园改名为市民公园，后因经费困难，加上驻军肆意破坏，公园逐渐荒废。1957 年 4 月，中央政府才把这个废弃的园子修整并重新辟为公园。

重新排序＿＿＿＿＿＿＿＿＿＿

（六）

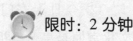 限时：2 分钟

A. 日坛又名朝日坛，建于明代嘉靖九年（1530 年），是明清两代皇帝祭祀太阳的地方。太阳在古代称为大明之神，祭祀太阳的时间是每年的春分（二十四节气之一，在 3 月 20 或 21 日）。

B. 日坛与月坛，一个在东一个在西，在北京地图上能看到二坛遥遥相对。日出东方，当然日坛要设在东边；日落月升，自然月坛应安排在西边。

C. 月坛，又名夕月坛，与日坛是同时修建的。取朝夕相对之意。月坛是明清两代皇帝祭祀月亮和天上诸星宿神的地方。

D. 月坛是用汉白玉石砌成的，高 1.50 米，面积 196 平方米。与其他坛一样，月坛也有神厨、神库、宰牲亭、祭器库等建筑。1955 年，政府将其重新修整并辟为公园，但公园很小，类似现在的街心花园，游人可以自由出入。20 世纪 60 年代，在坛址上建起了电视发射塔。1983 年，月坛公园进行了扩建，遗憾的是祭月的坛已不复存在。

E. 日坛是直径 10 丈（zhàng 长度单位，1 丈等于 10 尺）的圆形建筑，正中有一座方台，叫做拜神台，边长 16 米，高 1.89 米，砌着红琉璃砖，象征太阳，清代重修时改为方砖。现在它已成为使馆区一处幽静的公园。

重新排序＿＿＿＿＿＿＿＿＿＿＿＿

 三　阅读文章，按要求完成各项练习

（七）
天　坛

① 在故宫东南方向数公里处，有一座巨大的祭天神庙，这就是天坛。天坛所有建筑总面积是 270 万平方米，比故宫还要大 4 倍。中国的皇帝称"天子"，也就是"天的儿子"，天子的居所自然不敢大过"老天"的了。

② 今日天安门东侧的劳动人民文化宫原是皇帝祭祖的地方，西侧的中山公园原是祭祀丰收神即谷神之所。在整个北京城里，北有地坛祭地，南有天坛祭天，东有日坛祭太阳，西有月坛祭月亮，其中以天坛最为光彩夺目，气宇非凡。

③ 天坛的建筑在一条中轴线上，最南的围墙呈方形，象征地，最北的围墙呈半圆形，象征天，这种设计来自远古"天圆地方"的思想。中轴线上的三大建筑，构成了天坛的核心。南方一座叫圜（yuán）丘坛，坛呈圆形，高 5 米，直径 23 米。坛中心是一块圆石，其外共有 9 圈扇形石板，最中心一圈为 9 块，然后按 9 的倍数增加，第 9 圈共有 81 块。当年皇帝们就站在圆坛的中心虔诚地祭祀苍天。

④ 著名的祈年殿在最北边，这是天坛内最宏伟、最华丽的建筑，也是想象中离天最近的地方。皇帝离开皇穹宇（Huáng-qióngyǔ　天坛建筑之一），缓步来到这里，杀牲焚香，和天帝"秘谈"，祈求风调雨顺。祈年殿的上下三层屋顶，均用深蓝色琉璃瓦铺盖，象征天色。大殿内有 28 根楠木巨柱支持整个建筑，中间 4 根最粗壮，象征一年四季；周围 24 根又分为两圈，内圈 12 根，象征一年 12 个月，外圈 12 根，象征一天 12 个时辰（shíchen　中国古代计时的单位，一个时辰相当于现在的两个小时）；24 根合起来，又象征中国农历一年中的 24 个节气。站在殿内，仰望室顶，气势恢宏，色彩艳丽，其_____无与伦比（wú yǔ lún bǐ　没有能比得上的）。

根据文章内容，选择正确答案

1. 文中的"老天"指的是　　　　　　　　　　　　　　　　　　　　（　　）

　　A. 天坛　　　　　　　　　　　　　B. 祭天的神庙

　　C. 天　　　　　　　　　　　　　　D. 天子

2. 对"气宇非凡"最合适的解释是　　　　　　　　　　　　　　　（　　）

　　A. 气势雄伟，不同凡响。

　　B. 气度宏大，不同凡响。

　　C. 气势雄伟，广阔无边。

　　D. 气魄宏大，直冲天宇。

3. 本文描述了天坛的建筑，描述的角度是　　　　　　　　　　　（　　）

　　A. 以天坛的中心为中心点，按空间方位进行描述。

　　B. 以天坛的中轴线为中心点，按"天圆地方"的建筑物形状进行描述。

　　C. 以天坛的中轴线为中心点，按南北空间方位进行描述。

　　D. 以天坛的中轴线为中心点，按建筑物形状和南北空间方位进行描述。

4. 根据最后一个自然段的内容，填入文中横线上的词语，最恰当的是　（　　）

　　A. 影响力　　　　　　　　　　　　B. 创造力

　　C. 感染力　　　　　　　　　　　　D. 生命力

课 文

课文导读

　　这是一篇诗意浓郁的抒情散文，有两个特点。一是思路开阔，联想深广。作者由社稷坛激发起思古幽情，跨越时空，谈古论今，并且在叙述中加入适当的议论和抒情。二是知识性强，涉及到文学、历史、哲学、民俗、自然科学等，极具趣味性。

思考题

1. 你参观过北京的社稷坛吗？
2. 汉语中"社稷"一词为什么代表国家？
3. "五色土"有什么含义？

社稷坛抒情

秦牧

　　北京有座美丽的中山公园，公园里有个用五色土砌成的社稷①坛。

　　社稷坛是北京九坛②之一，它和坐落在南城的天坛遥遥相对。古代的帝王们，在天坛祭天，在社稷坛祭地。祭天为了祈求风调雨顺，祭地为了祈求土地肥沃。祭天祭地的终极目的只有一个，就是五谷③丰登，可以"聚敛贡城阙"④。五谷是从地里长出来的，因此，人们臆想的稷神（五谷）就和社神（土地）同在一个坛里受膜拜了。

　　穿过古柏参天、处处都是花圃的园林，来到这个社稷坛前，突然有一种寥廓空旷的感觉。在庄严的宫殿建筑之前，有这么一个四方的土坛，屹立在地面，它东面是青土，

---

① 社稷："社"指土神，"稷"指谷神，古代君主都祭"社"和"稷"，后来就用"社稷"代表国家。

② 九坛：指天坛、地坛、祈谷坛、日坛、月坛、太岁坛、先农坛、先蚕坛和社稷坛九坛，都是明清帝王进行各种祭祀活动的地方。

③ 五谷：稻、麦、黍（shǔ 小米）、稷（jì 高粱）、菽（shū 豆类），泛指谷物。

④ 聚敛贡城阙（jù liǎn gòng chéng què）：出自杜甫的名篇《自京赴奉先县咏怀五百字》："……彤庭所分帛，本自寒女出。鞭挞其夫家，聚敛贡城阙。……"意思是："……一匹匹丝绸（帛）被征收来运进京城。……"

南面是红土，西面是白土，北面是黑土，中间嵌着一大块圆形的黄土。这图案使人沉思，使人怀古。遥想当年帝王们穿着衮服①，戴着冕旒②，在礼乐声中祭地的情景，你仿佛能看到他们在庄严中流露出来的对于"天命"畏惧的眼色，仿佛能看到许多人慑服在大自然脚下的神情。

这社稷坛现在已经没有一点儿神秘庄严的色彩了。它只是一个奇特的历史遗迹。节日里，欢乐的人群在上面舞狮，少年们在上面嬉戏追逐。平时则有三三两两的游人在那里低徊。对，这真是一个激发人们思古幽情的所在！作为一个中国人，可以让这种使人微醉的感情发酵③的去处可真多呢！你可以到泰山去观日出，在长城顶看日落；可以在西湖荡画舫④，到南京鸡鸣寺听钟声；可以在华北平原跑马，在戈壁滩⑤上骑骆驼；可以访寻古代宫殿遗迹，或者到南方的海神庙旁看浪涛拍岸……这些节目你随便可以举出一百几十种来，但在这里面可不要遗漏掉这个社稷坛！这坛后的宫殿是华丽的，飞檐、斗拱⑥、琉璃瓦、白石阶……真是金碧辉煌！而坛呢，却很荒凉，就只有五色的泥土。然而这种对照却也使人想起：没有这泥土所代表的大地，没有在大地上辛勤劳动的劳动者，根本就不会有这宫殿，不会有一切人类的文明。你在这个土坛上走着走着，仿佛走进古代去，走到一望无际的原野上，在那里，莽莽苍苍，风声如吼。一个戴着高冠的古代诗人正在用他悲悯深沉的目光眺望大地，吟咏着这样的诗句：

> 朝东西眺望没有边际，
>
> 朝南北眺望没有头绪，
>
> 朝上下眺望没有依归，
>
> 我的驱驰不知何所底止！
>
> …………
>
> 九州⑦究竟安放在什么上面？
>
> 河床何以洼陷？

---

① 衮服（gǔnfú）：天子的礼服。

② 冕旒（miǎnliú）：古代天子的礼帽和礼帽前后的玉串。

③ 发酵（fājiào）：复杂的有机化合物在微生物的作用下分解成比较简单的物质。

④ 画舫（huàfǎng）：装饰华美而专供游人乘坐的船。

⑤ 戈壁滩（gēbìtān）：指地面几乎被粗沙、砾（lì）石所覆盖，植物稀少的荒漠地带。

⑥ 斗拱（dǒugǒng）：中国建筑特有的一种结构。在立柱和横梁交接处，从柱顶上加的一层层探出成弓形的承重的结构叫"拱"，拱与拱之间垫的方形木块叫"斗"。合称"斗拱"。

⑦ 九州（Jiǔzhōu）：传说中的中国上古行政区划，后用做"中国"的代称。

地面，从东至西究竟多少宽，从南至北多少长？

南北要比东西短些，短的程度究竟是怎样？

——屈原：《悲回风》和《天问》（引自郭沫若译诗）

这不仅仅是屈原的声音，也是许许多多古代诗人瞭望原野时曾经涌起的感情。这种"大地茫茫"的心境，是和对自然之谜的探索及对人间疾苦的愤慨联结在一起的。

想一想这些肥沃土地的来历，你会不由得涌起一种遥接万代的感情。我们居住的这个星球，最古老的时代原是一个寂寞的大石球，上面没有一株草，一只虫，也没有一层土壤。经过了多少亿万年，太阳、风雨的力量，原始生物的尸骸①，才给地球造成了一层层的土壤，每经历千年万年，土壤才增加薄薄的一层。想一想我们那土壤厚达五十公尺的黄土高原吧！那该是大自然在多长的时间里的杰作！但这还不算，劳动者开辟这些土地，是和大自然进行过多么剧烈的斗争呀！这种斗争一代接连一代继续着，我们仿佛又会见了古代的唱着《诗经》里愤怒之歌的农民，像敦煌壁画②上描绘的辛勤劳苦的农民，驾着那种和古墓里挖掘出来的陶制高轮牛车相似的车子，劳作在原野上，辛苦地开垦着田地。然而他们一代代穿着破絮③似的衣服，吃着极端低劣的食物。你仿佛看到他们在田野里仰天叹息，他们一家老小围着幽幽的灯光在饮泣；看到他们画红了眉毛，或者在头上包一块黄布揭竿而起，看到他们大批地陈尸在那吸尽了他们的汗水而后又吸尽了他们的鲜血的土地。想一想在原始社会中他们怎样匍匐在鬼神④脚下，在阶级社会中他们又怎样挣扎在重重枷锁之中。啊，这些给荒凉的大地铺上了锦绣花巾的人们，这些从狗尾草中给我们选出了稻麦来的人们，我们该多么感念他们！想象的羽翼可以把我们带到古代去，在一家家的门口清清楚楚看到他们在劳动，在饮食，在希望，在叹息，可惜隔着一道历史的门限，我们却不能和他们作半句的交谈！但怀古思今，想起了我们这个时代的农民是几千年历史中第一

---

① 尸骸（shīhái）：尸体腐烂后剩下的骨头。

② 敦煌壁画（Dūnhuáng bìhuà）：敦煌，中国最大的石窟艺术宝库。位于甘肃省敦煌市西北，始建于公元4世纪。保留了公元4世纪至11世纪的壁画与雕塑，是古建筑、雕塑、壁画三者相结合的艺术宫殿，尤以丰富多彩的壁画著称于世。

③ 絮（xù）：古代指粗的丝棉。

④ 鬼神（guǐshén）：迷信的人指鬼怪和神灵。

次真正挣脱了枷锁，逐渐离开了鬼神天命羁绊的农民，我们又仿佛走出了黑暗的历史的隧洞，突然见到耀眼的阳光了。

你在这个五色土坛上面走着走着，仿佛又回到公元前几千年去，会见了古代的思想家。他们白发苍苍，正对着天上的星辰、海里的潮汐、大地的泥土沉思。那时的思想家没有什么书籍可以阅读参考，日月经天、江河行地、四时代谢、万物死生的现象，都使他们抱头苦思。他们还远不能给世界的现象说出一个较完整的答案。但是他们终究也看出一点道理来了，世间的万事万物，有因有果，有主有从，它们互相错综地关联着……正是由于古代有这样的思想家曾这样地思考过，才给后来的历史创造了这样一座五色的土坛。

"五行"①的观念和我们这个民族一样地古老。东、南、西、北是人们很早就知道的，人们总以为自己所处是大地的中间，于是在四方之外又加上了一个"中心"。东、南、西、北、中凑成了五方五土的观念，直到今天我们还看到好些人家的屋角有"五方五土龙神"的牌位。烧陶②的方法和冶③铜技术发明了，人们在熊熊火光旁边，看到火把泥土变成了陶器，把矿石烧成溶液，木头燃烧发出了火光，水又能够把火熄灭。

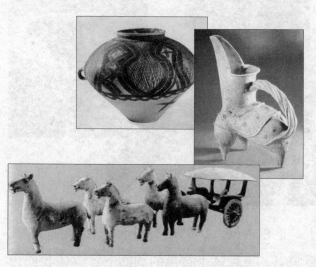

这些现象使古代的思想家想到木、火、金、水、土（依照《左传》的排列次序）是万物的本源，于是木、火、金、水、土把五行的观念充实起来了。

烧制陶器这件事使人类向文明跨前一大步，在埃及，在希腊，都由此产生了神明用泥土造人的神话。在中国，却大大地发扬了五行的观念。根据木、火、金、水、土五种东西彼此的作用，又产生了五行相克相生④的理论。根据这几种东西的颜色：树木是苍翠的，火光是红艳艳的，金属是亮晶晶的，深深的水潭是黝黑的，中原的泥土是黄色的，于是，青、赤、白、黑、黄五种颜色就被拿来配木、火、金、水、土，成为颜色上的五行了。

---

① 五行（wǔxíng）：五行学说认为，宇宙万物都因木、火、土、金、水五种基本物质的运行（运动）而存在。

② 陶（táo）：用黏土烧制的材料，质地比瓷松软，有吸水性。

③ 冶（yě）：熔炼金属。

④ 相克相生（xiāng kè xiāng shēng）：指五行中的五种基本物质互相滋生和助长，也互相制约和克服。

四方、五行的观念被古代思想家用来分析许许多多的事物，音乐中的宫、商、角、徵、羽五个音阶①，天上二十八宿②分隶青龙、朱雀、白虎、玄武（乌龟）四方，都是和这种观念紧密地联结起来的。

把世界万物的本源看成是木、火、金、水、土五种东西相互作用产生出来的，这和古代印度哲学家把万物说成是由地、火、水、风所构成，古代希腊哲学家说万物的本源是水或者火等思想的脉络是多么地近似啊。

尽管这种说法在几千年后的今天看来是奇特甚至好笑的，然而那里面不也包含着光辉的真理吗——万物的本源都是物质，物质彼此起着错综的作用……哦！我们遇见的对着泥土沉思的思想家，他们正是古代的略具雏形的唯物主义③者！

没有这些古代的思想家，我们就不会有这个五色的土坛。审视这五种颜色吧，端详这个根据"天圆地方"的古代观念建筑起来的四方坛吧！它和我们民族的古代文化之间存在着多么密切的关系啊！

我们中华民族的摇篮在黄河的中上游，那里绵亘的是一望无际的黄土高原。因此，黄色被用来配"土"，用来配"中心"，成为中华民族传统中高贵的颜色。中心是不同于四方的，能够生长五谷的土地是不同于其他东西的，黄色是不同于其他颜色的。在这个土坛的中心，黄土被特别地砌成了一个圆形。审视这个黄色的圆圈吧，它使我们想

---

① 五个音阶：指中国古乐基本音阶宫、商、角、徵、羽（gōng、shāng、jué、zhǐ、yǔ）。中国先秦时期总共有七音，除宫、商、角、徵、羽外，还有变徵、变羽，对应西方的 do、re、mi、fa、sol、la、ti。

② 二十八宿（èrshíbā xiù）：又称为二十八星或二十八星宿。最初是古人为比较日、月、金、木、水、火、土的运动而选择的二十八个星官，作为观测时的标记。"宿"的意思和黄道十二宫的"宫"类似，表示日月五星所在的位置。

③ 唯物主义（wéiwù zhǔyì）：哲学中两大派别之一。认为世界按其本质来说是物质的，是在人的意识之外、不依赖于人的意识而客观存在的。物质是第一性的，意识是物质存在的反映，是第二性的。世界是可以认识的。

起奔腾澎湃的黄河，想起在地下不断被发掘出来的古代村落，也想起那古木参天的黄帝①的陵墓②。

我多么想去抱一抱那些古代的思想家，没有他们的艰苦探索，就没有今天人类的智慧。正像没有勇敢走下树来的猿人③，就不会有人类一样。多少万年的劳动经验和生活智慧积累起来，才有了今天的人类文明啊。每一个人在人类智慧的长河旁边，都不过像一只饮河的鼹鼠④；在知识的大森林里面，都不过像一只栖于一枝的鹪鹩⑤。这河是多少亿万滴水汇成的啊，这森林是多少亿万株草木构成的啊！

瞧着这个社稷坛，你会想起中国的泥土，那黄河流域的黄土，四川盆地的红壤，肥沃的黑土，洁白的白垩⑥土……你会想起文学里许许多多关于泥土的故事：有人包起一包祖国的泥土藏在身旁到国外去；有人临死留下遗嘱，必须用祖国的泥土撒到自己胸上；有人远从异国归来，俯身去吻了自己国门的土地……这些动人的关于泥土的故事，使人对五色土发生了奇异的感情，仿佛它们是童话里的角色，每一粒土壤都可以叙述一段奇特的故事，或者唱一首美好的诗歌一样。

瞧着这个紧紧拼合起来的五色土坛，一个人也会想起国土的统一，在我们的土地上，为了统一而发生的战争该有多少万次呀！然而严格说来，历史上的中国从来没有高度统一过。四分五裂，豪强纷纷划地称王的时代不去说它了，就是号称强盛统一的时代，还有许多拥兵自重的藩镇⑦，许多专权的权贵，许多地方的豪强，在他们的领地里当着小皇帝，使中央号令不行，使国中还有许许多多的小国。中国历史上没有一个时期像今天这样高度统一过。古代思想家曾预言："不嗜杀人者能一之。"⑧由于劳动者登上了历史舞台，竟使这一句话在两千多年后空前地应验了。

---

① 黄帝（Huángdì）：指中国古代传说中的帝王轩辕氏。

② 陵墓（língmù）：指帝王的坟墓。

③ 猿人（yuánrén）：最原始的人类。

④ 鼹鼠（yǎnshǔ）：外形像鼠的一种哺乳动物。捕食昆虫，也吃农作物的根。

⑤ 鹪鹩（jiāoliáo）：一种鸟。羽毛赤褐色，体长约10厘米，多在灌木丛中生活。

⑥ 白垩（bái'è）：由古生物残骸积聚形成的一种石灰岩。白色，质软，用作粉刷材料等。

⑦ 藩镇（fānzhèn）：唐代中期在边境和重要地区设节度使，掌管当地的军政，后来权力逐渐扩大，兼管民政、财政，形成军人割据，常与朝廷对抗，历史上叫做"藩镇"。

⑧ 不嗜（shì）杀人者能一之：孟子的名言，是说"不随便杀人的国君能统一天下"，即善良、仁爱者能统一天下。

我在这个土坛上低徊漫步，想起了许许多多的事情。我们未尝"前不见古人，后不见来者"①，凭着思想和感情的羽翼，我们尽可去会一会古人，见一见来者。我仿佛曾经上溯历史的河流，看见了古代的诗人、农民、思想家、志士，看他们的举动，听他们的声音，然后又穿过历史的隧洞，回到阳光灿烂的现实。啊，做一个历史悠久的民族的子孙是多么值得自豪的一回事！回溯过去，瞻望未来，你会觉得激动，很想深深呼吸一口新鲜的空气，想好好地学习和劳动，好好地安排在无穷的时间之中一个人仅有一次，而我们又恰巧生逢其时的宝贵的生命。

啊，这座发人深思的社稷坛！

（摘自《长河浪花集》，人民文学出版社，1978年，有删改）

思考与回答

1. 请介绍一下社稷坛。

    之一   遥遥相对   祭祀   风调雨顺   五谷丰登   五色土

2. "五色土"是怎么来的？

    思想家   五行   五方五土   本源   相生相克   二十八宿

3. "五色土"有什么含义？请谈谈你的理解。

4. 本文抒写了一种怎样的情怀？

5. 作者谈古论今、上下纵横的丰富联想是怎样展开的？

背景链接

    秦牧（1919—1992），原名林觉夫，广东澄海人。中国当代著名散文作家。他的作品追求哲理的阐述，题材广泛，知识性和趣味性十足。代表作有散文《土地》、《花蜜与蜂刺》等。

---

① 前不见古人，后不见来者：古人、今人之中从未有过的。形容有独创精神，做别人没做过的事。

词语

1.	砌	qì	(动)	用和好的灰泥把砖、石等一层层地垒起来。
2.	坛	tán	(名)	古代举行祭祀、誓师等大典用的台，多用土石建成。
3.	遥遥	yáoyáo	(形)	形容距离远。
4.	祭	jì	(动)	（祭祀）传统习俗，用供品向神佛或祖先行礼，表示崇敬并求保佑。
5.	祈求	qíqiú	(动)	恳切地希望或请求。
6.	肥沃	féiwò	(形)	（土地）含有适合植物生长的养分、水分。
7.	臆想	yìxiǎng	(动)	主观的想象。
8.	参天	cāntiān	(动)	形容（树木）高耸在天空中。
9.	花圃	huāpǔ	(名)	种花草的园地。
10.	寥廓	liáokuò	(形)	〈书〉高远空旷。
11.	遥想	yáoxiǎng	(动)	想象（久远的将来）；回想（遥远的过去）。
12.	畏惧	wèijù	(动)	害怕。
13.	眼色	yǎnsè	(名)	向人示意的目光。
14.	慑服	shèfú	(动)	因恐惧而顺从。
15.	追逐	zhuīzhú	(动)	追赶。
16.	低徊	dīhuái	(动)	〈书〉徘徊；在一个地方来回地走。
17.	激发	jīfā	(动)	刺激使奋发。
18.	幽情	yōuqíng	(名)	深远的感情。
19.	荡	dàng	(动)	摇动；划。
20.	遗漏	yílòu	(动)	应该列入或提到的，因疏忽而没有列入或提到。
21.	对照	duìzhào	(名)	（人或事物）相比较的内容。
22.	原野	yuányě	(名)	平原旷野。
23.	莽莽	mǎngmǎng	(形)	形容原野辽阔，无边无际。

24.	苍苍	cāngcāng	(形)	①（环境）苍茫；②（头发）灰白。
25.	悲悯	bēimǐn	(动)	哀怜；怜悯。
26.	深沉	shēnchén	(形)	思想感情不外露。
27.	眺望	tiàowàng	(动)	从高处往远处看。
28.	吟咏	yínyǒng	(动)	有节奏有韵调地诵读诗文。
29.	头绪	tóuxù	(名)	复杂纷乱的事情中的条理。
30.	洼陷	wāxiàn	(动)	（地面）凹陷进去。
31.	瞭望	liàowàng	(动)	登高向远处望。
32.	茫茫	mángmáng	(形)	没有边际看不清楚。
33.	愤慨	fènkǎi	(形)	气愤不平。
34.	公尺	gōngchǐ	(量)	公制长度单位，米的旧称。
35.	杰作	jiézuò	(名)	超过一般水平的好作品。
36.	开辟	kāipì	(动)	开拓、发展。
37.	愤怒	fènnù	(形)	因极度不满而情绪激动。
38.	极端	jíduān	(副)	极其；表示程度极深。
39.	低劣	dīliè	(形)	质量很差。
40.	幽幽	yōuyōu	(形)	形容光线微弱。
41.	饮泣	yǐnqì	(动)	〈书〉泪流满面，流到口里去，形容悲哀到了极点。
42.	而后	érhòu	(连)	然后。
43.	匍匐	púfú	(动)	爬行。
44.	阶级	jiējí	(名)	人们在一定的社会生产体系中，由于所处的地位不同和对生产资料关系的不同而分成的集团。
45.	锦绣	jǐnxiù	(名)	指精美鲜艳的丝织品。
			(形)	比喻美丽或美好。
46.	感念	gǎnniàn	(动)	因感激或感动而思念。
47.	羽翼	yǔyì	(名)	翅膀。
48.	门限	ménxiàn	(名)	〈书〉门槛。

49.	羁绊	jībàn	（动）	〈书〉缠住了不能脱身；束缚。
50.	隧洞	suìdòng	（名）	在山中或地下凿出的通路。
51.	潮汐	cháoxī	（名）	海洋水面由于月亮和太阳的吸引力的作用而发生的定时涨落现象。
52.	代谢	dàixiè	（动）	交替；更替。
53.	错综	cuòzōng	（动）	纵横交叉。
54.	熊熊	xióngxióng	（形）	形容火势旺盛。
55.	陶器	táoqì	（名）	用黏土烧制的器皿。
56.	燃烧	ránshāo	（动）	物质剧烈氧化而发光、发热。
57.	熄灭	xīmiè	（动）	停止燃烧。
58.	次序	cìxù	（名）	事物在空间或时间上排列的先后。
59.	苍翠	cāngcuì	（形）	（草木）深绿。
60.	红艳艳	hóngyànyàn	（形）	形容红得鲜艳夺目。
61.	黝黑	yǒuhēi	（形）	形容非常黑；黑暗。
62.	隶	lì	（动）	附属。
63.	脉络	màiluò	（名）	比喻条理或头绪。
64.	近似	jìnsì	（动）	相近或相像但不相同。
65.	端详	duānxiáng	（动）	仔细地看。
66.	绵亘	miángèn	（动）	（山脉）接连不断。
67.	澎湃	péngpài	（形）	形容波浪互相撞击。
68.	遗嘱	yízhǔ	（名）	人在生前或临死时用口头或书面形式嘱咐身后各事应如何处理。
69.	国土	guótǔ	（名）	国家的领土。
70.	豪强	háoqiáng	（名）	旧时指依仗权势欺压人民的人。
71.	强盛	qiángshèng	（形）	（国家）强大而昌盛。
72.	专权	zhuānquán	（动）	独揽大权。
73.	预言	yùyán	（名）	预先说出的关于将来要发生的事。
74.	空前	kōngqián	（形）	以前所没有的。
75.	应验	yìngyàn	（动）	（预言、预感）和后来的事实相符。

76.	漫步	mànbù	(动)	没有目的而悠闲地走。
77.	未尝	wèicháng	(副)	未曾。
78.	上溯	shàngsù	(动)	从现在往上推（过去的年代）。
79.	举动	jǔdòng	(名)	动作；行动。
80.	回溯	huísù	(动)	回忆；回顾。
81.	瞻望	zhānwàng	(动)	往远处看；往将来看。
82.	恰巧	qiàqiǎo	(副)	恰好；凑巧。

四字词语

1.	风调雨顺	fēng tiáo yǔ shùn	风雨适合农业生产。
2.	五谷丰登	wǔgǔ fēngdēng	形容粮食丰收。丰登：丰收。
3.	三三两两	sānsānliǎngliǎng	三个一群两个一伙（多指人）。
4.	金碧辉煌	jīnbì huīhuáng	形容建筑物非常华丽，光彩夺目。
5.	揭竿而起	jiē gān ér qǐ	泛指人民起义。
6.	一望无际	yí wàng wú jì	一眼看不到边，形容辽阔。
7.	四分五裂	sì fēn wǔ liè	形容分散，不完整，不团结。
8.	发人深思	fā rén shēn sī	启发人深刻思考。

专有名词

	Zhōngshān Gōngyuán		
1.	中山 公园	公园名，位于北京市天安门城楼西侧。
	Tài Shān		
2.	泰山	中国五岳中的东岳。在山东省中部，海拔 1545 米。

Huáběi Píngyuán

3. 华北 平原　位于黄河下游，主要由黄河、淮河、海河等河流冲积而成。面积约 30 万平方公里，地势平坦，大部分海拔在 50 米以下。

Huáběi

4. 华北　指中国北部北京市、天津市、河北省、山西省以及内蒙古自治区一带地区。

Qū Yuán

5. 屈 原　（约公元前 340—约前 277）名平，丹阳（今湖北秭归）人。战国末期楚国人，杰出的政治家和爱国诗人。

Bēihuífēng

6. 《悲回风》　屈原所作。见楚辞《九章》，创作于约公元前 280 年，当时屈原 60 岁。

Tiānwèn

7. 《天问》　屈原所作。见楚辞《天问》，创作于约公元前 278 年，是为绝笔之作，当时屈原 62 岁。

Guō Mòruò

8. 郭 沫若　（1892—1978）四川乐山人。中国现代著名学者、现当代诗人、剧作家、历史学家、古文字学家。

Huángtǔ Gāoyuán

9. 黄土 高原　西至祁连山东端，东至太行山，北起长城，南达秦岭。包括黄河中上游的山西省、陕西省、甘肃省东部、宁夏回族自治区东南部以及河南省西部。海拔 800—1500 米，面积 40 多万平方公里，是世界上黄土分布最广的地区。

Shījīng

10. 《诗经》　中国最早的一部诗歌总集，共收录周代诗歌 305 篇。原称"诗"或"诗三百"。

Zuǒzhuàn

11. 《左传》　《春秋左氏传》的简称，又名《左氏春秋》，先秦散文，作者左丘明。

Āijí

12. 埃及　阿拉伯埃及共和国。英文名"The Arab Republic of Egypt"。

Xīlà

13. 希腊　希腊共和国。英文名"The Republic of Greece"。

Sìchuān Péndì

14. 四川　盆地　　　　位于四川省东部，是中国著名的外流盆地。长江斜穿其东南部，面积约 20 万平方公里，盆地底部海拔 300—700 米，为中国重要农业区之一。

词语讲解与练习

 词语例释

1. 对照

名词 表示人和事物相比较的内容。

◎ 然而这种对照（华丽的宫殿和荒凉的社稷坛）却也使人想起：没有这泥土所代表的大地，没有在大地上辛勤劳动的劳动者，根本就不会有这宫殿，不会有一切人类的文明。

① 昨天他在夺冠后表现出的冷静与三年前首次夺得世界冠军时形成鲜明的对照。

📖 可作主语、宾语。

动词 表示人或事物相比，含有"对比"的意思。用来比较人和事物的高低、上下、优劣等。既可用于相反或相对的事物，也可用于并列的事物。

② 对照别的企业找差距，这是十年来我们公司持续发展的经验之一。

📖 可带名词宾语（~ + 人/物）。

③ 把双方力量对照一下，就知道谁能赢了。

④ 这两种型号的汽车我们要好好对照一番，以找出它们各自性能的优良之处。

📖 后面可加动量词"次、回、下、遍、番"。

⑤ 两幅画的色彩对照起来，可以看出一点儿区别。

⑥ 调查结果显示，超过50%的读者和观众习惯于将不同媒体和不同消息来源的报道对照起来考虑。

📖 后面可加趋向动词"起来"。

⑦ 对照原文一看，我翻译错了好几个地方。

⑧ 新版交通指示标志采用中英文对照设计，使外国游客的出行更加便利。

⑨ 这套模拟试题要求考生对照答案和试题分析、纠正错误，查找不足。

⑩ 各地区还应对照该法对本地区有关地方性法规、规章进行一次全面清理。

📖 "对照"用作动词时，还含有"互相对比参照、参看"的意思。

2. 极端

| 副词 | 表示程度极深。

◎ 然而他们一代代穿着破絮似的衣服，吃着极端低劣的食物。

① 离婚以后，她感到极端痛苦。

② 今年夏天，除中国以外，巴基斯坦、欧洲中南部国家等也出现了持续性极端高温的天气。

③ 这场灾难让我们用生命的代价重新认识了公共环境卫生的极端重要性。

📖 可修饰形容词。

| 形容词 | 表示达到顶点的。含有"绝对""偏激"的意思。

④ 对就业问题，部分大学生的想法太极端了。

⑤ 当然，这是一个很极端的例子。

⑥ 为了讨回属于他和其他四个兄弟的被拖欠的8000元工资，这个民工采取了极端的做法。

📖 可受副词"很、太"修饰；可修饰名词。不能重叠。

| 名词 | 表示事物顺着某个发展方向达到的顶点。

⑦ 看问题要全面，不能走极端。

⑧ 你刚才还要买高档家具，现在却要买这么低廉的家具，真是从一个极端到另一个极端。

⑨ 气候变暖导致天气和气候出现极端，这些现象正在引起全球各方面的关注。

📖 可作宾语。含贬义。

3. 而后

连词　表示接着某一行为、动作之后发生；含有"然后"的意思。

◎ 看到他们画红了眉毛，或者在头上包一块黄布揭竿而起，看到他们大批地陈尸在那吸尽了他们的汗水而后又吸尽了他们的鲜血的土地。

① 她坐在小板凳上，时时起立望一望，而后又坐下做小玩艺儿。

② "世纪行"车队先在北京会合休整，而后还将开往天津、济南、上海等城市。

③ 小伙子仰脸看了看天空，而后很勉强地笑了笑。

④ 宠物者协会计划先对这些流浪犬进行健康检查，而后会招募志愿者为其中的一些进行美容以供其他居民认养。

⑤ 这条信息先是在校园里传播，而后又借助广播电台和手机短信更广泛地扩散开来。

⑥ 顺理成章地，他当上了典型，当上了领导，而后在当地娶妻生子。

📖 "而后"的后面必有另一行为、动作。用于书面。多修饰动词、动词短语。

⑦ 只有这些说不出的情感是爱情的生命。爱情是由双方心底的甜美逐渐融合，而后美满的。

📖 "而后"也可修饰形容词，但用得不多。

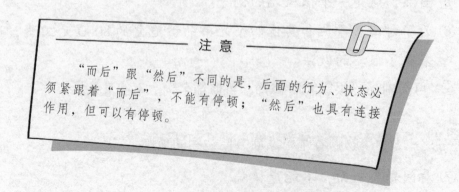

— 注 意 —

"而后"跟"然后"不同的是，后面的行为、状态必须紧跟着"而后"，不能有停顿；"然后"也具有连接作用，但可以有停顿。

4. 未尝

副词 表示"不是""没有"的意思。

◎ 我们未尝"前不见古人，后不见来者"，凭着思想和感情的羽翼，我们尽可去会一会古人，见一见来者。

① 要是时间充裕的话，坐火车去欧洲也未尝不可。

② 终于有家了，然而他对于家庭未尝不失望。……因此他得出一个结论：他现在有了妻子，但失去了一个恋人。

③ 对电脑游戏的看法可以说是众说纷纭，我认为能在虚拟世界里肆意张扬个性和放松神经未尝不是一件好事。

④ "不问收获，只问耕耘"，也未尝不是一种解嘲的办法。况且退一万步讲，能够这样想，也未尝不是一种超脱。

📖 用在"不""没有""无"等否定词前面，构成双重否定，表示肯定。前面多有副词"也"。语气比较委婉，多用于书面。

⑤ 未尝参观过"绿色农业"的人，值得去看看。

⑥ 像今天这样的突发事件，是他未尝经历过的，可以说铭心刻骨。

⑦ 他也从来未尝料到，素不相识的堂哥对他真有一股真挚的手足之情。

⑧ 中国男篮在奥运会上取得了未尝有过的好成绩。

⑨ 她有些怀疑，是不是他们的相机里未尝装有底片，"咔嚓、咔嚓"不停地按快门不过是造气氛，糊弄人。

📖 有"未曾""不曾"的意思，表示动作、行为没有发生或出现。用于书面。作状语，修饰动词短语。

5. 恰巧

副词 表示事情的发展正是时机，可以是希望发生的，也可以是不希望发生的。有"恰好""凑巧"的意思。

◎ 回溯过去，瞻望未来，你会觉得激动，很想深深呼吸一口新鲜的空气，想好好地学习和劳动，好好地安排在无穷的时间之中一个人仅有一次，而我们又恰巧生逢其时的宝贵的生命。

① 他正愁没人帮他卸车，恰巧这时候老王来了。

② 小李想换一个工作，恰巧有一家公司招聘，他就去应聘了。

③ 小偷在超市里行窃，恰巧被市公安局一位便衣警察看到，当场人赃俱获。

④ 假如让女孩儿来做这样的工作，那就再合适不过了。而我呢，恰巧不是个女孩儿。

⑤ 他的家庭是沙漠中的一块小绿洲，只能供给来到此地的人一些清水、食物，没有更大的意义。祥子恰巧来到这个小绿洲。

📖 作状语，修饰动词短语。可放在主语前，也可放在主语后。

⑥ 两个人的方案像经过讨论了似的，恰巧一致。

⑦ 大家都以为，要不是凭借外人的帮助，这样出色的设计小王是完成不了的，但是事实恰巧相反。

📖 修饰形容词时，表示程度或事物的比较。

⑧ 他的体重恰巧90公斤，符合比赛要求。

⑨ 我们今年的销售量比起去年来，不多不少，恰巧两倍。

📖 修饰数量词时，表示时间、数量不多不少正合适。有"正好""正合适"的意思。

 二 词语辨析

1. 激发　激励

激发

◎ 节日里，欢乐的人群在上面舞狮，少年们在上面嬉戏追逐。平时则有三三两两的游人在那里低徊。对，这真是一个激发人们思古幽情的所在！

① 航模比赛活动重在激发孩子们对科学的热爱。

② 它激发了我们农牧民学习知识、科技的热情。

③ 平等交流激发了受教育者参与和接受教育的积极性。

④ 我想到李白、杜甫在那遥远的年代，以一叶扁舟，搏浪疾进，那该是多么雄伟的搏斗啊，会激发起诗人多少瑰丽的诗情啊！

激励

⑤ 她不服输的劲头总是激励着队友。

⑥ 他们希望这本书能激励着父亲坚强地活下去。

⑦ 这更加激励了张俊荣对剪纸艺术的执著追求。

⑧《企业法》第三章第十六条 国有资产监督管理机构应当建立健全适应现代企业制度要求的企业负责人的选用机制和激励约束机制。

异同归纳		激发	激励
同	词性	动词	
	词义	表示激起人向上的情绪。	
	语体风格	书面语	
	语法功能	能带宾语。	
异	词义侧重	着重于刺激鼓舞使人振奋精神。	着重于刺激鼓舞使人奋发向上。
	语义轻重	较轻	略重
	搭配对象	灵感、热情、思想、斗志、勇气、进取心、上进心、爱国心、自豪感、荣誉感……	表示人的代词、名词；也可以是"进取心、上进心、朝气"等抽象词语。
		多是表示抽象事物的词语，如课文例句、例句①—④。	多是表示人的词语，如例⑤⑥；也可以是抽象词语，如例⑦⑧。
	语法功能	作谓语，常带动态助词"了"，如例②；后面可加动量词"下、次、回"；后面可加趋向动词"起、起来"，如例④；一般不作定语。	作谓语，常带动态助词"着"，如例⑥；可以作定语，如例⑧。

2. 愤慨　愤怒

愤慨

◎ 这不仅仅是屈原的声音，也是许许多多古代诗人瞭望原野时曾经涌起的感情。这种"大地茫茫"的心境，是和对自然之谜的探索及对人间疾苦的愤慨联结在一起的。

① 大家对此次旅游团的不公正遭遇极其愤慨。

② 冯南愤慨地告诉我，山上的树又被砍伐了许多。

③ 听众对他演讲的感想是：那种愤慨的言辞很长时间没有听到了。

④ 李先生对大中音像器材城如此对待消费者的行为表示愤慨和无奈。

愤怒

◎ 我们仿佛又会见了古代的唱着《诗经》里愤怒之歌的农民，像敦煌壁画上描绘的辛勤劳苦的农民，驾着那种和古墓里挖掘出来的陶制高轮牛车相似的车子，劳作在原野上，辛苦地开垦着田地。

⑤ 大海愤怒了，掀起巨大的波涛。

⑥ 由于该装修公司推卸责任，愤怒的王建民将其告上了法庭。

⑦ 北风狂卷着雪和风沙，愤怒地吼叫着。

⑧ 服务员的强硬态度激起了大家的愤怒。

⑨ 我愤怒得一下子冲到他的门前，若不是朋友拉开我，我真想扇他一嘴巴。

⑩ 两个小时后，得不到明确答复的旅客再一次愤怒了。

⑪ 航空公司的解释无济于事，旅客们再次愤怒起来。

异同归纳		愤慨	愤怒
同	词性	形容词	
	词义	形容因非常不满而感情激愤。	
	语法功能	可作谓语、定语、状语、宾语。不能重叠。	
异	词义侧重	着重于气愤不平而态度激昂，如课文例句、例句①—④。	着重于激愤的情绪达到极点，如课文例句、例句⑤—⑪。
	语义轻重	较轻	略重
	词语搭配	表示～　　引起～ 引发～　　激起～ ～的言辞……	～的人群　　～的气氛 ～的面孔　　～的火焰……
	语法功能	无右边的用法。	后面可加"了、着、过"，如例⑤⑦； 后面可加趋向词"起来"，如例⑪； 后面可加量词"次、回"； 后面可加补语，如例⑨。
	语体风格	书面语色彩很浓。	书面语色彩没有"愤慨"浓。多用于描写，如例⑤⑦。

3. 挖掘　发掘

挖掘

① 再生水回用成为挖掘水源的另一途径。

② 宣武区菜园街危改工地在施工时挖掘出十余件窖藏文物。

③ 在大规模的社会背景上研究现代人的性格是很有意思的，至少跟钻进小说里去研究、挖掘一番同等重要。

④ 只有他，当仁不让，不辞辛苦，把渐成绝响的剧目挖掘出来，加以整理，打破了花脸行的沉寂，得到观众的赞扬。

⑤ 横贯两地区的"排灌大渠"已着手挖掘起来。

发掘

◎ 在这个土坛的中心，黄土被特别地砌成了一个圆形。审视这个黄色的圆圈吧，它使我们想起奔腾澎湃的黄河，想起在地下不断被发掘出来的古代村落，也想起那古木参天的黄帝的陵墓。

⑥ 这次在"古代文明"展上，我见到了大量考古发掘出来的中国瓷器。

⑦ 三十多年的考古发掘工作，使我们对于中华文明的起源问题的研究，能够从殷墟文化向上追溯。

⑧ 这里展出的是平顶山古应国墓地发掘出的部分陶礼器。

⑨ 他们考释词语，发掘新义，论点明确，证据充分，确实使人信服。

⑩ 此项研究对探索如何延长队员的运动生命、充分发掘他们的潜能十分有益。

异同归纳		挖掘	发掘
同	词性	动词	
	词义	表示把未显露的东西从里面取出来、找出来或发挥出来。可用于具体的事物，也可用于抽象的事物。	
异	词义侧重	着重于把深藏着的东西取出来、找出来或发挥出来，如例③④。	着重于强调努力去发现隐藏的东西并取出来、找出来或发挥出来，如课文例句、例⑥—⑩。
	搭配对象	泥土、河道、地下财富、宝藏、古物、古城堡……（具体物）人才、史料、潜力、意义、内涵……（抽象物）如例③；思想、传统剧目、传统艺术、文化遗产……如例④；搭配范围更宽。	地下财富、宝藏、古物、古城堡……（具体物）如课文例句、例⑥⑦⑧；人才、史料、潜力、意义、内涵……（抽象物）如例⑨⑩；搭配范围相对要窄。
	语法功能	后面可加动量词"次、番、下"，如例③；后面可加趋向动词"出、出来、起来、下去"，如例②④⑤。	后面可加趋向动词"出、出来"，如例⑥⑧。

4. 近似　相似

近似

◎ 把世界万物的本源看成是木、火、金、水、土五种东西相互作用产生出来的，这和古代印度哲学家把万物说成是由地、火、水、风所构成，古代希腊哲学家说万物的本源是水或者火等思想的脉络是多么地近似啊。

① 这里的风俗习惯近似于我们国家的南部地区。

② 这里的居民说着和我们非常近似的乡音，房屋建筑形式以及风俗习惯也都和家乡相仿。

③ 天天乐队用近似疯狂的表演向当地人展示了精彩的现代摇滚音乐。

④ 受导师影响，他们俩的研究方法也慢慢近似起来。

相似

◎ 这种斗争一代接连一代继续着，我们仿佛又会见了古代的唱着《诗经》里愤怒之歌的农民，像敦煌壁画上描绘的辛勤劳苦的农民，驾着那种和古墓里挖掘出来的陶制高轮牛车相似的车子，劳作在原野上，辛苦地开垦着田地。

⑤ 她感到新的环境既陌生，又与过去曾经经历的某些生活相似。

⑥ 这所大学的校园风景秀丽，其景观跟公园很相似。

⑦ 这两人长得很相似，好像是兄弟俩。

⑧ 比较的结果，德国 ICE（城际高速铁路的简称）的制式与法国 TGV（高速列车的简称）有很大相似之处。

异同归纳		近似	相似
同	词义	表示彼此相近或相像。	
	语法功能	作谓语、定语；能受程度副词修饰。	
异	词性	动词	形容词
	词义侧重	表示二者相近或相像但不相同，如课文例句、例①②④。	形容二者有相同点或共同点，如课文例句、例⑤—⑧。
	语义轻重	较轻	略重
	搭配对象	近似＋事物	人、事物、处所＋相似
	语法功能	可带宾语（后面可加介词"于"：近似于……），如例①；后面可加趋向动词"起来"，如例④。	不能带宾语（跟/与/和……相似），如例⑤；不能加趋向动词。可作补语，如例⑦。
	固定搭配		～形（数学用语）

三　词语搭配

1. 对照

鲜明的 ～	形成 ～	暗暗 ～ 了一下
强烈的 ～	进行 ～	～ 起来考虑
明显的 ～	作 ～	与别的企业 ～

2. 燃烧

～的火焰	烈日在头上 ～	希望 ～ 起来了
一颗 ～ 的心	到处 ～	恋爱的火苗正 ～ 着
～ 着的土地	熊熊 ～	～ 起愤怒的火焰

3. 熄灭

灯火 ～	行将 ～	倏然间一切 ～
火 ～了	早已 ～	蜡烛随时会 ～
～了怒火	已经 ～	燃烧着的火焰一下 ～ 了

4. 深沉

～的感情	～地思索	十分～的姑娘
～的思念	～地理解	思想～得很
～的忧虑	感情～地说	目光那么～

四 练习

（一）模仿例子组成新词语

1. 图案 　　　案 　　　案 　　　案

2. 低劣 　　　劣 　　　劣 　　　劣

3. 流露 　　　露 　　　露 　　　露

4. 熄灭 　　　灭 　　　灭 　　　灭

5. 眼色 　　　色 　　　色 　　　色

6. 专权 　　　权 　　　权 　　　权

7. 交谈 交　　　 交　　　 交　　　

8. 深沉 深　　　 深　　　 深　　　

9. 可惜 可　　　 可　　　 可　　　

10. 无穷 无　　　 无　　　 无　　　

11. 预言 预　　　 预　　　 预　　　

12. 极端 极　　　 极　　　 极　　　

（二）选择恰当的词语填空

激发　激励　　愤慨　愤怒　　挖掘　发掘　　相似　近似

1. 听说有几个高年级学生欺负腿脚有点儿残疾的小林林，小伙伴们异常＿＿＿＿＿

　　＿＿＿

2. 我认为，人才是指那种有很高的工作热情，具有敏锐的判断力和决断力，并能
　　_____起团队精神的人。

3. 打了一个多月官司，最后法庭裁决"东升"和"东生"商标属于相_____
　　____的商标。

4. 据说文身最早起源于远古时代的图腾崇拜，该风潮在20世纪70年代又被重新
　　_____，带动潮流的是众多的影视、体育明星。

5. 关于怎样保护环境、创建节能型社会，中国和其他国家面临着许多_____
　　的问题。

6. 虽然三令五申（sān lìng wǔ shēn），但该工厂仍将工业污水排入下水道，由此
　　激起了小区居民的强烈_____。

7. 大学应该创造一种相互_____与合作、鼓励改革创新、对未来充满信心
　　的氛围（fēnwéi）。

8. 一个人如果被错误思想束缚住手脚，潜力丝毫没有发挥出来，他只是个普普通
　　通的人罢了，但是一旦挣脱各种枷锁，_____出潜力，他就会一变而成
　　为伟大的人物了。

（三）用指定词语完成句子

1. 你先别急着动笔，_____。（而后）

2. _____，我所接近的农民只是常来我家的一些乡亲。（未尝）

3. _____，我明白他的意思是让我别再费口舌了。（眼色）

4. _____，这个星期我恐怕交不了稿了。（对照）

5. 生活并不像你理解的那样简单，没有什么矛盾，只要_____
　　_____。（挖掘）

6. 今年遭遇了比往年更严重的沙尘暴天气，这表明_____
　　_____。（极端）

（四）用指定词语完成下列对话

1. A：真是难以置信，好几年不碰泥塑的王刚居然还能有这么好的作品。

　　B：_____。（激发）

2. A：你不是急着去取邮件吗？怎么还没走？

   B：_____。（恰巧）

3. A：新版的新闻记者证与现行的有何不同？

   B：_____。（对照）

4. A：请问，你们如此大力度地提倡乘公交出行的目的是什么？

   B：_____。（举动）

5. A：现在减肥广告满天飞，大有愈演愈烈的势头。

   B：_____。（低劣）

6. A：敦煌艺术来自于古代画工们从心灵深处的创造力，是真正的艺术品，即使
      历经千百年，仍能给人以强烈的感染力。

   B：_____。（杰作）

7. A：据说中国最大的粮食基地在东北，是吗？

   B：_____。（肥沃）

（五）选择适当的四字词语填空

| 发人深思 | 风调雨顺 | 金碧辉煌 | 三三两两 |
| 一望无际 | 揭竿而起 | 四分五裂 | 五谷丰登 |

1. 同学们_____，正在广场上津津有味地看世界杯球赛的直播。

2. 景泰蓝（jǐngtàilán）是驰名中外的一种工艺品，用铜胎支撑，嵌铜丝，镀金
   银，显得_____，主要作品有瓶、碗、杯等。

3. 鲁迅善于用最精练、最有力而蕴藏着深沉意义的一句话或一段话，来表达最丰
   富的思想，透彻地阐发一个道理，_____，耐人寻味。

4. _____的大草原经过三年的大旱，终于迎来了今年充沛的雨水，茂盛的
   青草没（mò）过膝盖（xīgài）。

5. 王老汉告诉笔者，他们全家6口人，种植了7亩麦子，今年_____，麦
   子长势喜人。

6. 一些开发人员担心，GPL3（即通用无限分组业务。是一种较高的数据通信，主要用于聊天、传送文本和图形、处理图像信息、网页浏览、文件传递等）的推出可能会使自由软件领域出现_____的局面，但我们相信这些担心是没有根据的。

7. 秦始皇统治后期，由于年年暴政，迫使农民_____，推翻了秦王朝的统治。

8. 今年又是一个丰收年，_____，六畜兴旺。

（六）选择适当的四字词语改写下列句子

发人深思	四分五裂	三三两两
风调雨顺	金碧辉煌	一望无际

1. 正是课间休息时间，学生们三个一群两个一伙地站在教室外，聊得很愉快。

_____

_____

2. 康定草原一眼望不到边际，既可以让你骑马驰骋，也可以驱车奔驰。

_____

_____

3. 四周点燃的蜡烛（làzhú）被镜子映成了 3000 支烛光，把大厅映照得光彩夺目，比在电影中看到的那些舞会场面要宏大得多。

_____

_____

4. 这篇文章针砭（zhēnbiān）时弊，思想深刻，能启发人们深刻思考。

_____

_____

5. 酒吧内听歌的多是男人，三个一群两个一伙的。没有谁全神贯注地听歌，他们抽烟、聊天，漫不经心地张望着。

_____

_____

6. 七月的青海湖，广阔而平静的湖面上，碧波粼粼（lín lín），好像与天空连在了一起。

_____

_____

（七）选择恰当的一组词语填空

1. ① 如果人类历史的行程也遵循一条自然而又必然的规律，那么这个问题是可以解答的，是可以_____的。

② 好的内容要求有好的形式，_____的辞章必然使内容受到损害。

③ 诗的开头从滚滚东流的长江入手，把大江和古代人物联系起来，布置了一个极为广阔的空间背景和极为_____的时间背景。

④ 语文老师们能凭借一篇几百字的小文章，把许多_____的道理用简明生动的语言表达出来，使孩子们爱上自己祖国的语言和文字。

A. ① 预见　　② 拙劣　　③ 悠长　　④ 深沉

B. ① 预示　　② 低劣　　③ 悠远　　④ 深远

C. ① 预见　　② 拙劣　　③ 悠久　　④ 深奥

D. ① 预言　　② 粗劣　　③ 悠长　　④ 深刻

正确选项_ _ _ _ _ _ _ _ _ _ _ _ _

2. ① 做父母的还是应该努力_____自己孩子的优势和潜力，适合向什么方向发展，就向什么方向努力，切不可盲目地去做"望子成龙"的梦。

② 中学生"下海"，有着许多方面的危害与不利。首先，影响了正常学习，扰乱了校园的正常_____。其次，这将是一种误导，会使中学生过早地进入成人社会。

③ 每逢丰收时，土家人都会在这里_____祖先，男女老少围成一圈跳摆手舞，优美的舞姿呈现出土家人耕田劳作、狩猎采摘的劳动情形。

④ 第一次读安妮宝贝的书，我觉得只有_____孤独的人才能读懂她的文字，才能听明白这种来自这个时代心灵深处的声音。

A. ① 挖掘　　② 顺序　　③ 祭奠　　④ 极顶

B. ① 发掘　　② 秩序　　③ 祭祀　　④ 极端

C. ① 挖掘　　　　② 顺序　　　　③ 祭祀　　　　④ 极限

D. ① 发掘　　　　② 顺序　　　　③ 祭祀　　　　④ 极端

正确选项 _ _ _ _ _ _ _ _ _ _ _ _

（八）下面每段话都画出了 ABCD 四个部分，请挑出有错误的部分

1. 北京故宫又称紫禁城，<u>在北京城的中心坐落</u>。它是明清两代的皇宫，<u>建于明代</u>
   　　　　　　　　　　　　　A　　　　　　　　　　　　　　　　　　　　　　B

   <u>永乐十八年（1420 年）</u>，<u>至今已有五百多年的历史</u>。　　　　　　　　（　　）
   　　　　C　　　　　　　　　　　　D

2. <u>在这块土地上</u>，<u>矗立着海神殿的遗迹</u>，耸立着高大的狮门，<u>古城堡遗址随处可</u>
   　　　A　　　　　　　　　　B　　　　　　　　　　　　　　　　　　　　　　C

   <u>见</u>，<u>到处都印证着古希腊时代的强壮与辉煌</u>。　　　　　　　　　　（　　）
   　　　　　　　　　D

3. 亚麻的纤维被誉为<u>"天然纤维皇后"</u>。医学专家认为：<u>亚麻的功能在于其人体</u>
   　　　A　　　　　　　　　　　　　　B　　　　　　　　　　　　　　C

   <u>皮肤近似于</u>，有调节温度、保护肌肤、抗菌杀毒等天然功能。　　　（　　）
   　　　D

4. 他兴奋得抱起小雨转了个圈儿，<u>接着把杯子里的酒一饮而尽</u>，<u>而后</u>，又高兴地
   　　　　　　　　A　　　　　　　　　　　　B　　　　　　　　C

   <u>双手作揖，鞠躬致谢</u>。　　　　　　　　　　　　　　　　　　　　（　　）
   　　　D

5. <u>值此新年佳节之际</u>，我们特编发一组有关年画的文稿，<u>一者引起国人对本土文</u>
   　　　A　　　　　　　　　　　　B　　　　　　　　　　　　　　C

   <u>化的重视</u>，二来为致力于抢救祖国传统文化的有识之士提供<u>些许参照</u>。（　　）
   　　　　　　　　　　　　　　　　　　　D

6. 深紫色的葡萄是大众喜爱的水果。葡萄具有排毒的效果，<u>它能清除肝、肠等内</u>
   　　　A　　　　　　　　　B　　　　　　　　　　C

   <u>脏的垃圾</u>，但热量较高，<u>40 颗葡萄相似于两个苹果的热量</u>。　　　（　　）
   　　　　　　　　　　　　　　D

修辞提示与练习

 一　篇章的连贯——表述的角度

（一）分析

　　说话也好，写作也好，说明一个意思，描述一个对象，总要有一个表述的角度，包括空间角度、时间角度、人称角度等。一个复句或意思联系紧密的几个句子，表述的角度应该前后一致。角度一致，语言才能连贯。例如：

　　① 在庄严的宫殿建筑之前，有这么一个四方的土坛，屹立在地面，它东面是青土，南面是红土，西面是白土，北面是黑土，中间嵌着一大块圆形的黄土。

　　② 这块石头有个动人的故事。它原来被弃置在一个美国人住所的院子里。有一天，主人因石头难看叫工人来把它搬走。在搬上车时，工人一时失手，石头掉在地上，碰裂了一个缺口，大家都叫了起来，因为这不是一块普通的石头，而是一块紫水晶。

　　③ 他童年时候放过牛，少年时候在西瓜棚里睡过觉，青年时候又在城里打过工，简直不知道世界上有什么可以叫做困难。他觉得只要横下心办成一件事，再苦也是享受。

　　例①是用几个表示处所的词语连接句子。描写或介绍环境时，常使用处所词，使得层次非常清楚。例②是用事情发生的时间顺序来连接句子的，每个句子又从"它"（石头）、"主人"、"工人"以及"大家"几个不同的角度进行叙述，语义明确，显得非常连贯。例③前一句的三个分句都从时间角度来表达，前后两句又都以"他"为表述角度，语气连贯，语义畅达。

（二）练习：根据表述的角度，判断句 A 后面的句子如何展开

　　1. A . 紫禁城有四座城门：南面有午门，北面有神武门，东西有东华门、西华门。……　　　　　　　　　　　　　　　　　　　　（　　）

　　　　B₁. 整个宫城呈长方形，墙外是五十多米宽的护城河，周围环绕着十米多高的城墙。

B_2. 整个宫城呈长方形，周围环绕着十米多高的城墙，墙外是五十多米宽的护城河。

2. A. 秦始皇名嬴政，是中国封建社会初期伟大的政治家和军事家。……（　　）

B_1. 此后采取一系列措施，废除分封制，建立郡县制，统一度量衡和文字，他在位期间，建立了中国历史上第一个统一的中央集权的封建制国家。

B_2. 他在位期间，建立了中国历史上第一个统一的中央集权的封建制国家，此后采取一系列措施，废除分封制，建立郡县制，统一度量衡和文字。

3. A. 这（对祥子来说）可不是件容易的事。……（　　）

B_1. 一年、两年，至少有三四年；一滴汗，两滴汗，不知道多少滴汗，才挣出那辆车。从风里雨里的咬牙，从饭里茶里的自苦，才赚出那辆车。

B_2. 一滴汗，两滴汗，不知道多少滴汗，才挣出那辆车，一年、两年，至少有三四年。从风里雨里的咬牙，从饭里茶里的自苦，才赚出那辆车。

4. A. 台湾岛上的山脉纵贯南北，中间的中央山脉犹如全岛的脊梁。……

B_1. 西部为海拔近四千米的玉山山脉，是中国东部的最高峰。西南部有阿里山和日月潭。台北市郊有大屯山风景区，是闻名世界的游览胜地。

B_2. 西南部有阿里山和日月潭。西部为海拔近四千米的玉山山脉，是中国东部的最高峰。台北市郊有大屯山风景区，是闻名世界的游览胜地。

5. A. 在几百万年以前，熊猫完全是食肉的。……（　　）

B_1. 现在它的牙齿已经发展成专门用来吃竹子了，后来，随着环境的变化，它的生活习性改变了。

B_2. 后来，随着环境的变化，它的生活习性改变了，现在它的牙齿已经发展成专门用来吃竹子了。

6. A. 我们的船渐渐地接近榕树了。我有机会看清它的真面目：……（　　）

B_1. 是一棵大树，有数不清的枝丫，枝上又生根，有许多根一直垂到地上，伸进泥土里。

B_2. 是一棵大树，它有数不清的枝丫，它枝上又生根，它有许多根一直垂到地上，伸进泥土里。

二 篇章的组织与修辞手段

（一）排比与篇章

我们所说的篇章是指大于一个句子的单位，可以是一个语段（话语片断，由两句话以上构成）或一篇文章。我们知道，排比这种修辞方式既可以用在句子层面，也可以组段、成篇。运用排比组段成篇，不仅层次清晰，而且语气连贯，是常用的修辞手段。请看下面的语段：

① ……对，这（社稷坛）真是一个激发人们思古幽情的所在！作为一个中国人，可以让这种使人微醉的感情发酵的去处可真多呢！你可以到泰山去观日出，在长城顶看日落；可以在西湖荡画舫，到南京鸡鸣寺听钟声；可以在华北平原跑马，在戈壁滩上骑骆驼；可以访寻古代宫殿遗迹，或者到南方的海神庙旁看浪涛拍岸……。……然而这种对照却也使人想起：没有这泥土所代表的大地，没有在大地上辛勤劳动的劳动者，根本就不会有这宫殿，不会有一切人类的文明。……

② ……然而他们一代代穿着破絮似的衣服，吃着极端低劣的食物。你仿佛看到他们在田野里仰天叹息，他们一家老小围着幽幽的灯光在饮泣；看到他们画红了眉毛，或者在头上包一块黄布揭竿而起；看到他们大批地陈尸在那吸尽了他们的汗水而后又吸尽了他们的鲜血的土地。……啊，这些给荒凉的大地铺上了锦绣花巾的人们，这些从狗尾草中给我们选出了稻麦来的人们，我们该多么感念他们！

③ 你在这个五色土坛上面走着走着，仿佛又回到公元前几千年去，会见了古代的思想家。他们白发苍苍，正对着天上的星辰，海里的潮汐，大地的泥土沉思。……

瞧着这个社稷坛，你会想起中国的泥土，那黄河流域的黄土，四川盆地的红壤，肥沃的黑土，洁白的白垩土……

瞧着这个紧紧拼合起来的五色土坛，一个人也会想起国土的统一，在我们的土地上，为了统一而发生的战争该有多少万次呀！……

我在这个土坛上低徊漫步，想起了许许多多的事情。……

例①连用了四个"可以……"和两个"没有……"及"不会有……"的排比句

式，例②连用了三个"看到……"和两个"这些……"的排比句式，句子间有同有异，排列整齐，体现了作者纵横驰骋、跨越时空的丰富的联想力，每个语段都显得语言精妙，自然流畅。

例③是用四个排比联结成篇章，结构简单，层次清晰，语气贯通，而且感情强烈，极具感染力。

（二）顶针与篇章

① 北京有座美丽的中山公园，公园里有个用五色土砌成的社稷坛。

② 社稷坛是北京九坛之一，它和坐落在南城的天坛遥遥相对。古代的帝王们，在天坛祭天，在社稷坛祭地。祭天为了祈求风调雨顺，祭地为了祈求土地肥沃。祭天祭地的终极目的只有一个，就是五谷丰登，可以"聚敛贡城阙"。五谷是从地里长出来的，因此，人们臆想的稷神（五谷）就和社神（土地）同在一个坛里受膜拜了。

例①中第一句的结尾"中山公园"与第二句的开头"（中山）公园"相同，两句话像链条一样串起来，用这种方式连成的语篇就属于顶针修辞方式构成的语篇。

例②整段中用顶真修辞手段进行陈述，一环紧扣一环，层层深入，把社稷坛的由来揭示得清楚、严密而紧凑。

（三）练习：重新安排下列句子的语序

1. A. 村子靠着山

   B. 龙潭的水流到村前成了小溪

   C. 这是我们江南的一个小村子

   D. 山脚有个大龙潭

   E. 溪水碧清碧清的　　　　　　　　　　　_____

2. A. 他跟以前相比没有太大改变

   B. 寒暄之后说我胖了

   C. 一见面是寒暄

   D. 说我胖了之后就大骂其新党

   E. 单是老了些　　　　　　　　　　　_____

3. A. 砍下的毛竹堆得一天比一天高

   B. 也一天比一天往上长

   C. 人们的干劲一天比一天猛

   D. 用毛竹架在两座高山之间的竹桥

   E. 风雪一天比一天大　　　　_____

4. A. 有的是计数的

   B. 还有的是这条胡同里曾住过一个有名的人物

   C. 如东单三条、东四十条。有的是皇家储存物件的地方

   D. 如皮裤胡同、惜薪司胡同（存放柴炭的地方）

   E. 胡同的取名，有各种来源

   F. 如无量大人胡同　　　　_____

5. A. 底薪是对其正常管理劳动的承认

   B. 也有将年薪分为底薪（按月发放）和加薪（定时发放）的做法

   C. 用人单位为了强化年薪制的激励作用

   D. 加薪则是对其经营管理业绩的承认　　　　_____

三 文体与篇章修辞

（一）抒情散文

　　抒情散文是作者依附于不同的事物，将自己对客观事物的喜、怒、哀、乐等主观感情抒发出来的一种文体。因依附的事物不同，具体的表现形式也有差异。如果依附于人，写人为抒情服务，人物形象不求完整，有时只写几个片断，借以抒发感情。如果依附于事，可以把情感熔铸在事情的记叙中。如果依附于景，就可以通过景物的描写来抒发感情，情景交融。如果依附于物，通过对某种物体的描写来抒情，即托物抒情。《社稷坛抒情》就是一篇浓郁的托物抒情散文。通过对社稷坛的描写，抒发了作者热爱土地、赞美辛勤耕耘土地的劳动者和他们创造出的伟大的精神文明和物质文明的感情。为了使抒情自然、真挚，作者采用了联想这一艺术表现手法：首先，从"五色土"想到了大自然生成、发展的漫长历程以及人类祖先的艰辛生活；接着，又从"五色"及其方位对应关系联想到五行观念，赞美了中华民族古老的物质文明与精神文明；最后，由

眼前的五色土坛，又想到了关于泥土的故事以及国土的统一……奇妙的联想，将现实与历史融为一体，可以跨越时空，谈古论今，知识性和趣味性十足，使人目不暇接，大开眼界。

（二）练习：阅读下面的抒情散文，请想一想文章抒发了一种怎样的感情？作者是怎样展开丰富的联想的？

戈壁之行

李振宁

七月流火，我们驱车出乌鲁木齐，踏上去往南疆的旅途。新疆是一片古老而神奇的土地，亿万年前，这里曾是一片茫茫的大海，几千年前，还是一片茫茫草滩。经过多少年的历史变迁，新疆形成满是沙石、荒无人烟的大戈壁。

汽车在通往南疆的公路上行驶着，漆黑的公路向远处伸展着，似乎没有尽头，两边是茫茫大戈壁，一望无际的灰色，看不见一点生机。平坦的大地上只有无数的砾（lì）石与沙粒。

汽车时而飞驰在平坦的柏油路上，时而奔驰在浩瀚（hàohàn）无垠的戈壁上，时而爬行在厚厚的土路上。一望无际的大戈壁，白天时常狂风大作，那可真称得上是飞沙走石，灰暗的天空中沙粒随风弥漫，大风扬起的石子夹杂在沙尘中不停地敲打着车窗，使人感到神秘而又恐怖。

在没有风的傍晚，戈壁才会显现出它的美来。柔和、橙黄的夕阳的余晖（yúhuī）铺满大地，微风吹过，带来一股湿润的气息，清凉如水。不知何时，夜幕降临了。深蓝的夜空中星星出现了，闪着珍珠般却不刺眼的光。明月如盘，静静地挂在天空一角，浩瀚的戈壁，天宇与地平线是如此接近，极目望去，远处重峦叠嶂（chóng luán dié zhàng）的雪山清晰可见，闪着神秘的光，顶尖的千古玄冰映射着月光，更加晶莹剔透。此时的戈壁，与白天相比，更增加了神奇的色彩，散发着惊人的自然美。

苍茫的大戈壁，漫漫黄沙一直铺向天外，看不见尽头。没有水源，没有一丁点儿绿色。天上不见飞鸟，地上不见走兽，走在戈壁上，比沙漠的感觉好不到哪里去，干燥凄凉，仿佛走到了生命的尽头。我不禁想到张骞通西域，他靠人畜遗骸指引的道路，穿戈壁，越瀚海，食飞鸟，饮残雪，以坚韧的意志经历了10余年的跋涉（báshè），终于打通了前往西域的通道。历史上著名的丝绸之路就是从长安由新疆通往欧洲的，班超出使西域也经过了新疆的库车、和田等城市。历史证明，新疆的大戈壁可以被人类征服。我又想起路上经过的轮台、莎车、库车这些古城。还有新疆维吾尔自治区的首府——乌鲁木齐，它们都是这戈壁中的点点绿洲，使戈壁不再令人畏惧。

我会永远记住今天的戈壁，因为在不久的将来，这片广阔而荒凉的土地谁说不会变为绿洲呢？

表达与写作

● 表达训练

1. 在你看来，社稷坛具有哪些历史、文化价值？
2. "五坛"是中国古代祭祀文化的代表，你还知道哪些类似的古代文化遗产？
3. 月坛、地坛变成了公园，什刹海成了酒吧一条街……你是否认同这种变化？以什刹海为例，谈谈现代化对传统文化的冲击现象。你认为对待传统文化应采取怎样的态度？是放心地继承，并大力发扬？是有条件地继承，并适当加以改造？还是应该决然予以摒弃？或是应该三者并存？请谈谈你的看法。

● 写作训练

试从下面两个话题中任选其一，题目自拟，写成一篇约 600 字的散文。

要求：尽量参考并尝试使用本课所学重点词语及篇章连贯的方法。

话题一

　　参观什刹海、社稷坛或其他古迹，并由此展开丰富的联想，抒发情怀，表达思想。

话题二

　　就课堂讨论的结果进行思考，你认为大家的见解有没有道理？哪些地方你表示赞同？哪些地方你有所质疑？为什么？

扩展空间

名家典藏

秦牧《长河浪花集》　　　人民文学出版社　　　1978年版

媒体资源

纪录片《见证亲历》之《老北京印象》

　　　　　央视音像精品网 http://www.goucctv.com/zhongshibaike/

纪录片《世界遗产之中国档案——天坛》

　　　　　央视音像精品网 http://www.goucctv.com/zhongshibaike/

谢凝高：国家风景名胜的价值保护与利用

　　　　凤凰卫视《世纪大讲堂》http://sjdjt.blog.phoenixtv.com

中国旅游网　　　http://www.china.travel

中国文化旅游网　　　http://www.cnctrip.com

词语追踪

泡吧　　商机　　从商　　发展商　　冲击力　　创意　　电子一条街

休闲文化　　休闲餐厅　　超现代　　错位

8 哲学问题

背景阅读与练习

一 阅读文章，按要求完成各项练习

（一）
中国传统文化的特点

① 中国是个文明古国，历史悠久，传统文化内容丰富，其文化核心是儒家思想。中国传统文化的形成和发展受小农经济、封建专制主义和相对封闭的地理环境的影响，并因此发展成为一种完全不同于西方文化的独立的文化体系。

② 中国古代由于自然科学相对来说不发达，人们对一些自然现象往往赋予主观的思想感情和主观臆想，用"天人合一"的观点作为认识世界、判断事物的标准。儒家认为，天的根本德性，含在人的心性之中；天道与人道，虽表现形式各异，其精神实质却是一致的。作为宇宙根本的德，也就成了人伦道德的根源，反之，人伦道德也是宇宙天道的体现。要使人的精神达到天的境界，必须行"内圣外王"之道，推广仁爱。因此，中国传统文化的一个重要特点就是重视人际关系，即将人放在伦理关系中来考虑，不是单纯地肯定个人价值，而是肯定个人对其他人的意义。其积极意义是重视人的历史使命，强调人要对社会、对别人作出贡献。其消极意义是忽视了人本身的权利，把人的价值过分地放在对别人的关系上，而不在自己本身。

③ 中国传统文化的另一个特点就是经世致用，同政治结合得比较紧密。儒家思想两千多年来一直占统治地位，而且渗透（shèntòu）到国民性中。其积极的方面表现在它是入世的哲学，重视文化对社会的作用，它以究天人之际为出发点，落脚点是修身、齐家、治国、平天下，力求在现实社会中实现自身的价值，所以儒家有许多如"先天下之忧而忧，后天下之乐而乐"，"天下兴亡，匹夫有责"等这样的名言。但它密切结合政治也产生了另外一种缺陷，即依附于政治，把很多事情都附会到政治上去，认为天

与人也可以发生相互的感应（因受外界影响而引起相应的感情或动作），特别是可以和君主发生相互感应，君主的行为，会感应天，天便会显示出某种现象，如彗星出现、自然灾害等，以表示自己的意见：赞扬还是批评。

④ 中国传统文化第三个特点是带有强烈的宗法（旧时以家族为中心，按血统远近区别亲疏的法则）家族色彩。中国没有统一的像西方那样强大的宗教，没有那样大的教权，但是族权——宗族的权力、家族的权力很大。老百姓把两个东西看得很重要：一是天子——皇权，二是老祖宗——族权。政权跟族权的势力渗透到社会生活的各个方面，对老百姓的生活起着重要作用。"君"和"父"是中国人生活中的两个重要概念，由此产生的忠臣、孝子也成为最完美的人格，于是，光宗耀祖、传宗接代就成了中国古人最重要的生活目的。

⑤ 中国传统文化第四个特点是它的包容（bāoróng）性。中国自古以来就是个多民族国家，汉民族文化长期吸收了周边少数民族文化，同时以开放的姿态实现了对外来佛学的兼容（jiānróng）。这种包容性在明末清初有所减弱，但有容乃大仍是中国文化的本色。

简单回答下列问题

1. 文章介绍了中国传统文化的哪些特点？

_____

_____

_____

2. 为什么说"光宗耀祖""传宗接代"是中国古人最重要的生活目的？

_____

_____

_____

3. "经世致用"是什么意思？文章提到的"有容乃大"又怎么理解？

_____

_____

_____

_____

（二）
佛教的传入

① 佛教于两汉之际（约公元4世纪）传入中国，并开始生根、发展，成为中国封建社会上层建筑（建立在经济基础之上的政治、法律、宗教、艺术、哲学等的观念，以及适合这些观念的政治、法律制度）的一部分。佛教以人生为苦，因而它就把追求人生的解脱作为最高理想，为了实现理想便提出了一套去恶从善的理论学说和伦理道德准则，形成了有关宗教伦理道德的思想体系。

② 佛教自传入中国以后，它的道德伦理思想，尤其是众生平等和超越社会秩序的

观念，与中国封建社会的等级制及儒家伦理道德观念形成了尖锐的矛盾，由此引发了不断的摩擦（mócā）、斗争。但与此同时，佛教又由于受到中国古代封建社会政治、经济状况的制约和儒家传统观念的左右，也沿着适应中国文化特点的轨迹演变和发展，形成了独具特色的调和儒家思想、宣传忠孝观念的中国佛教伦理道德学说。

③ 在发展过程中，佛教的一套心性修养方法也为唐代以后的儒家学者所吸取，并成为儒家的道德修养方法。佛教从出世的角度论述了孝的极端重要性，从人生解脱角度阐发了禁欲主义思想，还从认识论和人性论相联系的角度提出了智慧是人心之本、人的本性以及一整套的修行方法。佛教以大慈大悲、利己利他作为伦理道德的出发点，这种道德训条和儒家的性善论相通，和中国传统的民本思想相近，因而在历史上影响颇大，与儒家、道家思想一起构成了中华民族比较稳定的文化形态。

根据文章内容，选择正确答案

1. 对第①段的主要意思，分析正确的一项是 （　　）

　　A. 佛教是一种伦理道德色彩相当浓厚的宗教。

　　B. 佛教是一种社会理论色彩相当浓厚的宗教。

　　C. 佛教传入中国的时间。

　　D. 佛教的最高理想和思想体系。

2. 对佛教传入以后，"引发了不断的摩擦、斗争"的原因，分析正确的一项是 （　　）

　　A. 与超越社会秩序的观念形成了尖锐的矛盾。

　　B. 与中国佛教伦理道德学说形成了尖锐的矛盾。

　　C. 与儒家伦理道德观念形成了尖锐的矛盾。

　　D. 与道家伦理道德观念形成了尖锐的矛盾。

3. 中国佛教伦理道德学说的特色是 （　　）

　　A. 调和儒家思想。　　　　　B. 宣传忠孝观念。

　　C. 受儒家传统观念左右。　　D. 调和儒家思想，宣传忠孝观念。

4. 下面各句对本文的理解，正确的是 （　　）

　　A. 佛教伦理思想与儒家的哲学思想相通。

　　B. 佛教思想比儒家、道家思想影响更大。

　　C. 中国文化讲求在主导思想的规范下，不同派别的文化思想相互区别和对抗。

　　D. 中国文化讲求在主导思想的规范下，不同派别的文化思想交互渗透，多样统一。

二　快速阅读下列各段，按逻辑关系将各段重新排序

（三）　　　　　　　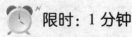限时：1分钟

　　A. 在旧时，一个人只要受教育，就会用哲学发蒙（fāméng 教少年、儿童开始识字读书）。儿童入学，首先教他们读"四书"，即《论语》、《孟子》、《大学》、《中庸》。"四书"是新儒家哲学最重要的课本。

B. 这本书实际上是个识字课本，就是它，开头两句也是"人之初，性本善"。这是孟子哲学的基本观念之一。

C. 哲学在中国文化中所占的地位，历来可以与宗教在其他文化中的地位相比。在中国，哲学与知识分子人人有关。

D. 有时候，儿童刚刚开始识字，就读一种课本，名叫《三字经》，每句三个字，偶句押韵（yāyùn　诗歌词赋中，某些句子的末一字用韵母相同或相近的字，使音调和谐优美），朗诵起来便于记忆。

重新排序＿＿＿＿＿＿＿＿＿＿＿＿

（四） 限时：1 分钟

A. 孔子的中心思想实际上就是一个"仁"字。什么是"仁"？孔子说"仁者爱人"（《论语·颜渊》），即人与人之间要彼此相爱。

B. 孔子是中国儒学的创始人。两千余年来，儒家思想对中国的影响不仅体现在政治、思想、文化等方面，也体现在每一个中国人的行为和思维方式之中。

C. 一个具备了"仁"的人，必须"言忠信，行笃敬"。这样，一个人就具备了理想的人格。

D. 用什么方法去爱人呢？就是"推己及人"，一方面是"己欲立而立人，己欲达而达人"（《论语·雍也》），把自己想要得到的好处也给予（jǐyǔ　给）别人；另一方面是"己所不欲，勿施于人"（《论语·颜渊》），自己不想得到的东西、不想做的事情，绝不要强加于人。

重新排序＿＿＿＿＿＿＿＿＿＿＿＿

（五） 限时：2 分钟

A. 孔子由"仁"的思想出发，提出了一整套修身达仁的伦理观念和道德教化的政治观念。孔子说，爱人要推己及人，就是从爱自己到爱父母兄弟、爱妻子朋友，再由家庭而社会，由社会而国家，即"修身、齐家、治国、平天下"。如果连修身都谈不上，那齐家、治国、平天下又怎么可能呢？

B. 换句话说，每一个名都有含义，这种含义就是此名所指的一类事物的本质。君的本质是理想的君所必备的，即所谓"君道"，君如果按君道而行，就是真正的君。由此出发，孔子主张用道德教化的办法来治理国家，而不主张使用强权暴力。

C. 孔子死后，他的弟子将他的教诲（jiàohuì　教导）和主张编写成《论语》，成为儒家学说的经典。

D. 另外，孔子的政治思想是主张"正名"。就是说，"实"应当与"名"为它规定的含义相符合，要按照一定的是非标准恢复纲纪（gāngjì　社会的秩序和国家的法纪）。有个国君问治理国家的原则，孔子说："君君，臣臣，父父，子子。"（《论语·颜渊》）

重新排序 _ _ _ _ _ _ _ _ _ _ _ _ _ _

（六） 限时：2分钟

A. 他最著名的政治学说，莫过于仁政学说。仁政之说，是孟子政治思想的核心，也是儒家学派政治主张的标志。孟子的仁政学说虽然是站在统治阶级的角度阐发的，但却是其民本主义思想的表现。"民为贵，社稷次之，君为轻"就是其民本主义思想最重要的标志。

B. 孟子的哲学思想，主要在于阐述（chǎnshù　论述）天人关系。孟子认为天与人二者是相通的。从天的方面来说，天是万事万物的主宰（zhǔzǎi　掌握、支配人或事物的力量），人事的一切，都是由天决定的。从人的方面来说，不仅人的善性来自天赋，而且人心的思维功能也是天所赐予（cìyǔ　赏给）的。人心具备天的本质属性，只要尽量发挥，扩展自己的本心，就可以认识天。

C. 另外，在社会道德规范方面，孟子提出影响中国几千年的"性本善"论。他认为，世界上，尽管人们从事的职业各不相同，精神面貌也有所差异，但是人的本性都是一致的。总的来说，他把社会道德分为四类，即仁、义、礼、智。在孟子看来，一个士人应做到"富贵不能淫（yín　放纵），贫贱不能移，威武不能屈"。

D. 自汉武帝之后，儒家思想在封建社会，一直都处于独尊的地位。人们把"孔孟之道"当做儒家思想的代表。孟子是儒家思想的继承者和发展者，他的学说，对于如何治国和做人，有着充满智慧和哲理的论述与阐释。

重新排序_ _ _ _ _ _ _ _ _ _ _ _ _ _

 三　选择正确的句子填到各段中，并按逻辑关系将各段重新排序

（七）　　　　　　　　 限时：2分钟

> **句子**
> ① 它与儒家的不同之处非常鲜明
> ② 满足的欲望太多
> ③ "道"还表示世界的本源
> ④ 只是要为得少一些

A. 那么，"道"是什么？在老子的哲学中，"道"表示宇宙的原始状态，它在天地形成之前已经存在；_____，天地万物都是从"道"产生出来的，即所谓"道生一，一生二，二生三，三生万物"。老子强调"道法自然"，认为宇宙万物都是自然而然地演进和发展的。

B. 万物变化中遵循（zūnxún　遵照）的最基本的规律是"物极必反"，所以"祸兮福之所倚（yǐ　依赖），福兮祸之所伏（fú　隐藏）"。因此老子警告我们应该知道自然规律，并根据它们来指导个人行动，如果人为地任意地与自然相反，_____，就会得到相反的结果。

C. 道家是"道德家"的简称，因老子《道德经》而得名。_____。儒家是"入世之说"，主要讲的是政治教化，其作用偏重于社会和个人修养；道家是"出世之说"，主要讲的是宇宙人生，其作用偏重于个人

的精神层面。老子最重要的哲学思想是他把"道"作为最高范畴，用以观察和认识客观世界。

D. 著名的道家学说"无为"就是由此演绎（yǎnyì　一种推理方法，即由一般原理推出关于特殊情况下的结论）出来的。"无为"的意义，实际上并不是完全无所作为，_____，不要违反自然地任意地为。

选择句子填空_____

重新排序_____

（八）　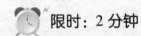限时：2分钟

句子	
	① 顺应自然规律
	② 这样生来死往的变化
	③ 还是对文学创作中的审美意识
	④ 这不是太过分了吗

A. 据说庄子的妻子死了，一位朋友去吊唁（diàoyàn　祭奠死者并慰问家属），却见庄子正敲着瓦盆在唱歌。

B. 庄子的名字叫庄周（约公元前369—前286），是继老子之后道教思想的主要代表，其思想的核心是自然无为。他认为人应该知道自然规律，_____，达到人与自然的默契（mòqì　双方的意思没有明白说出而彼此就有一致的了解），使人的精神获得绝对自由。

C. 有一个故事可以反映出他的思想和信仰。

D. 朋友说："你的妻子跟你生活了一辈子，为你生儿育女。现在老而身死，你不哭也就罢了，还敲打瓦盆并且唱歌，_____？"

E. 为此，他要求人们安时处顺，生死如一，用一种完全顺应自然的态度来对待人生。庄子的这些思想，无论对后世的知识分子的精神世界，_____，都产生了深远的影响。

F. 庄子说："不是这样的。她刚死的时候，我怎能不哀伤呢？可是她起初本来是没有生命的，不仅没有生命而且还没有形体，不仅没有形体而且还没有气息。在若有若无之间，后变成气，气又变成形，形又变成生命，现在又变成死。＿＿＿＿＿＿，就如同春夏秋冬四时运行一样。人家静静安息在天地之间，而我还在啼啼哭哭（tí tí kū kū　出声地哭）的话，我认为这样是不通达生命的道理，所以才不哭。"

选择句子填空＿ ＿ ＿ ＿ ＿ ＿ ＿ ＿ ＿ ＿ ＿

重新排序＿ ＿ ＿ ＿ ＿ ＿ ＿ ＿ ＿ ＿ ＿

课　文

课文导读

从表面来看，佛家和道家的哲学是"出世的哲学"，而儒家提倡的是"入世的哲学"。然而，中国哲学不是如此简单就可以了解的，它既是最理想主义的，又是最现实主义的，既入世而又出世。

本文主要谈了中国哲学的问题和中国哲学的精神，并阐述了二者之间的关系。

思考题

1. 你是否了解儒家学说和儒家思想？
2. 你是否了解道家学说和道家思想？
3. 你是否了解佛教如何传入中国及其在中国的发展情况？
4. 儒、道、佛三家对中国传统文化思想有什么影响？

中国哲学的问题和精神

冯友兰

中国哲学的历史中有个主流，可以叫做中国哲学的精神。为了了解这个精神，首先必须弄清楚绝大多数中国哲学家试图解决的问题。

世上有各种各样的人。对于每一种人，都有那一种人所可能有的最高的成就。例如从事实际政治的人，所可能有的最高成就是成为大政治家。从事艺术的人，所可能有的最高成就是成为大艺术家。人虽是各种各样，但各种各样的人都是人。专就一个人是人来说，所可能有的最高成就是成为什么呢？照中国哲学家们说，那就是成为圣人①，而圣人的最高成就是个人与宇宙的同一。问题就在于，人如欲得到这个同一，是不是必须离开社会，或甚至必须否定"生"呢？

照某些哲学家说，这是必须的。佛家②就说，生就是人生的苦痛的根源。柏拉图也说，肉体是灵魂的监狱。有些道家③的人"以生为附赘悬疣，以死为决疣溃痈"④。这都是以为，欲得到最高的成就，必须脱离尘罗世网⑤，必须脱离社会，甚至脱离"生"。只有这样，才可以得到最后的解脱。这种哲学，即普通所谓"出世的哲学"。

另有一种哲学，注重社会中的人伦和世务。这种哲学只讲道德价值，不会讲或不愿讲超道德价值。这种哲学，即普通所谓"入世的哲学"。从入世的哲学的观点来看，出世的哲学是太理想主义的，不实用的，消极的。从出世的哲学的观点看，入世的哲学太现实主义了，太肤浅了。它也许是积极的，但是就像走错了路的人的快跑：越跑得快，越错得远。有许多人说，中国哲学是入世的哲学。很难说这些人说得完全对了，或完全错了。从表面上看中国哲学，不能说这些人说错了，因为从表面上看，中国哲学无论哪一家思想，都是或直接或间接地讲政治，说道德。在表面上，中国哲学所注重的是社会，不是宇宙；是人伦日用，不是地狱天堂；是人的今生，不是人的来世。孔子有个学生问

① 圣人（shèngrén）：旧时指品格最高尚、智慧最高超的人物，如孔子从汉朝以后就被历代帝王推崇为圣人。

② 佛家（Fójiā）：即佛教（Fójiào），世界上主要宗教之一，相传为公元前6世纪至前5世纪古印度的迦毗罗（Jiāpíluó）卫国（今尼泊尔境内）王子释迦牟尼所创，广泛流传于亚洲的许多国家。西汉末年传入中国。

③ 道家（Dàojiā）：中国先秦时期的一个思想派别，以老子、庄子为主要代表。道家的思想崇尚自然，有辩证法的因素和无神论的倾向，同时主张清静无为，反对斗争。

④ 以生为附赘悬疣（fù zhuì xuán yóu），以死为决疣溃痈（jué yóu kuì yōng）：这是《庄子·大宗师》中的两句话。意思是把生当做脓包（nóngbāo）毒瘤（dúliú），把死看成脓包毒瘤的溃烂（kuìlàn）。

⑤ 尘罗世网（chén luó shì wǎng）：指现实世界。

死的意义，孔子回答说："未知生，焉知死？"①孟子说："圣人，人伦之至也。"②照字面讲，这句话是说，圣人是社会中的道德完全的人。从表面上看，中国哲学的理想人格，也是入世的。中国哲学中所谓圣人，与佛教中所谓佛，以及耶教③中所谓圣者，是不在一个范畴中的。从表面上看，儒家④所谓圣人似乎尤其是如此。在古代，孔子以及儒家的人，被道家的人大加嘲笑，原因就在于此。

孔子

不过这只是从表面上看而已，中国哲学不是可以如此简单地了解的。专就中国哲学中主要传统来说，我们若了解它，就不能说它是入世的，然而也不能说它是出世的。它既入世而又出世。有位哲学家讲到宋代⑤的新儒家⑥，这样描写道："不离日用常行内，直造先天未画前。"⑦这正是中国哲学要努力做到的。有了这种精神，它就是最理想主义的，同时又是最现实主义的；它是很实用的，但是并不肤浅。

入世与出世是对立的，正如现实主义与理想主义也是对立的。中国哲学的任务，就是把这些反命题统一成一个合命题。这并不是说，这些反命题都被取消了。它们还在那里，但是已经被统一起来，成为一个合命题的整体。如何统一起来？这是中国哲学所求解决的问题。所求解决的这个问题，就是中国哲学的精神。

中国哲学以为，一个人不仅在理论上而且在行动上完成这个统一，就是圣人。他是既入世而又出世的。中国圣人的精神成就，相当于佛教的佛、西方宗教的圣者的精神成

---

① 未知生，焉（yān）知死：出自《论语·先进》。《论语》是儒家经典之一，是由孔子的弟子编纂的有关孔子言行的记录，共二十章，也是研究孔子思想的主要资料。

② 圣人，人伦之至也：出自《孟子·离娄（lóu）上》。意思是达到精神最高境界的人才是圣人。

③ 耶教（Yējiào）：即基督教，是世界上传播最广，信徒人数最多，影响最大的宗教。与佛教、伊斯兰教并称为世界三大宗教。世界基督教包括罗马公教（中国通称天主教）、东正教和新教（又称基督教）。

④ 儒家（Rújiā）：先秦时期的思想流派，以孔子为代表，主张礼治，强调传统的伦常关系。

⑤ 宋代（Sòng Dài）：朝代名（960—1279）。

⑥ 新儒家：指以朱熹为代表人物的儒学思想。其特征是既谈论作为人格之际的"道"或道德意义上的正确生活方式，也探讨作为天人之际的"道"，即人与天地的结合以及人性与天命的统一问题。

⑦ 不离日用常行内，直造先天未画前：这是宋代哲学家王阳明《别诸生》中的两句诗，强调思想、灵魂不能完全脱离日常生活。

就。但是中国的圣人不是不问世务的人。他的人格是所谓"内圣外王"①的人格。内圣，是就其修养的成就来说的；外王，则是就其在社会上的功用来说的。圣人不一定有机会成为实际政治的领袖。就实际的政治来说，他大概是没有机会的。所谓"内圣外王"，只是说，有最高的精神成就的人，按道理说可以为王，而且最宜于为王。至于实际上他有机会为王与否，那是另外一回事，亦是无关宏旨的。

照中国的传统，圣人的人格既是内圣外王的人格，那么哲学的任务，就是使人有这种人格。所以哲学所讲的就是中国哲学家所谓内圣外王之道。

这个说法很像柏拉图所说的"哲学家——王"。照柏拉图所说，在理想国中，哲学家应当为王，或者王应当是哲学家；一个人为了成为哲学家，必须经过长期的哲学训练，使他的心灵能够由变化的事物世界"转"入永恒的理念世界。柏拉图说的，和中国哲学家说的，都是认为哲学的任务是使人有内圣外王的人格。但是照柏拉图所说，哲学家一旦为王，这是违反他的意志的，换言之，这是被迫的，他为此作出了巨大的牺牲。古代道家的人也是这样说的。据说有个圣人，被某国人请求为王，他逃到一个山洞里躲起来。某国人找到这个洞，用烟把他熏出来，强迫他担任这个苦差事②。这是中国古代道家的人和柏拉图相似的一点，也显示出了道家哲学的出世品格。到了公元三世纪，新道家郭象，遵循中国哲学的主要传统，修正了这一点。

儒家认为，处理日常的人伦世务，不是圣人分外的事。处理世务，正是他的人格完全发展的实质所在。他不仅作为社会的公民，而且作为"宇宙的公民"，即孟子所说的"天民"，来执行这个任务。他一定要自觉他是"宇宙的公民"，否则他的行为就不会有超道德的价值。他若当真有机会为王，他也会乐于为人民服务，既作为社会的公民，又作为"宇宙的公民"，履行职责。

孟子

由于哲学讲的是内圣外王之道，所以哲学必定与政治思想分不开。尽管中国哲学各家不同，各家哲学无不同时提出了它的政治思想，但这不是说，各家哲学中没有形而上

---

① 内圣外王：出自《庄子·天下篇》，是中国古代伦理思想中的一种理想人格。意为内修圣人之德，外施王者之政或外务社会事功。儒家内圣外王为主的理想人格，对中国社会的政治、伦理、哲学、文化产生了深远的影响，成为中国历代士人与知识分子人生追求的理想目标。

② 据说有个圣人……强迫他担任这个苦差事：故事见《吕氏春秋·贵生》。

学①，没有伦理学，没有逻辑学。这只是说，所有这些哲学都以这种或那种方式与政治思想联系着，就像柏拉图的《理想国》既代表他的整个哲学，同时又是他的政治思想。

举例来说，名家②以沉溺于"白马非马"之辩而闻名，似乎与政治没有什么联系。可是名家领袖公孙龙"欲推是辩，以正名实，而化天下焉"③。我们常常看到，今天世界上每个政治家都说他的国家如何希望和平，但是实际上，他讲和平的时候往往就在准备战争。在这里，也就存在着名实关系不正的问题。公孙龙以为，这种不正关系必须纠正。这确实是"化天下"的第一步。

由于哲学的主题是内圣外王之道，所以学哲学不单是要获得这种知识，而且是要养成这种人格。哲学不单是要知道它，而且是要体验它。它不单是一种智力游戏，而是比这严肃得多的东西。正如我的同事金岳霖教授在一篇未刊的手稿中指出的："中国哲学家都是不同程度的苏格拉底。其所以如此，是因为道德、政治、反思的思想、知识都统一于一个哲学家之身；知识和德性在他身上统一而不可分。他的哲学需要他生活于其中；他自己以身载道④。遵守他的哲学信念而生活，这是他的哲学组成部分。他要做的事就是修养自己，连续地、一贯地保持无私无我的纯粹经验，使自己能够与宇宙合一。显然这个修养过程不能中断，因为一中断就意味着自我复萌，丧失他的宇宙。因此，在认识上他永远摸索着，在实践上他永远行动着，或尝试着行动。这些都不能分开，所以在他身上存在着哲学家的合命题，这正是合命题一词的本义。他像苏格拉底，

---

① 形而上学（xíng'érshàngxué）：同辩证法相对立的世界观或方法论。认为一切事物都是孤立的，永远不变的；如果说有变化，只是数量的增减和场所的变更，这种增减或变更的原因不在于事物内部而在于事物外部。也叫玄学。

② 名家（Míngjiā）：一称"辩者"，又称"刑名家"，战国时的一个学派。《汉书·艺文志》把它列为"九流"（指先秦学术流派儒、道、阴阳、法、名、墨、纵横、杂、农等九家）之一。主要代表人物是惠施和公孙龙。他们对古代逻辑的发展有一定贡献。

③ 欲推是辩，以正名实，而化天下焉：出自《公孙龙·子迹府》。意思是要推理这个辩论，来证明自己是名副其实的，可以教化天下。

④ 以身载道：以人道实证的方法论为基础，要求人们亲自去体验修养，把做人的道理、规则自动体现出来。

他的哲学不是用于打官腔的。他更不是尘封的陈腐的哲学家，关在书房里，坐在靠椅中，处于人生之外。对于他，哲学从来就不只是为人类认识摆设的观念模式，而是内在于他的行动的箴言体系；在极端的情况下，他的哲学简直可以说是他的传记。"

（摘自 冯友兰《中国哲学简史》，北京大学出版社，1996 年）

思考与回答

1. 中国哲学的问题和中国哲学的精神分别是指什么？

2. "内圣外王" 应怎样理解？

3. 为什么说中国哲学是 "既入世而又出世的"？

4. 中国哲学的精神与修身做人的关系是什么？

背景链接

冯友兰（1895—1990），字芝生，河南人，中国著名的哲学家、哲学史家、教育家。他用近现代哲学研究方法对中国传统哲学进行发掘和阐述，构建了自己独特的哲学思想体系，成为一代哲学宗师。主要论著有"三史"（《中国哲学史》、《中国哲学简史》、《中国哲学史新编》）、"六书"（《新理学》、《新事论》、《新世训》、《新原人》、《新原道》、《新知言》）。

词语

1. 主流	zhǔliú	（名）	比喻事情发展的主要方面。
2. 试图	shìtú	（动）	打算。
3. 同一	tóngyī	（形）	一致；统一。
4. 苦痛	kǔtòng	（形）	痛苦。
5. 肉体	ròutǐ	（名）	人的身体（区别于"精神"）。
6. 解脱	jiětuō	（动）	佛教用语，摆脱苦恼，得到自在。
7. 人伦	rénlún	（名）	封建礼教所规定的人与人之间的关系，特指尊卑长幼之间的关系，如君臣、父子、夫妇、兄弟、朋友的关系。
8. 入世	rùshì	（动）	投身到社会里。
9. 主义	zhǔyì	（名）	对客观世界、社会生活以及学术问题等所持有的系统的理论和主张。
10. 肤浅	fūqiǎn	（形）	学识浅；理解不深。
11. 间接	jiànjiē	（形）	通过第三者发生关系（跟"直接"相对）。
12. 地狱	dìyù	（名）	某些宗教指人死后灵魂受苦的地方（跟"天堂"相对）。
13. 来世	láishì	（名）	来生。
14. 人格	réngé	（名）	个人的道德品质。
15. 范畴	fànchóu	（名）	人的思维对客观事物的普遍本质的概括和反映。各门科学都有自己的一些基本范畴，如本质和现象、形式和内容、必然性和偶然性等。
16. 描写	miáoxiě	（动）	用语言、文字等把事物的形象表现出来。
17. 命题	mìngtí	（名）	逻辑学指表达判断的语言形式。例如，"北京是中国的首都"这个句子就是一个命题。
18. 修养	xiūyǎng	（名）	指理论、知识、艺术、思想等方面的一定水平。

19. 宜	yí		合适。
20. 无关	wúguān	（动）	没有关系；不涉及。
21. 宏旨	hóngzhǐ	（名）	主要的意思。
22. 理念	lǐniàn	（名）	思想；观念。
23. 意志	yìzhì	（名）	为了达到某种目的而自觉地努力的心理状态。
24. 换言之	huàn yán zhī		〈书〉换句话说。
25. 差事	chāishi	（名）	被派遣去做的事情。
26. 修正	xiūzhèng	（动）	修改使正确。
27. 分外	fènwài	（形）	本分以外。
28. 执行	zhíxíng	（动）	实施；实行（政策、法律、计划、命令、判决中规定的事项）。
29. 乐于	lèyú	（动）	对于做某种事情感到快乐。
30. 履行	lǚxíng	（动）	实践（自己答应做的或应该做的事）。
31. 职责	zhízé	（名）	职务和责任。
32. 伦理学	lúnlǐxué	（名）	关于道德的起源、发展，人的行为准则和人与人之间的义务的学说。
33. 逻辑学	luójixué	（名）	哲学的一个分支，研究思维的形式和规律。旧称名学、辩学、论理学。
34. 沉溺	chénnì	（动）	陷入不良的境地而不能自拔。
35. 体验	tǐyàn	（动）	通过实践来认识周围的事物。
36. 手稿	shǒugǎo	（名）	亲手写成的底稿。
37. 反思	fǎnsī	（动）	思考过去的事情，从中总结经验教训。
38. 纯粹	chúncuì	（形）	不掺杂别的成分的。
39. 萌	méng	（动）	萌生。
40. 尝试	chángshì	（动）	试；试验。
41. 打官腔	dǎ guānqiāng		指说一些原则、规章等冠冕堂皇的话对人进行应付、推托、责备。
42. 尘封	chénfēng	（动）	搁置已久，被尘土盖满。
43. 陈腐	chénfǔ	（形）	陈旧腐朽。

44.	摆设	bǎishè	（动）	把物品（多指艺术品）按照审美观点安放。
45.	内在	nèizài	（形）	存在于心，不表露在外。
46.	箴言	zhēnyán	（名）	〈书〉劝诫的话。
47.	传记	zhuànjì	（名）	记录某人生平事迹的文章。

专有名词

	Bólātú	
1.	柏拉图	（Plato，公元前 427—前 347）古希腊最著名的哲学家和教育家。
	Kǒngzǐ	
2.	孔子	（公元前 551—前 479）名丘，字仲尼，春秋末期鲁国陬邑（今山东曲阜市东南）人。中国古代著名的思想家、教育家和儒家学派的创始人，被后人尊称为"至圣先师""万世师表"。
	Mèngzǐ	
3.	孟子	（公元前 372—前 289）名轲，字子舆，邹城（今山东邹县）人。战国时期伟大的思想家，儒家的主要代表人物之一。
	Guō Xiàng	
4.	郭象	（约 252—312）字子玄，河南洛阳人，西晋哲学家。好老庄，善清谈。著有《庄子注》，阐扬老庄思想。
	Gōngsūn Lóng	
5.	公孙龙	生卒年不详，活动年代约在公元前 320 年至前 250 年间。战国时期哲学家。
	Jīn Yuèlín	
6.	金岳霖	（1895—1984）浙江人，中国 20 世纪著名的哲学家、逻辑学家，杰出的教育家。
	Sūgélādǐ	
7.	苏格拉底	（Socrates，公元前 469—前 399）古希腊雅典人，著名的哲学家、教育家。主张有知识的人才具有美德，才能治理国家，强调"美德就是知识"。

词语讲解与练习

 词语例释

1. 就

<table><tr><td>介词</td><td>表示从某一方面进行论述，用来限制论说的范围。</td></tr></table>

◎ 专就一个人是人来说，所可能有的最高成就是成为什么呢？

◎ 专就中国哲学中主要传统来说，我们若了解它，就不能说它是入世的，然而也不能说它是出世的。

◎ 内圣，是就其修养的成就来说的；外王，则是就其在社会上的功用来说的。圣人不一定有机会成为实际政治的领袖。就实际的政治来说，他大概是没有机会的。

① 就病人目前的情况而言，动这么大的手术是不适宜的。

② 虽然这场比赛中国队输了，但就队员们的表现而论，踢得还是相当够水平的。

③ 这种商品就质量看，相当不错；就包装看，实在太差。

多用于对比的复句中。常见格式有：就……（来）说／（来）讲、就……而言/而论、就……看。前面可加副词"专、只、仅"。

④ 就论文不足之处，大家可以畅所欲言。

⑤ 两国首脑在会晤中就当前国际形势和两国关系等问题深入地交换了意见。

介绍动作的对象或范围。后面常加名词或名词短语。

⑥ 我们可以因地制宜，就地取材，就地生产，就地加工，就地销售。

⑦ 灾害发生后，政府立即采取救援措施，就近调拨了一批物资紧急运往灾区。

⑧ 你散步的时候，就手带瓶酱油回来吧。

📖 表示借用便利条件；趁着。如"就地、就近、就手"。

⑨ 到这儿出差，我想就空儿去看望一下老朋友。

⑩ 就你四月来扬州（的空儿），我想请你吃鲫（jì）鱼。

📖 表示借用有利的时机；趁着。如"就空儿、就热、就亮儿"等。

2. 分外

形容词 表示本分以外。

◎ 儒家认为，处理日常的人伦世务，不是圣人分外的事。处理世务，正是他的人格完全发展的实质所在。

① 我的工作不分分内和分外。

② 她心地善良，乐于助人，从不把帮助别人看做分外的事。

📖 多修饰名词。

副词 表示超过平常；特别。

③ 月到中秋分外明。

④ 马走在花海中，显得分外矫健。

⑤ 他大步流星地走来，一身戎装，头顶缠着的白色绷带分外醒目。

⑥ 因为打算买房，所以我俩对房产市场的每一点变化都分外关注与敏感。

📖 修饰形容词，作状语。只能用在主语后。

3. 纯粹

形容词 表示不掺杂别的成分的。

◎ 他（哲学家）要做的事就是修养自己，连续地、一贯地保持无私无我的纯粹经验，使自己能够与宇宙合一。

① 陶器是用比较纯粹的黏土制成的。

② 我们这么说并不是批评他们，只是说中国的文学家应当有一些关于艺术的较为纯粹一些的考虑，即艺术不等同于商品。

③ 你用心地做一件事的时候，即使是多么微不足道的事情，只要在听、看、思考，就会在不知不觉中享受到纯粹的喜悦。

④ 纯粹的事物，比较容易打动人心。比如，纯粹地听音乐，纯粹地爱，纯粹地发呆，甚至纯粹地怨恨，因为无关城府，所以倒显得可爱。

📖 作定语、状语。

副词 表示判断、结论的不容置疑，单纯地；单单。

⑤ 这种想法纯粹是为目前打算。

⑥ 这家公司招聘有内部指标？那纯粹是骗局。

📖 多跟"是"连用。

4. 摸索

动词 寻找（方向、方法、经验等）。

◎ 因此，在认识上他永远摸索着，在实践上他永远行动着，或尝试着行动。这些都不能分开，所以在他身上存在着哲学家的合命题，这正是合命题一词的本义。

① 他们在工作中初步摸索出一些经验。

② 经过两百多次尝试，他终于摸索出一套完整独特的实验方法。

③ 她平时注意做有心人，最终摸索到了一条敛财的规律。

📖 后面的宾语一般是抽象物，如"经验、规律、方法"；后面可加趋向动词，也可加动词"到"。

④ 他们在暴风雨的黑夜里摸索着前进。

⑤ 屋里伸手不见五指，大衣在哪儿呢？我慌乱地摸索起来。

⑥ 他们在漆黑的街道上摸索了半个小时才找到一家快餐厅。

📖 表示试探着（行进）。前面不能加"不"；后面可加助词"着"、趋向动词和时间词。

二 词语辨析

1. **体验 体会**

体验

◎ 由于哲学的主题是内圣外王之道，所以学哲学不单是要获得这种知识，而且是要养成这种人格。哲学不单是要知道它，而且是要体验它。

① 的确，创作的甘苦亲身体验一下，与没有去尝试、体验是大不相同的。

② 心理学认为，所谓"体验"，就是"人们在实践中亲身经历的一种内在活动，体验更多地是指情感活动，是对情感的种种体会和感受"。

③ 为了给儿童刊物写一篇《炼铁的故事》，八十高龄的他亲自到炼钢厂体验起生活来。

④ 其实，这也并非什么奇特的事情，在上海的弄堂里租一间小房子住的人，就时时可以体验到。

体会

⑤ 那种快乐，只有参与者自己能体会出来。

⑥ 我没有他那样的经历，但我似乎也体会得到那种失去信仰的痛苦和彷徨。

⑦ 鉴赏文艺作品，要和作者的心情相契合，要通过作者的文字去认识世界，体会人生，当然要靠读者自己的努力。

异同归纳		体验	体会
同	词性	动词	
	词义	表示通过亲身接触对事物有所感受、了解、认识。	
	语法功能	能带宾语，而且常常是事物宾语；后面可加动量词"下、次、番"，如例①；可加结果补语，如例④。	
异	词义侧重	着重于在实践中感受，从感性方面认识事物。	着重于领会、理解，从理性方面认识事物。
	搭配对象	生活、现实、痛苦、人生、情感……	思想、内容、精神、实质、意义、意思、快乐、幸福……
	语法功能	后面可加趋向动词"起来、下去"，如例③。	后面可加趋向动词"出来、下去"，如例⑤；后面可加可能补语，如例⑥。

2. **反思　反省**

反思

◎ 中国哲学家都是不同程度的苏格拉底。其所以如此，因为道德、政治、反思的思想、知识都统一于一个哲学家之身；知识和德性在他身上统一而不可分。

① 对于已有的遗憾，我们何不静下心来好好地去反思、总结一番呢？

② 为什么群众对他有那么大的意见？他冷静下来后不得不反思起自己过去的行为来。

③ 反思是人的智慧和品格发展的一种最重要的方式，并在教育、教学中占有重要地位。

④ 反思性学习是一种有效的学习方式，它的基本特征是探究性。即在考查学习活动的经历中探究其中的问题和答案，重构自己的理解，激活个人的智慧，使学习活动成为一种有目标、有策略的主动行为。

反省

⑤ 你现在必须检查自己的错误，好好反省一下。

⑥ 由于反省的过程通常是自我否认的过程，所以，一个具备反省能力的人一定是具有自我否定精神的人。那些自以为是、骄傲自满的人是不可能具备反省能力的。

⑦ 他反省了两天，终于认识到自己的错误。

异同归纳		反思	反省
同	词性	动词	
	词义	表示思考过去的事情，从中总结经验教训。	
	语法功能	作谓语时能带宾语；后面可加动量词"下、番"，如例①⑤；后面也可加趋向动词"起来、下去"，如例②。	
异	词义侧重	着重于从过去的思想行为中总结经验教训。	着重于从过去的思想行为中检查错误。
	语义轻重	较轻	略重
	搭配对象	（过去的）言行、生活……	（过去的）言行、生活态度、生活方式……
		多表示抽象事物。	表示的事物既抽象又具体。
	语法功能	后面可加介词"到"。	后面可加时间补语，如例⑦。
	固定搭配	～性学习、～教学法	
	语体风格	书面语	书面语、口语

3. 修正　修改

修正

◎ 这是柏拉图和古代道家的人相似的一点，也显示出道家哲学的出世品格。到了公元三世纪，新道家郭象，遵循中国哲学的主要传统，修正了这一点。

① 工程师听取其他技术人员和施工工人的合理建议，将施工方案作了某些修正。

② 也许不必非到终点再总结自己的一生，而应该像舵手（duòshǒu）那样不断地修正自己的方向。

③ 针对征集到的意见，吴总经理对"奖惩"这一条款修正了一番。

④ 昨日国税总局一位官员向记者透露，《个人所得税法修正案》最早有可能在今年9月的人大常委会获得通过。

修改

⑤ 叶教授说这篇论文修改起来挺费事。

⑥ 据可靠消息，大楼的设计方案已经修改到第三部分了。

⑦《个人所得税法修正案草案》23日提交中国最高立法机关进行首次审议。修改主要涉及两项内容。

⑧ 这本书我已经修改了两遍了，可以说是经过了两次润色加工。

异同归纳		修正	修改
同	词性	动词	
	词义	表示把已经形成的事物加以变动，使更趋于完善或由不合适变为合适。	
	语法功能	能带宾语；后面可加动量词"下、次、番、遍"，如例③⑧。	
异	词义侧重	着重于把不妥的甚至错误的改为正确的。	着重于改正书面文字中的不妥之处。
	语义轻重	用于文字材料时词义比"修改"重。	略轻。
	搭配对象	（各种文字材料）文稿、计划、方案、作品、宪法…… 方向、航向、理论、对策、观点、错误、说法、数据、准星、标尺……	（各种文字材料）文稿、计划、方案、作品、宪法…… 缺点、错误、毛病、病句、作文……
		使用范围宽。	使用范围没有"修正"那么宽。
	语法功能	后面一般不能加趋向动词和介词短语。	后面一般可加趋向动词"出、出来、过来、起来"，如例⑤； 后面可加介词"到"，如例⑥。
	固定搭配	~案	

4. 描写　描绘

描写

◎ 有位哲学家讲到宋代的新儒家，这样描写道："不离日用常行内，直造先天未画前。"这正是中国哲学要努力做到的。

① 他当时的神态，我很难用笔描写出来。

② 这个电影故事看录像很好理解，但描写起来很难。

③《西游记》描写了唐僧、孙悟空、猪八戒、沙和尚四人，历尽艰难险阻，战胜妖魔鬼怪，到西天取经的故事。

④ 女作家一般比较擅长人物心理描写和故事细节描写。

描绘

⑤ 小说细致地描绘出了祥子为了实现自己的生活愿望所作的各种努力。

⑥ 马达用一支铅笔在图画纸上轻轻地、敏捷地描绘着，只有几笔，就出现了一个柔婉生动、非常美丽的青年妇女形象。

⑦ 老师要求我们把小说的人物形象描绘一番。

异同归纳		描写	描绘
同	词性	动词	
	词义	表示把事物或人物形象地具体地表现出来。	
	语体风格	书面语	
	语法功能	能带宾语。	
异	词义侧重	着重于用语言文字生动、形象、具体地表述事物，刻画人物。如课文例句、例③。	着重于用语言文字写或用笔画，把事物、人物生动、形象、具体地表现出来。如例⑥。
	搭配对象	人、景物、场面……	人、景物、场面、美丽的景色……
			使用范围比"描写"宽。
	固定搭配	人物~、景物~、心理~、细节~	

三 词语搭配

1. 探索

艰苦的～	～奥秘	不断地～
～的结果	～真理	～出一条出路
～的欲望	～自然之谜	～得很不够

2. 执行

～任务	～的情况	坚决（地）～
～命令	～得怎么样	严格（地）～各项规章制度
～政策	～起来	无条件地～上级指示

3. 解脱

～烦恼	得到了～	难以～的痛苦
～危机	不可～	从苦恼中～出来
～灾难	寻求～	终于～了

4. 职责

神圣的～	履行～	～分明
庄严的～	明确～	～不清
应尽的～	神圣的～	每个公民的～

四 练习

（一）模仿例子组成新词语

1. 深思 ＿＿＿思 ＿＿＿思 ＿＿＿思
2. 体验 体＿＿＿ 体＿＿＿ 体＿＿＿
3. 哲学 ＿＿＿学 ＿＿＿学 ＿＿＿学
4. 入世 入＿＿＿ 入＿＿＿ 入＿＿＿

5. 智力　　　 _____力　　　　 _____力　　　　 _____力

6. 主流　　　 主_____　　　　 主_____　　　　 主_____

7. 手稿　　　 _____稿　　　　 _____稿　　　　 _____稿

8. 反思　　　 反_____　　　　 反_____　　　　 反_____

9. 政治家　　 _____家　　　　 _____家　　　　 _____家

10. 描写　　　 描_____　　　　 描_____　　　　 描_____

11. 理想主义　 _____主义　　　 _____主义　　　 _____主义

12. 打官腔　　 打_____　　　　 打_____　　　　 打_____

（二）选择恰当的词语填空

> 修正　修改　　描写　描绘　　反思　反省　　体验　体会

1. 人生的经历大概都是相通的：求学、工作、结婚、养育孩子……但有些东西，你没有亲身_____，是感受不到的。

2. _____的过程也是我们对所遵循的标准不断反思和不断提高的过程。

3. 这种生活我也曾体验过，不过，我却没有你的那种_____。

4. _____是现代教育的需要，在当今把创新意识和解决问题的能力作为衡量和评价学生成绩优劣的主要标准的同时，我们更应强调学习中的这一环节。

5. _____论文是件费脑子的事，屋子里闹哄哄的，我的注意力怎么也集中不起来。

6. 很多人喜欢毕淑敏，是因为她敏锐的创作思维、独到的细腻笔触以及对人物纯粹而彻底的心理_____。

7. 随着数据的不断完善，或者是计算方法和分类标准发生了变化，需要对 GDP（国内生产总值）数据进行_____，这是统计领域的国际惯例。

8. 倘若古时候，有任何一位艺术家，仅仅在心目中想象出太阳、恒星、行星诸星系，又用语言或画笔_____出今夜的天空所呈现的景象，然后以天文家的智慧对诸星系进行阐述解释，那么，我们会对他推崇备至。

（三）用指定词语完成句子

1. 国庆前夕，园林艺术工人用鲜花制作成各式各样的雕塑，_____
_____。（分外）

2. 你不用拿这样的眼神看着我，_____。（无关）

3. 我虽然没有亲自去调查，_____。（间接）

4. 他仍然是一副怅然若失的样子，_____。（解脱）

5. 菊花的栽种是需要技术和耐心的。退休后的王老先生通过几年的细心观察和
养花实践，_____。（摸索）

6. 其实，电脑的程序设计并不复杂，_____
_____。（尝试）

7. 孔子说"三人行，必有我师"，说明了虚心学习的重要性。_____
_____。（体会）

8. 老李，咱们可是老朋友，_____
_____，你问一问自己，不觉得这么做太过分了吗？（打官腔）

9. 当我们跟别人发生矛盾的时候，_____
_____，这样才有利于矛盾的解决。（反省）

10. 在当今社会，阅读仍不失为一种修身养性的好方法，_____
_____。（修养）

（四）用指定词语完成下列对话

1. A：有的企业一直拖欠农民工的医疗补贴，据说是因为资金问题。

   B：_____。（纯粹）

2. A：跟你说过多少遍了，不该你管的你就别插手，做好你分内的工作就行了。

   B：_____。（分外）

3. A：_____？（尝试）

   B：我可不行，我从小就怕水，我这辈子只好做"旱鸭子"了。

4. A：小王看见我提着这么多东西就用车把我送回来了。

   B：_____。（乐于）

5. A：依我看，这部爱情戏还是老一套，俗不可耐。

   B：＿＿＿＿＿＿＿＿＿＿＿＿＿＿＿＿＿＿＿＿＿＿＿＿＿＿＿＿＿＿。（模式）

6. A：警察同志，我没带驾驶证，您就通融一下吧。

   B：＿＿＿＿＿＿＿＿＿＿＿＿＿＿＿＿＿＿＿＿＿＿＿＿＿＿＿＿＿＿。（履行）

7. A：在国外留学这几年感受很多吧？

   B：＿＿＿＿＿＿＿＿＿＿＿＿＿＿＿＿＿＿＿＿＿＿＿＿＿＿＿＿＿＿。（体验）

8. A：你怎么把责任都推到他一个人身上？

   B：＿＿＿＿＿＿＿＿＿＿＿＿＿＿＿＿＿＿＿＿＿＿＿＿＿＿＿＿＿＿。（无关）

（五）选择适当的一组词语填空

1. ① 在日常生活中，教师和家长总会遇见个别孩子＿＿＿＿＿于电视、游戏机、电脑网络等虚拟世界而难以自拔。他们常常把看电视、打游戏和上 QQ（网络聊天）等当做自己每一天的"必修课"，而且投入的精力越来越多，可以说这些虚拟世界都成了他们的"精神支柱"了。

   ② 现实生活中，我们按照自己的理解去解决问题，处理麻烦；在不断地失败和经受挫折的过程中，我们逐渐明白哪儿不对头，哪些地方需要纠正，在纠正自己行为的同时，也开始＿＿＿＿＿自己的行为标准，使自己达到一个更高的境界。

   ③ 一个懂得＿＿＿＿＿自己的人总是让人喜欢的人，因为他们谦虚、宽容、大方、严于律己、心态平和，他们懂得给别人留下足够的余地，但却毫不留情地批判自己，改正错误，并且富有自嘲精神。

   ④ 世界上万事万物都是对立统一的矛盾体，不可能有＿＿＿＿＿的东西。一方面有好恶、是非之分；另一方面好人身上有缺点，坏人身上有长处。这完全符合辩证法。

   A. ① 留恋　　② 改正　　③ 沉思　　④ 全部

   B. ① 沉醉　　② 修改　　③ 反抗　　④ 纯真

   C. ① 迷恋　　② 纠正　　③ 深思　　④ 完全

   D. ① 沉溺　　② 修正　　③ 反省　　④ 纯粹

   正确选项＿＿＿＿＿＿＿＿＿＿＿＿＿＿

2. ① 人需要别人的赞美，同样也需要朋友的批评。我们应该把虚心接受别人的批评作为自己的一种_____。

② 尊重别人是一种巨大的_____力量，它能产生强大的凝聚力和感染力，使别人愿意团结在你的周围，也可以改善自己的社会关系。

③ 入迷与入门仅有一字之差，然而二者既对立又统一；既有着必然_____又有着天壤之别。

④ 我认识一个女生，人很好，只是有点儿不善言谈。平时，她也很_____助人，但周围的人却不理解她，反而说她太内向，不合群，甚至猜测她对每个人都有敌意。

A. ① 修养　　　② 人格　　　③ 联系　　　④ 乐于

B. ① 教养　　　② 人格　　　③ 关系　　　④ 乐于

C. ① 修养　　　② 品格　　　③ 联系　　　④ 乐于

D. ① 教养　　　② 人格　　　③ 关系　　　④ 乐于

正确选项_ _ _ _ _ _ _ _ _ _ _

（六）将下列几句话填在文中适当的位置上

A. 涌现出许多重要的思想家

B. 其共同点是

C. 萌芽于商周之际

D. 先后出现过众多的学术流派

中国哲学思想_____①_____。西周初年的《尚书·洪范》提出的五行学说，以木、火、金、水、土作为构成世界的最基本的元素，而在商周时期就已有了原始的"阴阳"观念，而且《周易》还以八卦（bāguà　中国古代的一套有象征意义的符号，用于占卜）说明自然现象和社会关系。春秋战国时期，哲学思想异常活跃，_____②_____，如老子、孔子、墨子等，形成道家、儒家、墨家、名家、法家、阴阳家、兵家、农家等学派。在三千年中国哲学发展史上，_____③_____，其中影响最大的有原始儒家、原始道家、中国佛学和宋明理学。_____④_____：他们的智慧都是人生的智慧。当然，最基础的、最重要的还是儒、道两家。

（七）下面每段话都画出了 A B C D 四个部分，请挑出有错误的部分

1. 考试以后，学校要求各职能部门找出本部门存在的实际问题，分析潜在的影
   A　　　　　　　　　　　　　　B
   响学生教育和教学质量的原因，提出修正而预防措施。
   C　　　　　　　　　　　D　　　　　　　　　（　　）

2. 我们到达村子时天已经黑了，由于道路昏暗，地形又不熟，汽车只好小心翼
   A　　　　　　　　　B　　　　　　C
   翼地绕过杂物和坑洼探索前行。
   D　　　　　　　　　　　　　　　（　　）

3. 舞蹈《千手观音》的表演者是一群聋哑残疾人，她们运用纯粹肢体语言，创作
   A　　　　　　　　　　　　　　　　　B
   出了震撼人心的优美作品，使观众为之动容。
   C　　　　　　D　　　　　　　　　　　（　　）

4. 反省是一种能力。意思是对自己的行为思想作深刻思考，而把自己做人做事
   A　　　　　　　B　　　　　　　　　　C
   不对的地方想清楚，然后纠正自己的错误，修正自己所走的人生道路。（　　）
   D

5. 青海是一个多民族聚居的地方，有维吾尔族、哈萨克族，还有蒙古族。它跟
   A　　　　　　　　　　　B
   西藏太不一样，西藏的民族是比较单一的。
   C　　　　　D　　　　　　　　　　　（　　）

6. 不难看出，孩子容易沉溺于虚拟世界的一般都比较内向、固执、敏感、偏激、
   A　　　　　　B
   不合群等，这使得他们在待人处事上缺乏毅力和耐心，经受不住挫折和失败
   　　　　　C
   的打击。
   D　　　　　　　　　　　　　　　（　　）

7. 如今的中国人，思想已发生了巨大的转化，人们的行为准则已在多方面异于从
   A　　　　　　　　　　　B

前，<u>但作为一个民族的内在精神，中国人仍然离不开先哲们的思想轨迹。</u>
　　　　　C　　　　　　　　　　　　　D

（　　）

8. <u>假如说学音乐是因为孩子真的很爱音乐，他而且有强烈的感性，还知道音乐是</u>
　　A　　　　　　　　　　　　　　　　　　　　　B

<u>苦差事，有奉献精神，那他就适合学音乐了。</u>
　　C　　　　　　　D

（　　）

修辞提示与练习

 一 篇章的连贯——词语的运用

（一）分析

　　句子是组成段落、篇章的基本单位，但段落、篇章所表达的思想并不是各句意思的简单相加，而是句子与句子间的语义关联、相互影响的结果。注意语言形式上的衔接与呼应，也是保持话语连贯的一个重要条件。要使语言前后衔接紧密，可以采用下面一些方法。

　　1. 恰当地使用关联词语

　　关联词语可以连接复句中的分句，表示分句间的关系，也可以连接句子或段落，表示句子间或段落间的关系。恰当地使用关联词语，可以使语言连接紧密，语义表达连贯。例如：

　　① 照中国的传统，圣人的人格既是内圣外王的人格，那么哲学的任务，就是使人具有这种人格。所以哲学所讲的就是中国哲学家所谓内圣外王之道。

　　② 佛家就说，生就是人生的苦痛的根源。柏拉图也说，肉体是灵魂的监狱。有些道家的人"以生为附赘悬疣，以死为决疣溃痈"。这都是以为，欲得到最高的成就，必须脱离尘罗世网，必须脱离社会，甚至脱离"生"。只有这样，才可以得到最后的解脱。这种哲学，即普通所谓"出世的哲学"。

③ 有许多人说，中国哲学是入世的哲学。很难说这些人说的完全对了，或完全错了。从表面上看中国哲学，不能说这些人说错了，因为从表面上看中国哲学，无论哪一家思想，都是或直接或间接地讲政治，说道德。……

不过这只是从表面上看而已，中国哲学不是如此简单就可以了解的。专就中国哲学中主要传统来说，我们若了解它，就不能说它是入世的，然而也不能说它是出世的。它既入世而又出世。……

入世与出世是对立的，正如现实主义与理想主义也是对立的。

例①先用条件关系的关联词语连接第一个句子，然后再用因果关系的关联词语连接两个句子组成一个语段；例②是由四个复句组成的语义复杂的语段，分别用表示因果关系、条件关系、解说关系的关联词连接起来，显得语义明确，论说严密，非常连贯；例③是用三个语段组成的篇章，第二段通过转折关系的关联词与上一段连接，并通过意义上有转折关系的关联词"然而"与上面衔接，语义明确，说理透彻，语义畅达。

2. 巧妙地使用独立成分

所谓独立成分，是指独立于整个句子的结构之外，不作句子成分，而具有连接作用的成分。一般独立成分的连接词语有：另外、另、以上、实际上、比如、当然、其实、是的、总而言之、从……来说／来讲、照……所说／所讲、再说、言归正传等。例如：

① 问题就在于，人如欲得到这个同一，是不是必须离开社会，或甚至必须否定"生"？

照某些哲学家说，这是必须的。佛家就说，……

另有一种哲学，注重社会中的人伦和世务。即普通所谓"入世的哲学"。从入世的哲学的观点看，……

② 有许多人说，中国哲学是入世的哲学。很难说这些人说的完全对了，或完全错了。

从表面上看中国哲学，不能说这些人说错了，因为……

③ 由于哲学讲的是内圣外王之道，所以哲学必定与政治思想分不开。

举例来说，名家以沉溺于"白马非马"之辩而闻名，似乎……

例①独立成分"照某些哲学家说"利用上文的语境，巧妙地将两段内容串联起来，起到连接作用；独立成分"另有一种哲学"用例举的方式继续论述，又自然而然地与上一段连接起来。例②独立成分"从表面上看中国哲学"是从某一方面进行论述，是用解说的方式对上文所讲的问题进行进一步的论述，语段之间衔接自然。例③中作者先表明自己的论点，然后用独立成分"举例来说"来提出论据，连接语段。

（二）练习

1. 重新安排下列句子的语序

① A. 战国时代的孟子，有几句很好的话

B. 高官厚禄收买不了，贫穷困苦折磨不了，强暴武力威胁不了

C. 意思是说

D. 这就是所谓的大丈夫

E. "富贵不能淫，贫贱不能移，威武不能屈，此之谓大丈夫。"

_____

② A. 鲸、海豹等哺乳动物

B. 不过，这些高等动植物都是从陆地返回海洋的

C. 今天的海洋，除了鱼类以外，也有一些高等动物在那里生活

D. 海洋植物除了有低等的藻类，也有少数高等植物

E. 如海龟、海蛇等爬行动物　_____

③ A. 欧洲园林的特点是突出中轴线，采取几何对称式的平面布局

B. 而中国园林则是艺术地再现自然

C. 充分体现了"天人合一"的审美思想

D. 以规矩整齐、艺术雕塑为显著特点

E. 追求人的情趣和感情，使人归于自然的怀抱之中　_____

④ A. 主要表现为全球气候变暖，气流循环改变，使气候变化加剧

B. 森林是地球生态的主体，是地球的绿色之肺

C. 从而引发热浪、飓风、暴雨、洪涝和旱灾

D. 然而，由于地球上的燃烧物增多，使得地球生态环境急剧恶化

E. 森林维护地球生态环境的这种"能吞能吐"的功能是不可取代的

_____

⑤ A. 如果儒家坚持要求个人适应社会

　　B. 他坚定不移地认为，假如一个社会是道德的、正义的

　　C. 那么，庄子则要求社会适应个人

　　D. 那么这个社会就必须尽可能地为个体提供自由与发展的条件

　　E. 认为完美的个性就是无我地奉献给社会　　_____

⑥ A. 势力最大的佛教传入中国

　　B. 中国对外来文化从不盲目排斥

　　C. 被中华文化所吸收，使它变成中国传统文化的一部分

　　D. 而是有选择地吸收、改造，使之为我所用

　　E. 从而丰富了中国文化　　_____

⑦ A. 大城市年轻人的夜生活越来越丰富

　　B. 或者去健身房练一两个小时

　　C. 一到周末，他们或者跟朋友去酒吧，边喝边聊

　　D. 出一身汗，或者去电影院看通宵电影

　　E. 总之，周末的夜晚是年轻人放松身心、与朋友相聚的最好时刻

　　_____

⑧ A. 在自信和谦虚二者之间取得平衡的人

　　B. 在自信的同时，要发现别人的优点

　　C. 也必然能在今后取得更大的成功

　　D. 也要看到自己的不足

　　E. 这实在是一件对个人修养很有益处的事　　_____

2. 判断句 A 后面的句子如何展开

① A．到今年二月初，原定的研究工作已经完成，部分研究成果已发表在最新
　　　一期的《北京大学学报》上。……　　　　　　　　　　　（　　）

　　B₁. 这还是初步的研究成果，它的巨大意义是不难理解的。

　　B₂. 这还是初步的研究成果，但是，它的巨大意义是不难理解的。

② A．人体的体温一天之内是周期性变化的，一般说来，清晨 2 点到 6 点，体
　　　温最低，而下午 2 点到晚上 8 点体温最高。这种变化实际上跟人体的活
　　　动、血液循环以及呼吸机能的周期变化有关。……

B₁. 比如说长期上夜班的人，他有可能夜间的体温反倒偏高，白天体温反倒下降。

B₂. 如果改变生活方式，例如长期上夜班的人，他有可能夜间的体温反倒偏高，白天体温反倒下降。

③ A. 目前学术界普遍认为，······　　　　　　　　　　　　　　　　　（　　）

B₁. 就中国现代形态的美学而言，王国维是第一人，并被看做是中国现代美学的开创者。

B₂. 王国维是第一人，就中国现代形态的美学而言，并被看做是中国现代美学的开创者。

④ A. 一切科学的研究，就其来源来说是实践，就其功用来说是指导实践。······　　　　　　　　　　　　　　　　　　　　　　　　　　　　　　（　　）

B₁. 但是总的说来，还是要对指导实践起作用。当然，对于指导实践不能理解得太狭隘，有的研究在指导实践上不是那么直接，不是那么立竿见影。

B₂. 当然，对于指导实践不能理解得太狭隘，有的研究在指导实践上不是那么直接，不是那么立竿见影。但是总的说来，还是要对指导实践起作用。

⑤ A. 尊重孩子十分重要，成年人不太了解孩子也有感情和思维，能观察比较复杂的事情。······　　　　　　　　　　　　　　　　　　　　（　　）

B₁. 他们经常把孩子看成什么都不懂的小东西，其实，他们也看得懂复杂的东西。

B₂. 他们经常把孩子看成什么都不懂的小东西，其实，"小东西"也看得懂复杂的东西。

⑥ A. 很多保健品在宣传时往往夸大自己的功能，······　　　　　　　　（　　）

B₁. 其实，目前对保健品中国卫生部只批准了22种功能，其他所有超出此范围的关于保健品功能的宣传都是不可靠和不合法的。

B₂. 当然，目前对保健品中国卫生部只批准了22种功能，其他所有超出此范围的关于保健品功能的宣传都是不可靠和不合法的。

⑦ A. 哲学有什么用？这是个值得讨论的问题，但也应记得，也不是事事都要先看有用没用的。······　　　　　　　　　　　　　　　　　（　　）

B₁. 其实，西方开始发展近代科学的时候，并不是因为科学有用。由科学所支持的技术变成第一生产力是后来的事情。

B₂. 人们现在通常都认为科学很有用，把科学技术叫做第一生产力。

⑧ A. 中国学术，不能没有孔子、孟子，也不能没有老子、庄子；中国文化，不能没有儒家、释家（即佛家），也不能没有道家。……　　　　（　　）

B₁. 儒、释、道三家、三派、三教的相拒相融，互动互助，是中国传统文化与思想的特殊存在状态。

B₂. 当然，儒、释、道三家、三派、三教的相拒相融，互动互助，是中国传统文化与思想的特殊存在状态。

二 篇章的组织与修辞手段

（一）设问与篇章

什么是设问？在并无疑问的地方，故意提出问题，以引起读者的注意和思考，然后回答，这就是设问。设问是无疑而问，它除了有引人注意、发人深思的作用外，还可以连段成篇。请看下面的语段：

① 专就一个人是人来说，所可能有的最高成就是成为什么呢？照中国哲学家们说，那就是成为圣人，而圣人的最高成就是个人与宇宙的同一。问题就在于，人如欲得到这个同一，是不是必须离开社会，或甚至必须否定"生"？

② 这并不是说，这些反命题都被取消了。它们还在那里，但是已经被统一起来，成为一个合命题的整体。如何统一起来？这是中国哲学所求解决的问题。求解决这个问题，是中国哲学的精神。

③ 那么，死海海水的浮力为什么这样大呢？因为海水的咸度很高……

死海是怎样形成的呢？……便形成了今天世界上最咸的咸水湖——死海。

例①在段落的开头使用设问，鲜明地提出问题，引发读者的思考；段落结尾时又使用了一个设问句，除了能吸引读者的注意力，还以此作为过渡，起到了转换话题的作用。例②在段落中间使用设问句，用自问自答的方式把要论述的主题明确地告诉给读者，给读者留下思考的空间，起到加深读者印象的作用。例③是在不同段落的开头使用设问句，不仅能吸引读者的注意力，引发读者的思考，而且能使文章层次清楚，条理分明。

（二）练习：判断 A、B 两段话哪种表达更好

1. A. 谁是为农民设计飞机的人？不久前，记者采访了北京航空学院轻型飞机研究设计室主任胡继忠，请他谈谈是怎样为农民设计飞机的。

    B. 谁是为农民设计飞机的人？他就是北京航空学院轻型飞机研究设计室主任胡继忠，不久前，记者采访了他，请他谈谈是怎样为农民设计飞机的。（   ）

2. A. 人的知识是从哪里来的？是生而知之的吗？不是。是天上掉下来的吗？不是。要使自己成为有知识、有本领的人，就得求学。只有不断去求，才能使知识越来越丰富。

    B. 人的知识是从哪里来的？是生而知之的吗？是天上掉下来的吗？要使自己成为有知识、有本领的人，就得求学。只有不断去求，才能使知识越来越丰富。（   ）

3. A. 旅游有什么好处呢？旅游有很多好处！旅游可以开阔人的眼界，旅游可以使我们了解别人的想法，旅游可以让人从狭隘的生活中解脱出来……

    B. 旅游有什么好处呢？旅游可以开阔人的眼界，可以使我们了解别人的想法，可以让人从狭隘的生活中解脱出来……（   ）

4. A. 为什么我国的石拱桥会有这样光辉的成就呢？首先，在于劳动人民的勤劳和智慧……。其次，我国石拱桥的设计施工有优良的传统……。再其次，我国富有建筑用的各种石料……

    B. 我国的石拱桥有这样光辉的成就是因为：首先，在于劳动人民的勤劳和智慧……。其次，我国石拱桥的设计施工有优良的传统……。再其次，我国富有建筑用的各种石料……（   ）

三 文体与篇章修辞

（一）议论文

议论文就是分析问题、论述道理、阐述观点的文章。议论文一般包括三个部分：提出问题、分析问题和解决问题。

开头部分，一般都用来提出问题，这一部分要说清楚文章所说的"是什么"。例如，在《中国哲学的问题和精神》一文中，作者用一个并列复句"中国哲学的历史中

有个主流，可以叫做中国哲学的精神。为了了解这个精神，首先必须弄清楚绝大多数中国哲学家试图解决的问题"，明确提出了文章要论述的问题——中国哲学的问题和精神。

中间部分，可以分为好几个段落，用来分析问题。这一部分要提出充分的论据，或者摆事实，或者讲道理，去完成论证论点的任务。也就是要说清文章"为什么"要这样讲。

结尾部分，主要是用来完成解决问题的任务，要得出结论。即说清文章要告诉人们"怎么办"。

总之，一篇议论文的安排方式一般是"论点——论据——论证"，或者说是"是什么——为什么——怎么办"。

（二）练习：阅读下列各段，完成后面的练习

1. 一般来说，议论文具有三个要素：论点、论据和论证。论点是作者对论述的事物或问题所持的主张和见解，论据是用来证明论点的科学原理或典型事实，论证是运用论据来证明论点的过程和方法。

对该段论述的主要意思可以有以下四种理解，哪一种是正确的：　　　　（　　）

　　A. 论述议论文的论证过程和方法

　　B. 论述议论文的论述对象

　　C. 论述议论文的三个要素

　　D. 论述写议论文应注意的问题

2. 一天，有两个人去买盾牌。一个人站在卖盾人的左边，说："这盾是金盾。"一个人站在卖盾人的右边，说："这盾是银盾。"两人争得面红耳赤。这时，卖盾人说："你们两个说得都不对。这盾既不是金盾，也不是银盾，它一面是金的，一面是银的，是个金银盾。"

若是根据这段材料写一篇议论文，请问论点是什么？　　　　　　　　（　　）

　　A. 做什么都要有群众观点。

　　B. 做什么都不要随便下结论。

　　C. 看问题不应该看正面，而应该看反面。

　　D. 看问题要全面，不要片面。

3. 反省首先是对自己的所作所为进行的思考和总结，反省不理智之思、不和谐之音、不练达之举、不完美之事，往往能得到真切、深刻的收获。古人曰："吾日三省吾身。"反省不但要勇于面对自己、正视自己，而且要及时地进行、反复进行。疏忽了、怠惰（dàiduò）了，就有可能放过一些本该及时反省的事情，进而导致自己犯错。

反省也是对别人的经验教训的思考和总结。个人的经验教训虽然来得更直接更真切，但其广度和深度毕竟是有限的。要获得更加广博而深刻的经验，还要在反省自身的基础上，善于从别人的经验教训中学习。成本最低的财富是把别人的教训当做自己的教训。取得同样的成功，避免同样的错误。

对该文论述的主要意思可有以下四种理解，哪一种是正确的？　　　　　　（　　）

　A. 反省对于人生的意义。

　B. 反省是对自己的所作所为进行的思考和总结。

　C. 反省是对别人的经验教训的思考和总结。

　D. 反省是要勇于面对自己、正视自己。

4. 所谓文化，无论是中国的或世界的，东方的或西方的，都只能是一个概括、复杂的统一体。

今天所谓文化交流，只能是相互渗透，绝不会有一方取一方而代之。今后世界文化的发展，不会是纯粹的东方模式或西方模式，而是会走向综合。

自对方流入的文化因素，当然以需求大而且能容者流入得多而快。例如今日西方先进科学技术流入中国即是一例。西方的情况也是如此。中国哲学、文学艺术，如《老子》、《庄子》、《周易》、诗、词、书、画、雕刻乃至盆景、园林设计等中国文化的精华流入到西方，也是实例。据说很多外国朋友很欣赏这些中国文化的精品，他们甚至把一些中国园林搬到外国去。这正是我们的精神文明向西方流，西方先进的科学技术向中国流的双向过程。

对该文论述的主要意思可有以下四种理解，哪一种是正确的？　　　　　　（　　）

　A. 论述当前流入我国的文化因素是需求大而能容的。

　B. 论述当前中西文化交流是精神文明和科学技术的交流。

　C. 论述当前中西方文化交流的文化因素是需求大而能容的。

　D. 论述中国和西方文化精华交流是一个双向过程。

表达与写作

● 表达训练

1. 谈谈你对中国哲学"既入世而又出世"的理解。

2. 结合你的认识和经验，谈谈你对吸收和消化外来文化的见解。

3. 简单介绍贵国或其他国家的一种哲学思想。

● 写作训练

结合对课文的理解和背景阅读所提供的材料，谈谈你对中国哲学的了解和认识。你是怎么理解中国哲学"既入世而又出世"的？题目自拟。

要求：

1. 按照"论点——论据——论证"的布局写一篇议论文。尽量参考并尝试使用本课所学的词语。

2. 不少于 600 字。

扩展空间

名家典藏

《中国哲学简史》 冯友兰 北京大学出版社 1985 年

媒体资源

《百家讲坛——孔子》

央视音像精品网 http://www.goucctv.com/zhongshibaike/

《百家讲坛——＜论语＞心得》

央视音像精品网 http://www.goucctv.com/zhongshibaike/

陈来：哲学的现代化和民族化

凤凰卫视《世纪大讲堂》http://sjdjt.blog.phoenixtv.com

王登峰：中国人的人格

凤凰卫视《世纪大讲堂》http://sjdjt.blog.phoenixtv.com

词语追踪

兼容 激活 QQ 虚拟世界 网聊 网恋 网卡

网络文学 网络聊天语 反思性学习

背景阅读与练习

一　阅读文章，按要求完成各项练习

（一）
中国风景个性

佘树森

① 在中国风景名胜里，饱蕴（yùn）着中国文化的因子。中国文人，同山水自然似乎有种至深的血缘。中国的儒释道文化，便通过他们作媒介，将山山水水熏染（xūnrǎn）得色彩斑斓（bānlán），灵光四射。

② "天人合一"的建筑风格，体现了中国文人追求大自然和谐、静谧（jìngmì）的情怀。以山林为依托的禅（chán）林道观处处留下了文人的足迹。至于中国风景名胜与中国文学的关系，则更是亲密无间了。中国文人对山水自然有种特殊的敏感，而且最善于品味与享乐之。

③ 他们爱山居：春天，百花盛开，绿肥莺（yīng）啼，爱的是"山中和气"；夏天，迎朝爽，纳晚凉，爱的是"山中潇洒"；秋天，风前倚石吹长笛，月下焚（fén）香抚玉琴，爱的是"山中雅淡"；冬天，千山披雪，寒梅绕屋，爱的是"山中冷趣"。即使是住在闹境，也总求闹中取"静"：叠（dié）湖石、种花木，造出一个"小自然"来。

④ 中国文人对自然的这份敏感与钟情，也得到自然的丰厚报偿。他们的喜忧寄托于自然，灵感也得于自然，每当他们的精神活动发生"危机"时，总是从大自然那里

获得拯救（zhěngjiù）。如在中国人引以自豪的唐诗宋词的辉煌里，你几乎处处都可读到青山、斜阳、鸟鸣、花落、潇潇（xiāoxiāo）暮雨……种种大自然的精魂，扣开了诗人的心扉，又化作诗中的意象。

⑤ 既然中国风景审美的结构由"自然、诗意与禅味"所组成，那么，中国风景审美的思维活动，便是以主观感验为主的"物我同构"形式，即所谓"形神合为一""万物静观各自得"。

（摘自《中国风景散文》序，有删改）

根据文章内容， 选择正确答案

1. 对本文中"亲密无间"最恰当的解释是 （　　）

    A. 人与人之间的关系亲密而没有隔阂（géhé）

    B. 人与自然之间的关系亲密而没有隔阂

    C. 文学与自然之间的关系非常密切

    D. 风景与自然之间的关系非常密切

2. 文中的"小自然"指的是 （　　）

    A. 自然景色　　　　B. 私家园林　　　　C. 街心公园　　　　D. 寺庙园林

3. 第④自然段的主要意思是 （　　）

    A. 自然对文人创作的影响　　　　B. 自然受文人创作的影响

    C. 自然对诗人精神的影响　　　　D. 自然对诗人精神危机的影响

4. 根据本文内容，对"万物静观各自得"最恰当的理解是 （　　）

    A. 文人的思想感情与自然景物有关　　B. 文人的思想感情与自然景物无关

    C. 自然景物影响了文人的思想感情　　D. 自然景物寄托了文人的思想感情

（二）

谈中国知识分子

季羡林

① 世界各国应该都有知识分子。我觉得，既然同为知识分子，必有其共同之处，有知识，并承担延续各自国家的文化的重任，至少这两点必然是共同的。但是不同之处

却也非常多。别的国家先不谈，我先谈一谈中国历代的知识分子。中国有五六千年或者更长的文化史，也就有五六千年的知识分子。我的总印象是：中国知识分子是一种很奇怪的群体，是造化（自然界的创造者）精心创造出来的一种"稀有动物"。几千年的历史可以证明，中国知识分子最关心时事，最关心政治，最爱国。这最后一点，是由中国历史环境所造成的。在中国历史上，没有哪一天没有虎视眈眈（dāndān）伺机入侵的外敌，反映到知识分子头脑中，就形成了根深蒂固的爱国心。"天下兴亡，匹夫有责"，不管这句话的原形是什么样子，反正它痛快淋漓（línlí）地表达了中国知识分子的心声。在别的国家恐怕是没有这种情况的。

② 然而，中国知识分子也是极难对付的家伙。他们的感情特别细腻、敏锐、脆弱、隐晦（yǐnhuì）。他们学富五车，胸罗万象。有时自高自大，自以为"老子天下第一"；有时却又患了弗洛伊德（Fúluòyīdé Sigmund Freud）讲的那一种"自卑情结（zìbēi qíngjié）"。他们一方面吹嘘想"通古今之变，究天人之际"，有时却又为芝麻绿豆大的一点小事而长吁（xū）短叹，甚至轻生。关键问题，依我看，就是中国特有的"国粹"——面子问题。"面子"这个词儿，外文没法翻译，可见是中国独有的。俗话里许多话都与此有关，比如"丢脸""真不要脸""赏脸"，如此，等等。"脸"者，面子也。中国知识分子是中国国粹"面子"的主要卫道士。

③ 同面子表面上无关实则有关的另一个问题，是中国知识分子的处世问题，也就是隐居或出仕的问题。中国知识分子很多都标榜自己无意为官，而实则正相反。一个最有典型意义又众所周知的例子就是大名鼎鼎（dǐngdǐng）的诸葛亮（Zhūgě Liàng）。他高卧隆中，看来是在隐居，实则他最关心天下大事，他的"信息源"看来是非常多的。否则，在当时既无电话电报，甚至连写信都十分困难的情况下，他怎么能对天下大势了如指掌，因而写出了有名的《隆中对》呢？他"内圣外王"之心一目了然，却偏偏让刘备三顾茅庐然后才出山鞠躬尽瘁（jūgōng jìn cuì）。这不是面子又是什么呢？

④ 我还想进一步谈谈中国知识分子的一个形容艺术形象、很难以理解又似乎很容易理解的特点。中国古代知识分子贫穷落魄的多。《儒林外史》是专写知识分子的小说。吴敬梓（zǐ）真把穷苦潦倒（liáodǎo）的知识分子写活了，至今还栩栩如生。中国诗文和老百姓嘴里有很多形容贫而瘦的穷人的话，什么"瘦骨嶙峋（línxún）"，什么"骨瘦如柴"，又是什么"瘦得皮包骨头"，等等，都与骨头有关。这一批人一无所有，最值钱的仅存的"财产"就是他们这一身瘦骨头。这是他们人生中最后的一点"赌注"，

轻易不能押上的，押上一输，他们也就"涅槃"（nièpán）了。然而他们却偏偏喜欢拼命，喜欢拼这一身瘦老骨头。他们称这个为"骨气"。同"面子"一样，"骨气"这个词儿也是无法译成外文的，是中国的国粹。

（摘自《一个老知识分子的心声》，《季美林自传》，有删改）

根据文章内容，选择正确答案

1. 对第①自然段的主要意思，分析正确的一项是 （　　）

　　A. 中国知识分子是一种很奇怪的群体。

　　B. 中国知识分子的心声。

　　C. 中国知识分子爱国的原因。

　　D. 中国知识分子关心政治的原因。

2. "老子天下第一"表现了中国知识分子的什么特点？ （　　）

　　A. 学富五车　　　　　　　　B. 自高自大

　　C. 有"自卑情结"　　　　　　D. 易长吁短叹

3. 对文中"卫道士"最恰当的理解是 （　　）

　　A. 中国知识分子最好面子。

　　B. 中国知识分子是中国的国粹。

　　C. 中国知识分子是中国的面子。

　　D. 中国知识分子最好面子也最卫护面子。

4. 中国知识分子或隐居或出仕，与什么有关？ （　　）

　　A. 根深蒂固的爱国心　　　　B. 追求"内圣外王"的最高人格

　　C. 处世态度　　　　　　　　D. 面子

5. "对天下大势了如指掌"的意思是 （　　）

　　A. 对形势了解得非常清楚。　　B. 对势力了解得非常清楚。

　　C. 对形势了解得很多。　　　　D. 对势力了解得很多。

6. 对"栩栩如生"最恰当的解释是 （　　）

　　A. 形容艺术形象生动逼真。

　　B. 形容艺术形象穷苦潦倒。

　　C. 形容艺术形象好面子。

　　D. 形容艺术形象有骨气。

根据文章内容，简要回答下列问题

1. 中国知识分子有什么特点？

_____

_____

_____

_____

2. 文中"中国的国粹"指的是什么？

_____

_____

_____

_____

 二 快速阅读下列各段，按逻辑关系将各段重新排序

（三）　　　　　 限时：2分钟

A. 至于"西湖"这个名称，最早始于唐朝。在唐以前，西湖有武林水、明圣湖、金中湖、钱塘湖等名称。经过千百年人们的辛勤治理，浚湖筑堤（jùn hú zhù dī　疏通湖水，拦湖筑堤坝，使湖水不再泛滥），才使西湖不断完美。五代时期的吴越国（907—908）和南宋王朝（1127—1279）先后建都杭州（南宋时称临安），西湖面貌的改变尤为迅速。

B. 宋朝的苏东坡咏诗赞美西湖说："水光潋滟（liànyàn　形容水波流动）晴方好，山色空濛雨亦奇。欲把西湖比西子，淡妆浓抹总相宜。"诗人别出心裁地把西湖比做中国古代传说中的美人西施，于是，西湖又多了一个"西子湖"的雅号。

C. 据史书记载：远在秦朝时，西湖还是一个和钱塘江相连的海湾。耸立（sǒnglì　高高地直立）在西湖南北的吴山和宝石山，是当时环抱着这个小海湾的两个岬角（jiǎjiǎo　突入海中的尖形陆地）。后来由于潮汐的冲击，泥沙在两个岬角淤积（yūjī

沉积）起来，逐渐变成沙洲。此后日积月累，沙洲不断扩展，终于把吴山和宝石山的沙洲连在一起，形成了一片冲积平原，把海湾和钱塘江分隔开来，原来的海湾变成了一个内湖，西湖就由此而诞生了。

D. 西湖位于浙江省杭州市，水面南北长 3.3 公里，东西宽 2.8 公里，周长 15 公里，水面面积约 5.66 平方公里（包括湖中岛屿 6.3 平方公里），平均水深 1.5 米。苏堤和白堤将湖面分成里湖、外湖等五个部分。

重新排序＿＿＿＿＿＿＿＿＿＿＿＿

（四）　　限时：1 分钟

A. 一切西湖胜迹的名目之中，我知道得最早的却是这雷峰塔。

B. 我的祖母讲起来还要有趣得多，大约是出于一部弹词叫做《义妖传》的，但我没有看过这部书，所以也不知道"许仙""法海"究竟是否这样写。总而言之，白蛇娘娘终于中了法海的计策，被装在一个小小的钵盂（bōyú　古代和尚用的饭碗）里了。钵盂埋在地里，上面还造起一座镇压的塔来，这就是雷峰塔。

C. 我的祖母曾经常常对我说，白蛇娘娘就被压在这塔底下！有个叫做许仙的人救了两条蛇，一青一白，后来白蛇便化做女人来报恩，嫁给许仙了；青蛇化做丫鬟，也跟着。

D. 一个和尚，法海禅师（chánshī　对和尚的尊称），得道的禅师，看见许仙脸上有妖气——凡讨妖怪做老婆的人，脸上就有妖气的，但只有非凡的人才看得出——便将他藏在金山寺的法座后，白蛇娘娘来寻夫，于是就"水漫金山"。

E. 那时我唯一的希望，就是这雷峰塔的倒掉。后来我长大了，到杭州，看见这破破烂烂的塔，心里就不舒服。

重新排序＿＿＿＿＿＿＿＿＿＿＿＿

（五）　　限时：1 分钟

A. 苏家虽是商贾（shānggǔ　商人）之家，但沿袭（yánxí　依照旧传统或原有的规定办理）了祖上香书遗风，聪明灵慧的苏小小深受熏染（xūnrǎn　长期接触的人或事物对人的生活习惯产生影响），自小能书善诗，文才横溢（héngyì　充分显露）。

B. 可惜好景不长，苏小小十五岁时，父母就相继去世，她失去了依靠，于是变卖了在城中的家产，带着乳母贾姨移居到城西的西泠（Xīlíng　地名）桥畔（pàn　旁边；附近）。

C. 苏小小出身于钱塘一户大户人家，她家先世曾在东晋（Dōngjìn　朝代名）朝廷做官，晋亡后全家流落到钱塘。苏家利用随身携带（xiédài　随身带着）的金银珠宝为本钱，在钱塘做买卖。到了苏小小父母这一代，已成为当地的富商。

D. 苏小小是父母的独生女，所以自小被视为掌上明珠，因长得玲珑娇小，就取名小小。

重新排序 _ _ _ _ _ _ _ _ _ _ _ _ _

三　选择正确的句子填到各段中，并按逻辑关系将各段重新排序

（六）　　　　限时：2分钟

句子

① 即是
② 而否定个体欲念的合理发展
③ 但并不赞美他们人格构成中的那些因素
④ 却缺乏人作为独立生命体的自觉意识

A. 中国传统思想是以儒家伦理道德为核心的，儒家学说框定了中国文化的思想理论方向。

B. 在这种伦理教化下的个体固然能建立起与他人、群体、社会之间的相互对等的义务、责任、伦理关系，_____。

C. 它追求现世社会的伦理实现，_____；它努力完成个人道德修养，而压抑着个性的充分发挥与自我意识的成熟。

D. 因此，他笔下健全的文化人格，是具有文化传承能力、现实生存素质与未来宏观视野的文化人格，用他的话说，_____："传统文化也学得会，社会现实也周旋（zhōuxuán　打交道）得开，却把心灵的门户向世界文明洞开。"这说明了健全的文化人格的内涵。

E. 文化学者余秋雨虽然理解古人的这种坚持与生命情怀，＿＿＿＿＿＿＿＿，他所赞美的是一种深刻而独立不羁（jī　拘束）的精神，一种坦荡赤诚（chìchéng　非常真诚）的胸怀。

选择语句填空＿＿＿＿＿＿＿＿＿＿＿＿

重新排序＿＿＿＿＿＿＿＿＿＿＿＿

课 文

课文导读

　　这是一篇学者风格的文化散文，作者在记述自己对杭州西湖的游历和感受的同时，介绍了与之相关的文化历史知识，并传达了对于民族文化的思考。将人、历史、自然交融在一起，有很强的文化反省意识。

思考题

1. 你是否游览过杭州西湖？你对"上有天堂，下有苏杭"是怎么理解的？
2. 你认为西湖的美除了自然风光以外，还表现在哪些方面？
3. 中国文人大都喜好以西湖为题作文章，有什么深层内涵？

西湖梦

余秋雨

一

　　西湖的文章实在做得太多了，做的人中又多历代高手，再做下去连自己也觉得愚蠢。但是，虽经多次违避，最后笔头一抖，还是写下了这个俗不可耐的题目。也许是这汪湖水沉浸着某种归结性的意义，我避不开它。

　　初识西湖，在一把劣质的折扇上。那是一位到过杭州的长辈带到乡间来的。折扇上印着一幅西湖游览图，与现今常见的游览图不同，那上面清楚地画着各种景致，就像一个立体模型。图中一一标明各种景致的优雅名称，凌驾画幅的总标题是"人间天堂"①。乡间儿童很少有图画可看，于是日日逼视，竟烂熟于心。年长之后真到了西湖，如游故地，熟门熟路地踏访着一个陈旧的梦境。

明代②正德年间，一位日本使节游西湖后写过这样一首诗：

> 昔年曾见此湖图，
>
> 不信人间有此湖。
>
> 今日打从湖上过，
>
> 画工还欠费工夫。

可见对许多游客来说，西湖即便是初游，也有旧梦重温的味道。这简直成了中国文化中的一个常用意境，摩挲中国文化一久，心头都会有这个湖。

奇怪的是，这个湖游得再多，也不能在心中真切起来。过于玄妙的造化，会产生一种疏离，无法与它进行家常性的交往。正如家常饮食不宜于排场，可让儿童偎依的奶妈不宜于盛妆，西湖排场太大，妆饰太精，难以叫人长久安驻。大凡风景绝佳处都不宜安家，人与美的关系，竟是如此之蹊跷。

西湖给人疏离感，还有另一个原因。它成名过早，遗迹过密，名位过重，山水亭舍与历史的牵连过多，结果，成了一个象征性物象非常稠厚的所在。游览可以，贴近去却未免吃力。为了摆脱这种感受，有一年夏天，我跳到湖水中游泳，独个儿游了长长一程，算是与它有了触肤之亲。湖水并不凉快，湖底也不深，却软绵绵的不能蹬脚，提醒人们这里有千年的淤积。上岸后一想，我是从宋代的一处胜迹下水，游到一位清人的遗

---

① 人间天堂：这里指西湖。从"上有天堂，下有苏杭"的美誉而来。

② 明代：明朝（1368—1644）。

宅终止的，于是，刚刚弄过的水波就立即被历史所抽象，几乎有点不真实了。

它积存了太多的朝代，于是变得没有朝代；它汇聚了太多的方位，于是也就失去了方位。它走向抽象，走向虚幻，像一个收罗备至的博览会，盛大到了缥缈。

二

西湖的盛大，总起来说，在于它是极复杂的中国文化人格的集合体。

一切宗教都要到这里来参加展览，再避世的，也不能忘情于这里的热闹；再苦寂的，也要分享这里的一角秀色。佛教胜迹最多，不必一一列述了，即便是超逸到家的道家，也占据了一座葛岭，这是湖畔最先迎接黎明的地方，一早就呼唤着繁密的脚印。作为儒将楷模的岳飞，也跻身于湖滨安息，世代张扬着治国平天下的教义。宁静淡泊的国学大师①也会与荒诞奇丽的神话传说相邻而居，各自变成一种可供观瞻的景致。

这就是真正中国化了的宗教。深奥的理义可以幻化成一种热闹的浏览方式，与感官玩乐融成一体。这是真正的达观和"无执"②，同时也是真正的浮滑和随意。极大的认真伴随着极大的不认真，最后都皈依于感官天地。中国的原始宗教始终没有像西方那样上升为完整严密的人为宗教，而后来的人为宗教也急速地散落于自然界，与自然宗教遥相呼应。背着香袋来到西湖朝拜的善男信女③，心中并无多少教义的踪影，眼角却时时关注着桃红柳绿、莼菜④醋鱼。是山水走向了宗教？抑或是宗教走向了山水？反正，一切都归之于非常实际、又非常含糊的感官自然。

西方宗教在教义上的完整性和普及性，引出了宗教改革者和反对者们在理性上的完整性和普及性；而中国宗教，不管从顺向还是逆向都激发不了这样的思维习惯。绿绿的西湖水，把来到岸边的各种思想都款款地摇碎，融成一气，把各色信徒都陶冶成了游客。它波光一闪，嫣然一笑，科学理性精神很难在它身边保持坚挺。也许，我们这个民族，太多的是从西湖出发的游客，太少的是鲁迅笔下的那种过客⑤。过客衣衫破碎，

---

① 国学大师：这里指清代诗人、诗论家袁枚，字子才。

② 无执：出自《老子·第二十九章》："是以圣人无为，故无败；无执，故无失。"无执，是指无主观任意之执，无违背人情物性之执。（无为，是指无主观妄为。）

③ 善男信女：指信仰佛教的男女。

④ 莼菜（chúncài）：叶片呈椭圆形，色暗绿，嫩茎和叶背部都有胶状透明物质。新鲜莼菜可用白糖拌食。营养丰富、鲜嫩清香的"西湖莼菜汤"是杭州名菜之一。

⑤ 过客：鲁迅在荒诞剧《过客》中塑造的人物。过客三四十岁，困顿倔强、眼光阴沉、黑须乱发，一生都在"与绝望抗争"，是一个追求真理、为了信念而燃烧自我的形象。

脚下淌血，如此急急地赶路，也在寻找一个生命的湖泊吧？但他如果真走到了西湖边上，定会被万千悠闲的游客看成是乞丐。也许正是如此，鲁迅劝阻郁达夫把家搬至杭州。

> 钱王①登假②仍如在，
>
> 伍相③随波不可寻，
>
> 平楚日和憺健翮④，
>
> 小山香满蔽高岑（cén）。
>
> 坟坛冷落将军岳，
>
> 梅鹤凄凉处士林⑤，
>
> 何似举家游旷远，
>
> 风波浩荡足行吟。

他对西湖的口头评语乃是："至于西湖风景，虽然宜人，有吃的地方，也有玩的地方，如果流连忘返，湖光山色，也会消磨人的志气的。如像袁子才，身上穿一件罗纱大褂，如苏小小认认乡亲，过着飘飘然的生活，也就无聊了。"（川岛：《忆鲁迅先生一九二八年杭州之游》）然而，多数中国文人的人格结构中，对充满象征性和抽象度的西湖，总有很大的向心力。社会理性使命已悄悄抽绎，秀丽山水间散落着才子、隐士，埋藏着身前的孤傲和身后的空名。天大的才华和郁愤，死后都化作供后人游玩的景点。

景点，景点，总是景点，再也读不到传世的檄文，只剩下廊柱上龙飞凤舞的楹联⑥。

再也找不见慷慨的遗恨，只剩下几座既可凭吊也可休息的亭台。

再也不去期待历史的震颤，只有凛然安坐着的万古湖山。

修缮，修缮，再修缮，群塔入云，藤葛⑦如髯，湖水上漂浮着千年藻苔⑧。

---

① 钱王：指钱镠（liú）（852—932），五代十国时期吴越国的国王。诗中指"当时杭州国民党的统治"。

② 登假：升天，逝世的意思。

③ 伍相：伍子胥（xū）（约公元前559—前484），春秋时吴国的大夫。为吴王夫差所杀，尸体被装进皮袋，投入江中。

④ 平楚日和：指杭州西湖宜人的风景。楚：指树林。健翮（hé）：雄鹰，指有志之士。

⑤ 处士林：指林和靖（jìng）。处士：指有德才而隐居不愿做官的人，后来泛指没有做过官的读书人。

⑥ 楹联（yínglián）：泛指对联。"楹"指堂屋前部的柱子。

⑦ 藤葛（ténggé）：藤和葛都是多年生草本植物，有缠绕茎或攀缘茎。

⑧ 藻苔（zǎotái）：藻类植物和苔藓植物，生长在水中或潮湿的地方。

三

西湖胜迹中最能让中国文人扬眉吐气的，是白堤和苏堤。两位大诗人、大文豪①，不是为了风雅，甚至不是为了文化上的目的，纯粹为了解除当地人民的疾苦，兴修水利，浚湖筑堤，终于在西湖中留下了两条长长的生命堤坝。

清人查容咏苏堤诗云："苏公当日曾筑此，不为游观为民耳。"恰恰是最懂游观的艺术家不愿意把自己的文化形象雕琢成游观物，于是，这样的堤岸便成了西湖特别显得自然的景物。不知旁人如何，就我而论，游西湖最畅心意的，乃是在微雨的日子，独个儿漫步于苏堤。也没有什么名句逼我吟诵，也没有后人的感慨来强加于我，也没有一尊庄严的塑像压抑我的松快，它始终只是一条自然功能上的长堤，树木也生得平适，鸟鸣也听得自如。这一切都不是东坡学士②特意安排的，只是他到这里做了太守③，办了一件尽职的好事，就这样，才让我看到一个在美的领域真正卓越到了从容的苏东坡。

但是，就白居易、苏东坡的整体情怀而言，这两道长堤还是太狭小的存在。他们有比较完整的天下意识、宇宙感悟，他们有比较硬朗的主体精神、理性思考，在文化品位上，他们是那个时代的峰巅和精英。他们本该在更大的意义上统领一代民族精神，但却仅仅因辞章而入选为一架僵硬机体中的零件，被随处装上拆下，东奔西颠，极偶然地调配到了这个湖边，搞了一下别人也能搞的水利。我们看到

的，是中国历代文化良心所能做的社会实绩的极致。尽管美丽，也就是这么两条长堤而已。

也许正是对这类结果的大彻大悟，西湖边又悠悠然站出一个林和靖。他似乎把什么都看透了，隐居孤山二十年，以梅为妻，以鹤为子，远避官场与市嚣。他的诗写得着实高明，以"疏影横斜水清浅，暗香浮动月黄昏"④两句来咏梅，几乎成为千古绝唱。中

---

①　大诗人、大文豪：指唐代白居易和宋代苏东坡。

②　东坡学士：指苏东坡。

③　太守：中国封建时代的地方官名。

④　疏影横斜水清浅，暗香浮动月黄昏：北宋诗人林和靖的咏梅诗《山园小梅》中的诗句。意思是：山园清澈的池水映照出梅枝的疏秀清瘦，黄昏的朦胧月色烘托出梅香的清幽淡远。

国古代，隐士多的是，而林和靖凭着梅花、白鹤与诗句，把隐士真正做道地、做漂亮了。在后世文人眼中，白居易、苏东坡固然值得羡慕，却是难以追随的；能够偏偏到杭州西湖来做一太守，更是一种极偶然、极稀罕的机遇。然而，要追随林和靖却不难，不管有没有他的才分。梅妻鹤子有点烦难，其实也

很宽松，哪儿找不到几丛花树、几双飞禽呢？在现实社会碰了壁、受了阻，急流勇退，扮作半个林和靖是最容易不过的。

这种自卫和自慰，是中国知识分子的机智，也是中国知识分子的狡黠。不能把志向实现于社会，便躲进一个自然小天地自娱自耗。他们消除了志向，渐渐又把这种消除当做了志向。安贫乐道的达观修养，成了中国文化人格结构中一个宽大的地窖，尽管有浓重的霉味，却是安全而宁静。于是，十年寒窗①，博览文史，走到了民族文化的高坡前，与社会交手不了几个回合，便把一切沉埋进一座座孤山。

结果，群体性的文化人格日趋黯淡。春去秋来，梅凋鹤老，文化成了一种无目的的浪费，封闭式的道德完善导向了总体上的不道德。文明的突进，也因此被取消，剩下一堆梅瓣、鹤羽，像画签一般，夹在民族精神的史册上。

四

与这种黯淡相对照，另一种人格结构也调皮地挤在西湖岸边凑热闹。

首屈一指者，当然是名妓苏小小。

不管愿意不愿意，这位妓女的资格，要比上述几位名人都老，在后人咏西湖的诗作中，总是有意无意地把苏东坡、岳飞放在这位姑娘后面："苏小门前花满枝，苏公堤上女当垆②""苏家弱柳犹含媚，岳墓乔松亦抱忠"……就是年代较早一点的白居易，也把自己写成是苏小小的钦仰者："若解多情寻小小，绿杨深处是苏家"；"苏家小女旧知名，杨柳风前别有情"。如此看来，诗人袁子才镌③一小章曰"钱塘苏小是乡亲"，虽为鲁迅所不悦，却也颇可理解的了。

---

① 十年寒窗：比喻艰苦的读书生活。

② 当垆（lú）：卖酒。

③ 镌（juān）：〈书〉雕刻。

历代吟咏和凭吊苏小小的，当然不乏轻薄文人，但内心厚实的饱学之士也多的是。在我们这样一个国度，一位妓女竟如此尊贵地长久安享景仰，原因是颇为深刻的。

苏小小的形象本身就是一个梦。她很重感情，写下一首《同心歌》曰"妾乘油壁车，郎跨青骢①马，何处结同心，西泠松柏下"，朴朴素素地道尽了青年恋人约会的无限风光。美丽的车，美丽的马，一起飞驶疾驰，完成了一组气韵夺人的情感造像。又传

说她在风景胜处偶遇一位穷困书生，便慷慨解囊，赠银百两，助其上京。但是，情人未归，书生已去，世界没能给她以情感的报偿。她不愿做姬做妾②，勉强去完成一个女人的低下使命，而是要把自己的美色呈之街市，蔑视着精丽的高墙。她不守贞节只守美，直让一个男性的世界围着她无常的喜怒而旋转。最后，重病即将夺走她的生命，她却恬然适然，觉得死于青春华年，倒可给世界留下一个最美的形象。她甚至认为，死神在她十九岁时来访，乃是上天对她的最好成全。难怪曹聚仁先生要把她说成是茶花女③式的唯美主义④者。依我看，她比茶花女活得更为潇洒。在她面前，中国历史上其他有文学价值的名妓，都把自己搞得太狭

隘了，为了一个负心汉，或为了一个朝廷，颠簸得过于认真。只有她那种颇有哲理感的超逸，才成为中国文人心头一幅秘藏的圣符⑤。

由情至美，始终围绕着生命的主题。苏东坡把美衍化成了诗文和长堤，林和靖把美寄托于梅花与白鹤，而苏小小，则一直用美熨贴着自己的本体生命，凭借自身，发散出生命意识的微波。

妓女生涯当然是不值得赞颂的，苏小小的意义在于，她构成了与正统人格结构的奇特对峙。再正经的鸿儒高士，在社会品格上可以无可指责，却常常压抑着自己和别人的生命本体的自然流程。这种结构是那样的宏大和强悍，使生命意识的激流不能不在崇山峻岭的围困中变得恣肆和怪异。这里又一次出现了道德和不道德、人性和非人性，美和丑的悖论：社会污浊中也会隐伏着人性的大合理，而这种大合理的实现方式又常常怪异

---

①　骢（cōng）：青白相间的马。

②　姬（jī）、妾（qiè）：旧时男子在妻子以外娶的女子。

③　茶花女：法国戏剧《茶花女》中的女主人公。

④　唯美主义：19世纪后半期欧洲资产阶级的一种文艺思潮。认为艺术创作的中心是表现美，主张"为艺术而艺术"。代表作家有英国的王尔德、法国的波德莱尔等。

⑤　符（fú）：代表事物的记号。

到正常的人们所难以容忍。反之，社会历史的大光亮，又常常以牺牲人本体的许多重要命题为代价。单向完满的理想状态，多是梦境。人类难以挣脱的一大悲哀，便在这里。

西湖所接纳的另一具可爱的生命是白娘娘。虽然只是传说，在世俗知名度上却远超许多真人，在中国人的精神疆域中早就成了一种更宏大的切实存在。人们慷慨地把湖水、断桥①、雷峰塔②奉献给她。在这一点上，西湖毫无缺损，反而因此而增添了特别明亮的光色。

她是妖，又是仙，但成妖成仙都不心甘。她的理想最平凡也最灿烂：只愿做一个普普通通的人。这个基础命题的提出，在中国文化中具有极大的挑战性。

中国传统思想历来有分割两界的习惯性功能。一个混沌的人世间，利刃一划，或者成为圣、贤、忠、善、德、仁，或者成为奸、恶、邪、丑、逆、凶，前者举入天府，后者沦于地狱。有趣的是，这两者的转化又极为便利。白娘娘做妖做仙都非常容易，麻烦

的是，她偏偏看到在天府与地狱之间，还有一块平实的大地，在妖魔和神仙之间，还有一种寻常的动物——人。她的全部灾难，便由此而生。普通的、自然的、只具备人的意义而不加外饰的人，算得了什么呢？厚厚一堆二十五史③并没有为它留出多少笔墨。于是，法海逼白娘娘回归于妖，天庭劝白娘娘上升为仙，而她却拼着生命大声呼喊：人！人！人！

她找上了许仙，许仙的木讷无法与她的情感强度相对称，她深感失望。她陪伴着一个已经是人而不知人的尊贵的凡夫，不能不陷于寂寞。这种寂寞，是她的悲剧，更是她所向往的人世间的悲剧，可怜的白娘娘，在妖界仙界呼唤人而不能见面，在人间呼唤人

---

① 断桥（Duàn Qiáo）：白堤的终点，因白堤到此而断，而名断桥。又有一说断桥之名得于唐朝，古时桥上有门，门上有檐，下雪时中间一段的雪都在门檐上，桥上只有两头有雪，远远望去桥像断了一样，所以称做断桥。断桥因有白娘子和许仙在此相遇相恋的说法而出名。现在的断桥建于1941年，是一座独孔环洞桥。

② 雷峰塔（Léifēng Tǎ）：位于西湖南岸的南屏山麓。原在西湖净慈寺前面，宋代（975）所建，因建在名为雷峰的小山上而称雷峰塔。1924年倒坍。重建的雷峰塔风格基本与南宋画家李嵩《西湖图》中的雷峰塔相似。白娘子被法海镇在雷峰塔下的故事，为它增添了不少神秘的色彩。

③ 二十五史：二十四史与《新元史》的合称。二十四史：中国古代各朝撰写的二十四部史书的总称。

也得不到回应，但是，她是决不会舍弃许仙的，是他，使她想做人的欲求变成了现实，她不愿去寻找一个超凡脱俗即已离弃了普通状态的人。这是一种深刻的矛盾，她认了，甘愿为了他去千里迢迢盗仙草，甘愿为了他在水漫金山① 时殊死拼搏。一切都是为了卫护住她刚刚抓住一半的那个"人"字。

在我看来，白娘娘最大的伤心处正在这里，而不是最后被镇于雷峰塔下。她无惧于死，更何惧于镇？她莫大的遗憾，是终于没能成为一个普通人。雷峰塔只是一个归结性的造型，成为一个民族精神界的怆然象征。

一九二四年九月，雷峰塔终于倒掉，一批"五四"② 文化闯将都不禁由衷欢呼，鲁迅更是对之一论再论。这或许能证明，白娘娘和雷峰塔的较量，关系着中国精神文化的决裂和更新？为此，即使明智如鲁迅，也愿意在一个传说故事的象征意义上深深沉浸。

鲁迅的朋友中，有一个用脑袋撞击过雷峰塔的人，也是一位女性，吟罢"秋风秋雨愁煞人"③，也在西湖边上安身。

我欠西湖的一笔宿债，是至今未到雷峰塔废墟去看看。据说很不好看，这是意料中的，但总要去看一次。

（摘自 余秋雨《文化苦旅》，上海东方出版社，1992 年 3 月，有删改）

思考与回答

1. 以"梅妻鹤子"闻名的文人是谁？作者是怎么评价他的？你怎么理解作者的态度？

　　大彻大悟　　隐居　　道地　　追随　　急流勇退

---

① 水漫金山：是《白蛇传》故事中的一部分。白娘子与许仙相爱，遭到了妖僧法海的破坏。许仙上金山寺进香，被法海扣留，多日不还。白娘子到金山寺恳求法海放回许仙，法海不允。白娘子一怒之下借来大海之水淹没了金山寺，也因此触犯了天条，被压在了雷峰塔下。

② 五四：指 1919 年 5 月 4 日在古都北京爆发的一场轰轰烈烈的反帝爱国群众运动。

③ 秋风秋雨愁煞人：见《秋瑾集》。秋瑾（1875—1907），字璇卿，号竞雄，别号鉴湖女侠，浙江绍兴人。中国近代民主革命者。1907 年 7 月被清政府逮捕，坚贞不屈，15 日就义于绍兴轩亭口。

2. 作者为什么说 "西湖胜迹中最能让中国文人扬眉吐气的，是白堤和苏堤"？

　　纯粹　　浚湖筑堤　　尽职　　精英　　极致

3. 作者对苏小小和白娘娘给予了怎样的感情？

　　蔑视　　勉强　　潇洒　　对峙　　悲哀

4. 作者笔下的三种文化人格是怎样的？你同意作者的看法吗？作者向往的 "健全的人格" 又是什么？你怎么理解？

5. 请分析一下课文四部分彼此间的关系。

　　　　余秋雨　1946年出生，浙江余姚人。当代著名学者、艺术理论家、散文作家，上海戏剧学院教授。主要作品有《文化苦旅》、《文明的碎片》、《行者无疆》、《霜冷长河》等。其中《行者无疆》获得了2002年度台湾白金作家奖。1987年被授予 "国家级突出贡献专家" 荣誉称号。

背景链接

词语

1.	避	bì	（动）	躲开；回避。
2.	沉浸	chénjìn	（动）	比喻处于某种境界或思想活动中。
3.	劣质	lièzhì	（形）	质量低劣。
4.	立体	lìtǐ	（形）	具有长、宽、厚的（物体）。
5.	凌驾	língjià	（动）	高出（别人）；压倒（别的事物）。
6.	标题	biāotí	（名）	标明文章、作品等内容的简短语句。
7.	烂熟	lànshú	（形）	十分熟悉；十分熟练。

8.	陈旧	chénjiù	（形）	旧的；过时的。
9.	使节	shǐjié	（名）	一个国家派遣到另一个国家去办理事务的代表。
10.	即便	jíbiàn	（连）	即使。
11.	意境	yìjìng	（名）	境界和情调。
12.	摩挲	mósuō	（动）	用手抚摸。
13.	过于	guòyú	（副）	表示程度过分。
14.	玄妙	xuánmiào	（形）	奥妙难以捉摸。
15.	造化	zàohuà	（动）	创造。
16.	家常	jiācháng	（名）	家庭日常生活。
17.	不宜	bùyí	（动）	不适宜。
18.	大凡	dàfán	（副）	用在句子开头的副词，表示总括一般的情形。
19.	蹊跷	qīqiāo	（形）	奇怪；可疑。
20.	成名	chéngmíng	（动）	因某种成就而有了名声。
21.	软绵绵	ruǎnmiánmián	（形）	形容柔软。
22.	淤积	yūjī	（动）	（水里的泥沙等）沉积。
23.	终止	zhōngzhǐ	（动）	结束；停止。
24.	积存	jīcún	（动）	积聚储存。
25.	收罗	shōuluó	（动）	把人或物聚集在一起。
26.	备至	bèizhì	（形）	极其周到。
27.	缥缈	piāomiǎo	（形）	形容隐隐约约，若有若无。
28.	忘情	wàngqíng	（动）	感情上放得下；无动于衷（常用于否定式）。
29.	超逸	chāoyì	（形）	（神态、意趣）超脱不俗。
30.	占据	zhànjù	（动）	用强力取得或保持（地域、场所等）。
31.	儒将	rújiàng	（名）	有读书人风度的将帅。
32.	跻身	jīshēn	（动）	使自己上升到某个位置。
33.	张扬	zhāngyáng	（动）	把隐秘的或不必让众人知道的事情宣扬出去。

34.	教义	jiàoyì	（名）	某一种宗教所信奉的道理。
35.	荒诞	huāngdàn	（形）	极不真实；极不近情理。
36.	深奥	shēn'ào	（形）	（道理、含义）高深不易了解。
37.	浏览	liúlǎn	（动）	大略地看。
38.	达观	dáguān	（形）	对不如意的事情看得开。
39.	随意	suíyì	（形）	任凭自己的意思。
40.	皈依	guīyī	（动）	原指佛教的入教仪式，后来泛指虔诚地信奉佛教或参加其他宗教组织。
41.	天地	tiāndì	（名）	比喻活动的范围。
42.	理性	lǐxìng	（形）	指属于判断、推理等活动的（跟"感性"相对）。
43.	陶冶	táoyě	（动）	比喻给人的思想、性格以有益的影响。
44.	坚挺	jiāntǐng	（形）	强而有力。
45.	破碎	pòsuì	（动）	破成碎片。
46.	劝阻	quànzǔ	（动）	劝人不要做某事或进行某种活动。
47.	消磨	xiāomó	（动）	使意志、精力等逐渐消失。
48.	飘飘然	piāopiāorán	（形）	轻飘飘的，好像浮在空中，形容很得意（含贬义）。
49.	抽绎	chōuyì	（动）	〈书〉引出头绪。
50.	孤傲	gū'ào	（形）	孤僻高傲。
51.	郁愤	yùfèn	（形）	忧闷愤慨。
52.	檄文	xíwén	（名）	古代用于晓谕、征召、声讨等的文书。特指声讨敌人或叛逆的文书。这里指文章。
53.	慷慨	kāngkǎi	（形）	充满正气，情绪激动。
54.	凛然	lǐnrán	（形）	严肃而可敬畏的样子。
55.	髯	rán	（名）	两腮的胡子，也泛指胡子。
56.	文豪	wénháo	（名）	杰出的、伟大的作家。
57.	解除	jiěchú	（动）	去掉；消除。
58.	堤坝	dībà	（名）	堤和坝的总称，也泛指防水、拦水的建筑物。

59.	雕琢	diāozhuó	(动)	雕刻（玉石）。
60.	感慨	gǎnkǎi	(动)	有所感触而慨叹。
61.	塑像	sùxiàng	(名)	用石膏或泥土等塑成的人像。
62.	自如	zìrú	(形)	不拘束，不改变常态。
63.	卓越	zhuóyuè	(形)	非常优秀，超出一般。
64.	硬朗	yìnglang	(形)	坚强有力。
65.	主体	zhǔtǐ	(名)	事物的主要部分。
66.	精英	jīngyīng	(名)	出类拔萃的人。
67.	僵硬	jiāngyìng	(形)	呆板；不灵活。
68.	调配	diàopèi	(动)	调动分配。
69.	悠悠然	yōuyōurán	(形)	悠闲、从容不迫的样子。
70.	鹤	hè	(名)	羽毛白色或灰色，头小，颈和腿很长，群居。常在河边或沼泽地捕食鱼或昆虫。常见的有白鹤、丹顶鹤等。
71.	着实	zhuóshí	(副)	实在；确实。
72.	高明	gāomíng	(形)	（见解、技能）高超。
73.	绝唱	juéchàng	(名)	指诗文创作的最高造诣。
74.	追随	zhuīsuí	(动)	跟随。
75.	稀罕	xīhan	(形)	稀奇，稀少。
76.	自卫	zìwèi	(动)	保卫自己。
77.	机智	jīzhì	(形)	脑筋灵活，能够随机应变。
78.	狡黠	jiǎoxiá	(形)	〈书〉狡猾奸诈。
79.	志向	zhìxiàng	(名)	关于将来要做什么事，要做什么样的人的意愿和决心。
80.	宽大	kuāndà	(形)	面积大或容积大。
81.	地窖	dìjiào	(名)	储藏蔬菜等的地洞或地下室。
82.	交手	jiāoshǒu	(动)	双方搏斗。
83.	日趋	rìqū	(副)	一天一天地走向。
84.	瓣	bàn	(名)	花瓣。

85.	妓（女）	jì（nǚ）	（名）	以卖淫为业的女人。
86.	无意	wúyì	（动）	没有做某事的愿望。
87.	饱学	bǎoxué	（形）	学识丰富。
88.	气韵	qìyùn	（名）	文章或书法绘画的意境或韵味。
89.	勉强	miǎnqiǎng	（形）	不是甘心情愿的。
90.	低下	dīxià	（形）	（生产水平、经济地位等）在一般标准之下的。
91.	蔑视	mièshì	（动）	轻视；小看。
92.	贞节	zhēnjié	（名）	封建礼教所提倡的女子不失身、不改嫁的道德。
93.	恬然	tiánrán	（形）	〈书〉满不在乎的样子。
94.	成全	chéngquán	（动）	帮助人达到目的。
95.	依	yī	（介）	按照。
96.	颠簸	diānbǒ	（动）	上下震荡。
97.	衍化	yǎnhuà	（动）	发展变化。
98.	寄托	jìtuō	（动）	把理想、希望、感情等放在（某人身上或某种事物上）。
99.	凭借	píngjiè	（动）	依靠。
100.	对峙	duìzhì	（动）	相对而立（相持不下）。
101.	鸿儒	hóngrú	（名）	〈书〉学识渊博的学者。
102.	流程	liúchéng	（名）	（水流的）路程。
103.	强悍	qiánghàn	（形）	强壮勇猛。
104.	恣肆	zìsì	（形）	〈书〉放纵。
105.	人性	rénxìng	（名）	人所具有的正常的感情和理性。
106.	悖论	bèilùn	（名）	逻辑学中指可以同时推导或证明两个互相矛盾的命题的命题或理论体系。
107.	容忍	róngrěn	（动）	宽容忍耐。
108.	反之	fǎnzhī	（连）	与此相反；反过来说；反过来做。
109.	缺损	quēsǔn	（动）	破损。
110.	历来	lìlái	（名）	从来；一向。

111.	转化	zhuǎnhuà	(动)	转变；改变。
112.	极为	jíwéi	(副)	表示程度达到极点。
113.	木讷	mùnè	(形)	〈书〉朴实迟钝，不善于说话。
114.	离弃	líqì	(动)	离开；抛弃。
115.	拼搏	pīnbó	(动)	使出全部力量搏斗。
116.	怆然	chuàngrán	(形)	〈书〉悲伤的样子。
117.	较量	jiàoliàng	(动)	用竞赛或斗争的方式比本领、实力的高低。
118.	决裂	juéliè	(动)	（谈判、关系、感情）破裂。
119.	明智	míngzhì	(形)	懂事理；有远见；想得周到。
120.	废墟	fèixū	(名)	城市、村庄遭受破坏或灾害后变成的荒凉地方。
121.	意料	yìliào	(动)	事先对情况、结果等进行估计。

四字词语

1.	俗不可耐	sú bù kě nài	庸俗得让人难以忍受。
2.	熟门熟路	shú mén shú lù	比喻十分熟悉了解。
3.	遥相呼应	yáo xiāng hūyìng	远远地互相配合。
4.	嫣然一笑	yānrán yí xiào	形容女子甜美地微微一笑。嫣然：笑得很美的样子。
5.	流连忘返	liúlián wàng fǎn	醉心于游乐，忘了回去。形容留恋美好的事物或景致而舍不得离开，连返回都忘记了。
6.	龙飞凤舞	lóng fēi fèng wǔ	形容书法强健有力，笔势飞逸。
7.	扬眉吐气	yáng méi tǔ qì	形容摆脱压抑心情后的兴奋神态。扬眉：扬起眉头；吐气：吐出胸中郁闷之气。
8.	东奔西颠	dōng bēn xī diān	往东边奔，往西边跑。形容到处奔波。

9. 大彻大悟	dà chè dà wù	原是佛教用语。形容彻底醒觉领会。
10. 急流勇退	jí liú yǒng tuì	在湍急的水流中果断地退下来。比喻做官的人在仕途得意时及早隐退。
11. 首屈一指	shǒu qū yì zhǐ	弯下手指头计数，首先弯下大拇指，表示第一，居于首位。
12. 慷慨解囊	kāngkǎi jiě náng	毫不吝惜地将钱财送给别人。
13. 无可指责	wú kě zhǐzé	没有什么可以挑出错误、加以批评的。
14. 千里迢迢	qiān lǐ tiáotiáo	形容路途十分遥远。迢迢：遥远的样子。

专有名词

Gélǐng
1. 葛岭　道教名山胜地，位于杭州市宝石山西面，海拔166米，有著名的道观。现尚存炼丹井、炼丹台、初阳台等多处古迹。

Yuè Fēi
2. 岳飞　（1103—1142）字鹏举，相州汤阴（今河南汤阴）人。南宋初抗金名将、军事家。

Lǔ Xùn
3. 鲁迅　（1881—1936）原名周树人，字豫才，浙江绍兴人。中国现代伟大的文学家、翻译家和新文学运动的奠基人。

Yù Dáfū
4. 郁达夫　（1895—1945）原名郁文，浙江富阳人。中国现代著名小说家、散文家、诗人。

Yuán Zǐcái
5. 袁子才　即袁枚（1716—1797），清代诗人、诗论家。字子才，号简斋，又号随园老人。钱塘（今浙江杭州）人。才华出众，著有《小仓山房诗文集》、《随园诗话》等。

Sū Xiǎoxiǎo
6. 苏小小　相传为南齐（479—502）时钱塘（今杭州）名妓，能诗善歌，色艺倾城。但红颜薄命，芳年辞世。

Chuāndǎo

7. 川 岛   （1901—1981）原名章廷谦，字矛尘。生于浙江上虞。是中国现代著名的散文家，有散文集《月夜》，后多发表研究、回忆鲁迅的文章。

Bái Dī

8. 白 堤   原称"白沙堤"。横亘在西湖东西向的湖面上，从断桥起，过锦带桥，止于平湖秋月，长一公里。

Sū Dī

9. 苏 堤   南起南屏山麓，北到栖霞岭下，全长近三公里，是北宋大诗人苏东坡在杭州任官时，疏浚西湖，利用挖出的泥构筑而成。后人为了纪念苏东坡而将它命名为苏堤。

Lín Héjìng

10. 林和靖   即林逋（967—1028），北宋诗人，字君复。晚年归隐杭州，独居孤山，种梅养鹤，清贫一生。多才多艺，诗词书画，造诣精深。死后，宋仁宋赐号"和靖先生"。

Zhā Róng

11. 查 容   生卒年不详，清代诗人。字韬荒，海宁人。

Bái Jūyì

12. 白居易   （772—846）唐代著名诗人。字乐天，号香山居士，是杜甫之后又一杰出的现实主义诗人，也是唐代作品最多的诗人。

Sū Dōngpō

13. 苏 东坡   即苏轼（1037—1101），字子瞻，号东坡居士，眉州眉山（今属四川）人。北宋著名文学家、书画家。

Cáo Jùrén

14. 曹 聚仁   （1900—1972）字挺岫，号听涛，浙江浦江人。中国现代著名作家、学者、记者和杰出的爱国人士。

Bái Niángniang

15. 白 娘娘   中国古代民间传说《白蛇传》中的女主人公。多情善良而又坚贞不屈。

Fǎhǎi

16. 法海   中国古代民间传说《白蛇传》中的人物。金山寺的和尚，得道的禅师。

Xǔ Xiān

17. 许仙   中国古代民间传说《白蛇传》中的男主人公。性格懦弱。

词语讲解与练习

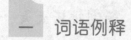一 词语例释

1. 过于

副词 表示超过一定限度；太。

◎ 奇怪的是，这个湖游得再多，也不能在心中真切起来。过于玄妙的造化，会产生一种疏离，无法与它进行家常性的交往。

① 北方冬天过于干燥。

② 他闭上了眼睛，像是过于劳累，一下子睡着了。

③ 考试过于难了，很多人都没通过。

④ 几个青年妇女划着她们的小船赶紧回家，一个个像落水鸡似的。一路走着，因过于刺激和兴奋，她们又说笑起来。

⑤ 也许我们这个地方人烟过于稀少了，方圆几十里只有几户人家。

📖 只能用在主语后，修饰形容词（多为双音节）、形容词短语。

比较 过于/过

"过"作副词时也表示超过一定限度；"太"的意思，同"过于"。

◎ 西湖给人以疏离感，还有另一个原因。它成名过早，遗迹过密，名位过重，山水亭舍与历史的牵连过多，结果，成了一个象征性物象非常稠厚的所在。

⑥ 雨过大，等会儿再走。

⑦ 姐姐脸有些黄瘦，眉眼带些愁苦；可是，过多的希望，过早的热情，已经在妹妹的神情举动中充分地流露出来。

但是，下列用法是错误的：

*⑧ 这个地方过安静，容易使人心里恐慌。

📖 "过"只能修饰单音节形容词，不能修饰双音节形容词。只能用在主语后。

2. 不宜

| 动词 | 不适合。一般用于书面表达。 |

◎ 过于玄妙的造化，会产生一种疏离，无法与它进行家常性的交往。正如家常饮食不宜排场，可让儿童偎依的奶妈不宜于盛妆，西湖排场太大，妆饰太精，难以叫人长久安驻。

◎ 大凡风景绝佳处都不宜安家，人与美的关系，竟是如此之蹊跷。

① 这种电影过于紧张，心脏不好的人不宜于观看。

② 这种新型热水器可以改变以往厨房、卫生间不得不同时安装两台热水器而又因为总功率过大不宜同时使用的麻烦。

③ 解决思想问题要耐心细致，不宜操之过急。

📖 后面多加双音节动词。后面可加介词"于"。前面不能再加否定词"不""没"。

| 比较 | 不宜/宜 |

◎ 至于西湖风景，虽然宜人，有吃的地方，也有玩的地方，如果流连忘返，湖光山色，也会消磨人的志气的。

④ "春城"昆明一年四季风景宜人。

⑤ 欲把西湖比西子，浓妆淡抹总相宜。

⑥ 适宜的温度有利于植物的生长。

📖 宜：合适。固定搭配：宜人、相宜、适宜、权宜之计、因地制宜。

⑦ 事不宜迟，赶快打电话通知他吧。

📖 应当。多用于否定式。

⑧ 大河流域是最早宜于人类繁衍生息的地方。

📖 后面可加介词"于"。

3. 勉强

| 形容词 | 不是心甘情愿的。 |

① 他不喜欢在人多的场合讲话，今天让他在大会上发言，他很勉强。

② 对方终于有答复了，但答复有点儿勉强。

📖 作谓语，受程度副词修饰。

◎ 但是，情人未归，书生已去，世界没能给她以情感的报偿。她不愿做姬做妾，勉强去完成一个女人的低下使命，而是要把自己的美色呈之街市，蔑视着精丽的高墙。

③ 他不想去卡拉 OK，但大家一定要他去，他勉强去了。

④ 大伙儿的意见主任勉勉强强地同意了。

📖 作状语，修饰动词。可重叠。

⑤ 小马昨晚一夜未睡，今天早上还是勉勉强强地上班去了。

⑥ 王教授有病，但仍然勉强坚持给大会作报告。

📖 表示能力不够，还尽力去做。作状语，修饰动词。可重叠。

⑦ 这些产品勉强达到要求，需进一步提高产品质量。

⑧ 他带的面包和火腿勉勉强强够三个人吃两天。

⑨ 他的这种解释非常勉强。

📖 表示"将就、凑合、不充分"。作谓语、状语。作状语时修饰动词。可重叠。

| 动词 | 使人做他／她不愿做的事。 |

⑩ 去哪儿旅行是她自己的事，别人不能勉强她。

⑪ 孩子不愿做的事，我们从没勉强过。

⑫ 家长不要勉强孩子学习他们不喜欢的东西。

📖 勉强＋人（＋做什么事）：作谓语。可带名词、代词作宾语；可带"过"；可用于兼语句。多用于否定句。

⑬ 要是儿子不同意这门婚事，是谁也勉强不了的。

📖 可带补语。

4. 依

| 介词 | 表示行为遵从某一根据、标准；按照。 |

① 依我，一点儿也不借给她。

② 今天正式发行第二十九届奥林匹克运动会纪念邮票，一大早，集邮爱好者们就排起了长队，依次购买。

③ 人们应懂得公民的权利和义务，懂得与自己的工作和生活有关的法律，依法办事，依法律己，依法维护自身的合法权益。

📖 后面多加单音节名词或代词。

◎ 她甚至认为，死神在她十九岁时来访，乃是上天对她的最好成全。难怪曹聚仁先生要把她说成是茶花女式的唯美主义者。依我看，她比茶花女活得更为潇洒。

④ 依国内和国际环境说，和平和发展是最主要的任务和工作。

⑤ 依我想来，厂长的意思，这批货是不会全给他们的。

📖 用"依 + 名词／代词／名词短语 + 说／看／想来"引出下文的具体内容。

动词 依从；同意。

⑥ 劝他休息，他怎么也不依。

⑦ 你处处依着他，会把他宠坏的，这可不是爱孩子的方式，对孩子的成长也绝对没有好处。

⑧ 没料到，我依了他的要求，他却出尔反尔，翻脸不认账了。

📖 依 + 人／事物，一般不加趋向动词和介词短语。

⑨ 院子里依墙筑起了一个花坛。

📖 "依"作动词，还有"挨着"的意思。

5. 反之

连词 连接两个句子、两个段落；后面有停顿。用于书面语。

◎ 社会污浊中也会隐伏着人性的大合理，而这种大合理的实现方式又常常怪异到正常的人们所难以容忍。反之，社会历史的大光亮，又常常以牺牲人本体的许多重要命题为代价。

① 我今天讲的内容，如果教材里讲得详细的，我就简单一点；反之，如果教材里讲得简单的，我就详细一点。

② 如果一幅画、一出戏、一本书将所有的细节都表现出来，通常会使

人感到乏味的。反之，如果作者只表现出作品的主要方面，把余下的部分留给观众或读者去想象，他们就会觉得自己是跟作者一起进行创作。

③ 他不觉得自己丑，反之，他很自负地以为自己——如许多人当面称赞他那样——是"中国第一美男子"。

④ 人均收入跟人口数量成反比：人口越多，人均收入越少；反之，人口越少，人均收入越多。

⑤ 当产品供大于求时，价格就会降低；反之，当产品供不应求时，价格就会上升。

📖 引出跟前一句相反的内容或结果。"反之"可以换成"相反"。

⑥ 勤奋努力才能有所成就，反之，则一事无成。

⑦ 安装卫星接受器必须严格注意方位，反之，电视图像就会不清晰。

📖 当"反之"用来引出相反的内容或结果，而后面又紧跟结果时，"反之"可以换成"否则"。

⑧ 矛盾的各个方面都不能孤立地存在。比如，没有生，就没有死；没有失败，就没有成功；没有幸福，就没有痛苦。反之亦然。

📖 引出跟前一句不同的另一方面，说明同一个道理、规律。"反之"后多跟"亦然""也一样"。

二 词语辨析

1. 深奥　深刻

深奥

◎ 这就是真正中国化了的宗教。深奥的理义可以幻化成一种热闹的浏览方式，与感官玩乐融成一体。

① 他说话时总是斟词酌句，像是要表达什么深奥的哲理。

② 虽然文理深奥，两位老人看不懂，但对基本精神已心领神会。

③ 如果把那些故弄玄虚的词语去掉，我觉得他的论文并不深奥。

④ 有些理论家故意把一些浅显的道理弄得那么深奥。

深刻

⑤ 这次见面给双方留下了深刻的印象。

⑥ 这个报告相当深刻，需要我们认真领会。

⑦ 艺术家应该敏锐地感受这个世界，深刻地理解并鲜明、正确地反映人类的生活和他们的理想。

⑧ 他对这个问题分析得多么深刻、透彻。

⑨ 她对错误的认识比以前深刻了许多。

⑩ 在他以前，我对男性的印象从没这么深刻过。

异同归纳		深奥	深刻
同	词性	形容词	
	词义	表示程度深，达到事物的内涵。	
	语法功能	作定语、谓语、补语。	
异	词义侧重	侧重于道理、哲理含义高深，不易理解，如课文例句。	侧重于思想认识、内心感受的"深"，如例⑧⑨。
	搭配对象	道理、哲理、含义、内容、学问……	道理、哲理、含义、内容、分析、体会、感受、认识、观点、见解、印象、烙印、记忆、教训、反思、思考、理解……
		使用范围窄。表示思考、认识的程度时不能用"深奥"。	使用范围宽。
	语法功能	无右边的用法。	作状语，如例⑦； 后面可加"一点儿、一些、许多"，如例⑨；也可加助动词"了、着、过"，如例⑩。

2. 随意　随便

随意

◎ 深奥的理义可以幻化成一种热闹的浏览方式，与感官玩乐融成一体。这是真正的达观和"无执"，同时也是真正的浮滑和随意。

① 住在这家旅馆里没有人招待，一切行动都随我意，没有许多讲究。

② 电影结尾的悬念，给观众许多随意想象的空间。

③ 喜欢什么吃什么，诸位随意。

④ 后两部分用"阶段"来划分，似乎带点儿偶然性和随意性。

随便

⑤ 到我这儿来不要拘束，大家可以随便看、随便坐。

⑥ 孩子跟他父亲一样，是个随随便便的人。

⑦ 他在公司里说话随便起来了。

⑧ 你就尽情地说吧，随便你怎么说，我都不生气。

⑨ 回不回来随你的便。

异同归纳		随意	随便
同	词性	形容词	
	词义	表示随某人的意愿去做，不受拘束。	
	语法功能	作状语、谓语；中间可插入其他成分："他（的）、你（的）、我（的）"。	
异	词义侧重	侧重"意"，强调任随自己的心意，想怎么做就可以怎么做。提供的是主观意志的空间，如课文例句。	侧重"便"，强调任随自己的方便，认为怎样好就可以怎样做。提供的是行为的自由度，如例⑤⑦。
	搭配对象	～想象、幻想、联想、判断、消受、驰骋…… 诸位～ 请～ 多与表示主观意志的词语搭配。	～说、看、拿、坐、玩、用、动、写、问、摸、决定…… ～一点儿 ～一些 多与表示具体动作的词语搭配。
	语法功能	只用在主语后； 无右边的用法。	作定语，如例⑥； 后面可加趋向动词"起来"，如例⑦； 作连词，是"不论、不管"的意思，可放主语前，如例⑧； 作动词，表示"任凭……方便"，如例⑩。
	固定搭配	～性	
	重叠方式		随随便便

3. **转化 转移**

转化

◎ 中国传统思想历来有分割两界的习惯性功能。一个混沌的人世间，利刃一划，或者成为圣、贤、忠、善、德、仁，或者成为奸、恶、邪、丑、逆、凶，前者举入天府，后者沦于地狱。有趣的是，这两者的转化又极其便利。

① 在国际组织的努力下，形势正在向好的方面转化。

② 矛盾着的双方，依据一定的条件，各向着其相反的方面转化。

③ 在一定条件下，主要矛盾可以转化成次要矛盾。

④ 企业发展的关键是要把资源优势转化为产业优势。

转移

⑤ 突然，一条狗冲了出来，转移了他的注意力。

⑥ 小城镇的快速发展使大量的农村富余劳动力开始朝各大都市转移。

⑦ 在新的发展形势下，要适时地将工作的重点转移到经济建设上来。

⑧ 孩子整天沉溺于网络游戏，已经影响到正常的生活、学习，用什么方法才能让孩子转移一下兴趣呢？

⑨ 他听到风声后，就连夜把赃物转移了出去。

异同归纳		转化	转移
同	词性	动词	
	词义	表示转变、改变。	
	语法功能	作谓语。	
异	词义侧重	侧重于矛盾的双方在一定的条件下，各自向着相反的方向转变，向着对立方面所处的地位转变。如课文例句。	侧重于人和事物改换位置，从一方移到另一方。如例⑤⑨。
	搭配对象	矛盾、思想、因素、性质、形势……	感情、重点、话题、伤员、阵地、部队、秘密联络站、赃物、赃款、目标、视线……
		一般是抽象事物。	可以是抽象事物，也可以是具体事物，还可以是人。适用范围比"转化"宽。

续表

异同归纳		转化	转移
异	语法功能	作谓语，一般不带宾语，常带由介词"向"与其宾语组成的介词结构作状语，"向……方面转化"表示要转化到的方面。如例①②； 可带"成、为"与其宾语组成的词组作补语，表示转化的结果。如例③④。	作谓语，可带宾语，如例⑤； 可带由介词"向、朝"与其宾语组成的介词结构作状语，表示转移的方向、处所，如例⑥； 可带"到"与其宾语组成的词组作补语，表示转移的结果，如例⑦； 后面可加动量词"下、次、回"，如例⑧； 后面可加趋向动词"出去、回来、回去、过来、过去、起来"，如例⑨。

4. 解除 破除

解除

◎ 两位大诗人、大文豪，不是为了风雅，甚至不是为了文化上的目的，纯粹为了解除当地人民的疾苦，兴修水利，浚湖筑堤，终于在西湖中留下了两条长长的生命堤坝。

① 警报刚刚解除，他就急忙跑下山去。

② 经过一年的拉锯战，他俩终于解除了婚约。

③ 白先生与出租汽车公司解除了营运承包合同。

④ 有上千名义工主动为抢险人员解除后顾之忧。

破除

⑤ 新的艺术形式破除了旧文学的框框，为新文学开辟了一个新天地。

⑥ 敦煌艺术破除了"为艺术的艺术"的纯艺术形式，开辟了"为贫民的艺术"这种新的艺术形式。

⑦ 解放思想、破除长期禁锢和束缚人们意识的思想观念就成为深化改革、做到实事求是的关键。

⑧ 社会要改革发展，就要破除阻碍其进步和发展的各种障碍。

异同归纳		解除	破除
同	词性	动词	
	词义	表示除去，使不存在。	
	语法功能	作谓语，可带宾语，如例②⑤。	
异	词义侧重	侧重于去掉、消除。多用于不好的、成为负担的事情。如课文例句。	侧重于打破、除去。多用于原来被人尊重或信仰的不好的事物。如例句⑤—⑧。
	搭配对象	警报、职务、合同、痛苦、负担、疑难、疑惑、婚约、寂寞、疲劳、压迫、威胁……	迷信、旧思想、旧观念、旧习惯、旧礼仪、清规戒律……
		用于具体或抽象事物。	多用于抽象事物。

三 词语搭配

1. 寄托

~感情　　　希望的 ~　　　　~深深的思念　　把希望 ~ 在他身上

~希望　　　精神的 ~　　　　~着人类的将来　　对他 ~ 了很大的希望

~情思　　　有所 ~　　　　　用景物 ~ 感情　　　没有辜负父母的 ~

2. 占据

~空间　　　~了他的思想　　永远(地) ~

~有利地形　　~着重要地位　　老~着

~领导职位　　~过我的心灵　　时间被琐事~了

3. 蔑视

~别人　　　　~的目光　　　　加以~

~困难　　　　~的态度　　　　非常~

~一切　　　　~地笑着　　　　对敌方的~

4. 容忍

长期~　　　　不能~的习惯　　　怎能~被拽走

能够~　　　　遭受不可~的损失　　不能~这种现象

无法~　　　　~错误意识的存在　　~这种情况继续下去

四　练习

（一）模仿例子组成新词语

1. 高手	＿＿＿手	＿＿＿手	＿＿＿手
2. 尽职	尽＿＿＿	尽＿＿＿	尽＿＿＿
3. 过客	＿＿＿客	＿＿＿客	＿＿＿客
4. 品格	品＿＿＿	品＿＿＿	品＿＿＿
5. 实绩	＿＿＿绩	＿＿＿绩	＿＿＿绩
6. 稀罕	稀＿＿＿	稀＿＿＿	稀＿＿＿
7. 模型	＿＿＿型	＿＿＿型	＿＿＿型
8. 欲求	欲＿＿＿	欲＿＿＿	欲＿＿＿
9. 疏离感	＿＿＿感	＿＿＿感	＿＿＿感
10. 向心力	＿＿＿力	＿＿＿力	＿＿＿力
11. 飘飘然	＿＿＿然	＿＿＿然	＿＿＿然
12. 非人性	非＿＿＿	非＿＿＿	非＿＿＿

（二）选择恰当的词语填空

深奥　深刻　　随意　随便　转化　转移　　解除　破除

1. 市场竞争的加剧要求企业能够更加迅速地将学习成果_____为竞争优势。

2. 在当今社会，_____婚约是很容易的，不容易的是与婚姻相关的情感、财产纠葛。

3. 他躺在舱面上，仰望着天空，一声不吭，仿佛在思索什么_____的问题，又好像什么也没想。

4. 经济体制改革，就是要从根本上_____束缚生产力发展的体制性障碍，使经济发展出现质的飞跃。

5. 大家_____说说吧，我们想知道各位对这次活动有什么好的建议。

6. 社会发展的现实使我们_____地认识到，不改革就没有出路。

7. 科幻小说可以让你_____想象，越离奇越有吸引力。

8. 富硒灵芝宝是由中国农科院自然区划研究所十几位专家花费近二十年心血研制成功的防止肿瘤细胞_____、扩散的抑制肿瘤产品。

（三）用指定词语完成句子

1. 因为没有合适的人，只好_____。（勉强）

2. 这么小的年纪，竟然能想出这样的方法帮助别人，_____。（意料）

3. 运动对身体健康有益，_____。（不宜）

4. "祸兮福之所倚，福兮祸之所伏"，也就是说，一切矛盾_____
_____。（依）

5. 他从来就不觉得自己聪明、有天赋，_____。（反之）

6. _____，都会有许多企业赞助。（大凡）

7. 他是父母唯一的孩子，_____。（寄托）

（四）用指定词语完成下列对话

1. A：今天写作训练规定的题目是什么？

   B：_____。（随意）

2. A：我今年选修了计算机课，但听说计算机原理很难，我都想打退堂鼓了。

   B：_____。（深奥）

3. A：你看把这个工作交给小王怎么样？

   B：_____。（凭借）

4. A：我的卡上还有二十分钟的余额，你想上网吗？

   B：好啊，_____。（浏览）

5. A：7号运动员怎么把球踢进自家的门里去了？

   B：_____。（过于）

6. A：我想买这个工艺品，你看呢？

   B：_____。（随便）

（五）选择适当的四字词语填空

| 首屈一指 | 东奔西颠 | 流连忘返 | 千里迢迢 |
| 熟门熟路 | 慷慨解囊 | 崇山峻岭 | 俗不可耐 |

1. 他以前就是干会计工作的，现在重操旧业，想必_____，不会有什么困难。

2. 张家界自然景观无处不美，奇山秀水怎能不让人心旷神怡、_____呢？

3. 北京人吃大白菜无论是数量还是吃法都在全国_____，餐桌上常常少不了它。

4. 尽管护林员工作艰苦、枯燥，风里来雨里去，与_____为伴。但他告诉我，自己很喜欢这个工作，退休后还想再干干。

5. 父亲下海经商后，成天_____，很少回家，尤其很少有时间陪母亲。

6. 红十字会联合发布倡议，希望社会各界人士积极响应，_____，援助灾区。

7. 他_____从广州来到北京，就是想见见一直捐助他的好心人。

8. 本是平民运动的高尔夫到了中国就变得_____！每每听到那些"白领"介绍自己的爱好是高尔夫而身上却并无阳光留下的痕迹，就觉得面前这人有些矫揉造作（jiǎo róu zào zuò）。

（六）选择适当的四字词语改写下列句子

| 千里迢迢 | 熟门熟路 | 扬眉吐气 |
| 大彻大悟 | 无可指责 | 遥相呼应 |

1. 我常常忽视了生命中本该珍惜的东西，一直到失去了才彻底醒悟。

_____

_____

2. 青藏铁路拉萨火车站与布达拉宫隔着一条河，远远地对望着。

_____

_____

3. 回北京，一下飞机坐上车就十分熟悉地打开北京交通电台，真是奇怪，三年了，我竟然连电台频率（pínlǜ）都记得清清楚楚。

_____

_____

4. 从去年年末国家取消对小排量车的限制后，小排量车终于吐出了胸中的郁闷之气，在各地的销量也有明显的提高。

_____

_____

5. 城市化是现代化发展的必然结果。但是，一些城市化现行模式表现出的弊端十分明显。

_____

_____

6. 那个地方发现了金子，不计其数的人抗拒不了这种诱惑，不怕路途遥远，拼命
往那儿赶。

_____

_____

（七）选择恰当的一组词语填空

1. ① 他_____有一个和非常成功的商人谈话的机会。当他对商人讲述了自己
的"破产史"后，商人给了他两条重要的建议。

② 原以为可以和自己最爱的人共度人生，可那个相恋多年的恋人却在压力面
前退缩了，_____她的只有伤心和失望。

③ 在那里，不必挖空心思地高谈阔论，证明你是位_____之士，也不必费
心费神地穿金戴银，把自己装扮成富婆、款女。

④ 媒体和信息化技术将这种欲望_____了现实，于是炒作名人便日趋火暴，
以满足人们日益增长的信息需求。

A. ① 偶尔　　② 追随　　③ 隐逸　　④ 转移

B. ① 偶然　　② 伴随　　③ 饱学　　④ 变成

C. ① 稀罕　　② 随着　　③ 轻薄　　④ 转化

D. ① 稀奇　　② 跟随　　③ 风雅　　④ 变化

正确选项_ _ _ _ _ _ _ _ _ _ _ _ _

2. ① 这里的人们穿着打扮倒是极为_____，他们更注重表现自己的个性，通
过服装体现出来的是自己而不是别人。

② 在常人心目中，科学是_____的、严格的、艰难的、枯燥的……事实上，
科学不仅是美丽的，而且是旷世奇美。常人之所以没有感受到，责任在科
学家，他们忘记了与大众分享。

③ 在"时间就是金钱，效率就是生命"的时代，人们的观念也_____得很
快，到快餐店里简单地结束一顿午餐，上各种速成班，买世界名著缩写
本……一切都变得简捷而快速。

④ 若在现实社会受了阻，碰了壁，就_____，学古人躲进自然的小天地里，
未尝不是一种逃避。

A. ① 随意　　　② 深奥　　　③ 转变　　　④ 安贫乐道

B. ① 随意　　　② 深刻　　　③ 转化　　　④ 功成身退

C. ① 随便　　　② 深刻　　　③ 转移　　　④ 东奔西颠

D. ① 随便　　　② 深奥　　　③ 转变　　　④ 急流勇退

正确选项_ _ _ _ _ _ _ _ _ _ _ _ _ _

（八）下面每段话都画出了 ABCD 四个部分，请挑出有错误的部分

1. <u>足球正在快速国际化</u>，<u>各国球员频繁转会平日里</u>，<u>往来随意</u>，致使越来越多的
　　　　　A　　　　　　　　　B　　　　　　　　　C

<u>国家联赛都具有国际的因素</u>。　　　　　　　　　　　　　　　　　　（　　）
　　　　D

2. <u>按照"适者生存"的法则</u>，<u>谁能更好地适应环境，谁就能生存和发展</u>；<u>反而</u>，
　　　　A　　　　　　　　　　　　　B　　　　　　　　　　　　　　　　C

<u>则会被淘汰（táotài）</u>。　　　　　　　　　　　　　　　　　　　（　　）
　　D

3. <u>大的家用电器正常工作时会产生电磁场和散热问题</u>，<u>专家提醒居民</u>，家用
　　　　　　　　　A　　　　　　　　　　　　　　　　　　　B

<u>电器的放置应保持安全距离</u>，<u>如电视、音响、冰箱、洗衣机等家电就宜于</u>
　　　　　　　　　　　　C

<u>摆放在一起</u>。　　　　　　　　　　　　　　　　　　　　　　　（　　）
　　D

4. <u>调查中对邻里关系表示"比较差"</u>，依次为<u>硕士文化程度</u>、<u>大学文化程度</u>、
　　　　　A　　　　　　　　　　　　　　　　　B　　　　　　　　C

<u>高中及高中以下文化程度</u>。　　　　　　　　　　　　　　　　　（　　）
　　　　D

5. <u>教书要教得好，要全力以赴</u>，<u>不能随便</u>。<u>教师考学生，毕竟范围有限</u>，题
　　　　　A　　　　　　　　　B　　　　　　　　C

<u>目有形。而且学生考老师，往往无限又无形</u>。　　　　　　　　　（　　）
　　　　D

6. 在《塞翁失马》这个故事中，失马是坏事，但却包含着好事，因为不久失马回
     A   B   C

归，并且还引回了一匹马，坏事转化好事。   （   ）
                          D

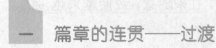

修辞提示与练习

一 篇章的连贯——过渡

（一）分析

把不同的段落组织成一个完整的篇章，段落之间语义应该连贯。恰当地使用过渡，可以使语义连贯。所谓过渡，是利用过渡段或过渡句来巧妙地连接段落。常常用在意思转折比较大的段与段之间，可以是两个不同的事件、两种不同的内容、两个不同的场面等。

过渡可以使用具有承上启下作用的段，即过渡段。过渡段一般比较小，大多是一句话或一个小句群。例如：

① 西湖的盛大，归拢来说，在于它是极复杂的中国文化人格的集合体。

② 与这种黯淡相对照，另一种人格结构也调皮地挤在西湖岸边凑热闹。

③ 首届一指者，当然是名妓苏小小。

④ 西湖胜迹中最能让中国文人扬眉吐气的，是白堤和苏堤。两位大诗人、大文豪，不是为了风雅，甚至不是为了文化上的目的，纯粹为了解除当地人民的疾苦，兴修水利，浚湖筑堤，终于在西湖中留下了两条长长的生命堤坝。

⑤ 湖所接纳的另一具可爱的生命是白娘娘。虽然只是传说，在世俗知名度上却远超许多真人，在中国人的精神疆域中早就成了一种更宏大的切实存在。人们慷慨地把湖水、断桥、雷峰塔奉献给她。在这一点上，西湖毫无缺损，反而因此而增添了特别明亮的光色。

⑥ 她是妖，又是仙，但成妖成仙都不心甘。她的理想最平凡也最灿烂：只愿做一个普普通通的人。这个基础命题的提出，在中国文化中具有极大的挑战性。

　　例①、例②、例③都是由一句话组成的一个过渡段，既承接了上文的意思，又把叙述的重点过渡到了下文的内容，使上下两层意思连接紧密。

　　过渡也可以利用过渡句，也就是具有承上启下作用的句子。过渡句常常用在上一段的结尾或下一段的开头。例④、例⑤中的过渡句是用在下一段的开头，引出与上文不同的内容；例⑥用在上一段的结尾，先总结上文，说明白娘娘受人们喜爱的原因，然后引出下文，论述其对中国文化"具有极大的挑战性"。

（二）练习：重新安排下列句子的语序

　　1. A. 我以前不知道有所谓雨季

　　　　B. 从几月到几月

　　　　C. 好像是相当长的

　　　　D. 我不记得昆明的雨季有多长

　　　　E. "雨季"，是到昆明以后才有了具体感受的　　＿＿＿＿＿＿＿＿

　　2. A. 成都平原上已经完成了一个了不起的工程

　　　　B. 就在秦始皇下令修长城的数十年前

　　　　C. 却注定要稳稳当当地造福千年

　　　　D. 它的规模远不如长城宏大

　　　　E. 我以为中国历史上最激动人心的工程不是长城，而是都江堰

　　　　　　　　　　　　　　　　　　　　　　　　　　　＿＿＿＿＿＿＿＿

　　3. A. 提到中国古代的科技成就

　　　　B. 并改变了整个世界历史的进程

　　　　C. 人们首先就会想到四大发明

　　　　D. 火药、指南针、造纸术和印刷术这四大发明是中华民族奉献给人类文明的伟大的技术成就　　＿＿＿＿＿＿＿＿

　　4. A. 然而，愿望不仅是因人而异的

　　　　B. 人们往往把实现自己最衷心的愿望称做幸福

　　　　C. 幸福是什么

D. 那么，幸福是不是没有一个客观的标准呢

E. 而且同一个人的愿望也会发生变化

       _____

5. A. 在西方文化面前

 B. 而一个了解中国历史的西方人则又对中华文明充满了敬仰

 C. 一个对本民族历史缺乏了解的中国人会觉得惭愧

 D. 由此看来，自卑与骄傲都是不必要的

 E. 传统文化是各民族千百年来所创建、传承的物质和精神事物

       _____

6. A. 古代文明的长处在于对自然怀有一种敬畏的态度

 B. 现代文明则正好相反

 C. 短处在于不具备环境保护的科学知识和自觉性

 D. 文明与自然的冲突是一个古老的话题

 E. 就其关系而言

       _____

7. A. 使人失去信心

 B. 我想没有人会张开双臂

 C. 那么，挫折是不是一点儿好处也没有呢

 D. 挫折使人灰心丧气，使人全无斗志

 E. 主动欢迎挫折的光临

       _____

8. A. 常听人说

 B. 牛肉面与白兰瓜

 C. 到西北最难适应的是食物

 D. 但我对兰州印象最深的却是两宗美食

 E. 浓厚与清甜

 F. 因此，这座古城留给我两种风韵

       _____

二 篇章的组织与修辞手段

（一）比喻、拟人与篇章

人们在描写事物和说明道理时，为了增强语言的表现力，取得生动的表达效果，常常用同它有相似点的别的事物或道理来打比方，这就叫比喻。通过比喻，说出或表现出两件事情的相似点，使要表现的事物更加鲜明。例如：

① 中国历史上其他有文学价值的名妓，都把自己搞得太狭隘了，为了一个负心汉，或为了一个朝廷，颠簸得过于认真。只有她那种颇有哲理感的超逸，才成为中国文人心头一幅秘藏的圣符。

② 结果，群体性的文化人格日趋黯淡。春去秋来，梅凋鹤老，文化成了一种无目的的浪费，封闭式的道德完善导向了总体上的不道德。文明的突进，也因此被取消，剩下一堆梅瓣、鹤羽，像画签一般，夹在民族精神的史册上。

把物当做人来描写，并赋予它人的动作或思想情感，就是拟人。例如：

③ 一切宗教都要到这里来参加展览，再避世的，也不能忘情于这里的热闹；再苦寂的，也要分享这里的一角秀色。佛教胜迹最多，不必一一列述了，即便是超逸到家了的道家，也占据了一座葛岭，这是湖畔最先迎接黎明的地方，一早就呼唤着繁密的脚印。

④ 绿绿的西湖水，把来到岸边的各种思想都款款地摇碎，融成一气，把各色信徒都陶冶成了游客。它波光一闪，嫣然一笑，科学理性精神很难在它身边保持坚挺。

⑤ 与这种黯淡相对照，另一种人格结构也调皮地挤在西湖岸边凑热闹。

比喻、拟人都属描绘类修辞格，多是借助某一对象或材料来组织的，因此，不能单从字面上去理解它，而是要紧紧抓住所依据的对象或材料，从本意和上下文的连贯关系出发，通过恰当的想象和联想作出合理的解释。例①中用"圣符"比喻苏小小独立不羁的精神（另类人格）。例②中用"梅瓣、鹤羽"比做夹在民族精神史册上的"画签"，实际上是指中国缺少像苏东坡那样有健全人格的文人。这些比喻技巧的运用，使所要表现的主题显得更为突出，加深读者对文章思想的领悟。

例③—例⑤是把事物当做人来写，赋予事物人的特性，尤其是例④，将景物拟人化，使原本生硬、写实的景物显得温婉美丽，并且表现了作者的爱憎情感。

当然，如果离开了语篇的情景，就很难对比喻和拟人的修辞手法有正确的理解。

（二）练习：找出下列各组句子中修辞方法不同的一个句子

1. A. 曲曲折折的荷塘上面，弥望的是田田的叶子。叶子出水很高，像亭亭的舞女的裙。

   B. 在浩瀚无垠的沙漠里，有一片美丽的绿洲，绿洲里藏着一颗闪光的珍珠，这颗珍珠就是敦煌莫高窟。

   C. 南宋著名山水画家马远的作品《寒江独钓图》，只画了漂浮于水面的一叶扁舟和一个在船上独坐垂钓的渔翁。

   D. 泰山的对山峰上，满山都是奇形怪状的老松，年纪怕都有上千岁了，颜色竟那么浓，浓得好像要流下来似的。

   选择_ _ _ _ _ _ _ _ _ _ _ _

2. A. 据说西红柿曾作为一种观赏植物，被称为"爱情苹果"。最早敢于吃西红柿的，是一位名叫罗伯特·吉本·约翰逊的人，他站在法庭前的台阶上当众吃了一个，从而使西红柿成了食品的一员。

   B. 早上我起来的时候，小屋里射进两三方斜斜的太阳。太阳他有脚啊，轻轻悄悄地挪移了；我也茫茫然跟着旋转。于是——洗手的时候，日子从水盆里过去；吃饭的时候，日子从饭碗里过去；默默时，便从凝然的双眼中过去。

   C. 今年二月，我从海外回来，一踏进昆明，心都醉了。我是北方人，论季节，北方也许正是满天风雪，水瘦山寒，云南的春天却脚步勤，来得快。

   D. 小草偷偷从地里钻出来，嫩嫩的，绿绿的。园子里，田野里，瞧去，一大片一大片满是的。坐着，躺着，打两个滚，踢几脚球，赛几趟跑，捉几回迷藏。风轻悄悄的，草软绵绵的。

   选择_ _ _ _ _ _ _ _ _ _ _ _

3. A. 青的草，绿的叶，各色鲜艳的花，都像赶集似的聚拢来，形成了光彩夺目的春天。

B. 东方的天空泛白，在即将微明的路上，弯弯曲曲，暂且有我一个人寂寞地走着。

C. 秋天到了，树上红红的果子露出了笑脸，她在向着我们点头微笑。

D. 荷花穿着一件白纱，沐浴在柔和的阳光中。

选择_ _ _ _ _ _ _ _ _ _ _

4. A. 压力就像一只无形的手，正在控制着现代人类，如何摆脱这只无形的手的控制，是全社会都应该深思的问题。

B. 这时已是夏季，错过了格桑花开的季节，但牧草在此时却长得又高又密，就像一片浩瀚无边的绿色海洋，风吹草低掀起阵阵绿浪，成群的牛羊随着起伏时隐时现，好一幅"天苍苍，野茫茫，风吹草低见牛羊"的草原风光。

C. 女人有瀑布般的头发，梳理得纹丝不乱，用发卡盘在头顶上。女人有修长的身材，她喜欢穿旗袍，虽然只是廉价衣料，却显得窈窕有致。

D. 小镇上已有不少像我们一样的旅游者，他们大多是走陆路来的，一进镇就立即领略了水的魅力，都想站在某条船上拍张照，他们蹲在河岸上恳求船民，没想到这里的船民爽快极了，不仅拍了照，还让坐着行驶一阵，分文不取。

选择_ _ _ _ _ _ _ _ _ _ _

 三 文体与篇章修辞

（一）学者散文

20 世纪八九十年代中国散文创作的一个重要的现象是，出现一种被人称为"学者散文"或"文化散文"的形态。这些散文的作者大都是一些从事人文学科或社会科学研究的学者，他们在专业研究之外，创作一些融汇了学者的理性思考和个人的感性表达的文章。"学者散文"的出现，显示了知识分子关注现实问题和参与文化交流的新的趋向。

（二）练习：阅读各段，请按恰当的篇章结构重新排序

A. 学者散文在风格上大多较为节制，通常会以智性的幽默来平衡情感的因素。学理知识的渗透，也使其具有特别的思想深度和情感厚度。这些散文随笔与杂文的不同之处是，它更关注的往往不是"识"，而是"情"与"理"，因而，有的批评家将之称为"文化散文""哲理散文"或"散文创作上的'理论干预'"。

B. 较早进入学者散文创作的是 20 世纪 80 年代金克木、张中行等老资格的学者。90 年代初期，从事艺术文化史和戏剧美学研究的余秋雨，在《收获》杂志上以专栏形式发表系列散文，后结集成为《文化苦旅》、《文明的碎片》出版，引起极大反响。一些重要的刊物和出版社，也有意识地举荐这一形式的创作，从而推动了学者散文的兴盛。

C. 学者散文的作者大都有较为丰富的学术修养，往往将学术知识和理性思考融入散文的表达之中。他们也并不特别注重散文的文体"规范"，而将其视为专业研究之外的另一种自我表达或关注现实的形式。对于这类散文而言，引人注意的首先并不是叙述形式，而是所谈论的内容，但由于这些谈论结合了作者的文化关怀和个人感受，文字表达上的生动个性也随之显现出来，因此，这些学者的写作比较自由，反而为散文创作融进了一些新的因素。

D. 学者散文指的是由从事人文学科或社会科学研究的学者创作的融汇了学者的理性思考和个人感性表达的文章。

重新排序_ _ _ _ _ _ _ _ _ _ _ _

表达与写作

● 表达训练

1. "苏东坡把美衍化成了诗文和长堤，林和靖把美寄托于梅花与白鹤，而苏小小，则一直用美熨贴着自己的本体生命，凭借自身，发散出生命意识的微波。"结合背景阅读提供的材料，谈谈你对这三种不同的文化人格的看法。

2. 中国知识分子的特点是什么？对"面子"和"骨气"你怎么评价？

● 写作训练

试从以下选题中任选其一作文，题目自拟。字数：700～800字。

话题一

中华文明在经历了漫长的历史岁月后仍能完整地保留到今天，自然有其重要原因，但同时也有尚存的缺憾。通过和欧洲文明的比较，有学者认为：中国缺少这样一些大学，既能培养独立判断的知识分子群体，又能将理性与日常生活（感性）紧密联系，推动社会进步。请就此阐述你的观点。

话题二

在中国风景名胜里，饱蕴着中国文化的因子。中国风景审美的思维活动，便是以主观感验为主的"物我同构"形式，即所谓"形神合为一""万物静观各自得"。以文学作品为例，谈谈你的理解。

扩展空间

名家典藏

《文化苦旅》余秋雨　　　东方出版中心　　　1992 年

《行者无疆》余秋雨　　　华艺出版社　　　2001 年

《千年一叹》余秋雨　　　作家出版社　　　2002 年

《中华散文珍藏本——余秋雨卷》　　　人民文学出版社　　　1995 年

《东西南北人——中国人的性格与文化》

　　　　　　　　　　　余秋雨等　　　当代世界出版社　　　2001 年

媒体资源

《杭州西湖》　　　中国行百集系列风光片　　　上海录像影视公司出版

《百家讲坛——苏轼》

　　　　　央视音像精品网 http://www.goucctv.com/zhongshibaike/

周国平：人文精神的哲学思考

　　　　　凤凰卫视《世纪大讲堂》http://sjdjt.blog.phoenixtv.com

词语追踪

炒作　　火暴　　款爷　　款女　　强势　　强势群体　　小排量

文化经济　　文化快餐　　文化垃圾　　文化沙漠

10 西部采风

背景阅读与练习

一 阅读文章，按要求完成各项练习

（一）
让香格里拉发现自己

边玲玲

① 第一次接触香格里拉（Shangri-La）这个词还是 20 世纪 80 年代中期，在一本简易英语课外读物中，"香格里拉"即世外桃源。但事实上，香格里拉是一个真实存在的地方，它就在中国滇西北一带。它开始被世人关注，是缘于一位俄国导演 1937 年拍的电影《被遗忘的王国》。影片中这个叫香格里拉的地方，有高原雪山、蓝月亮峡谷、森林牧场牛羊，还有与自然和谐依存的民风。它激起了世人寻梦的热情，人们这才发现了一个名字：美籍奥地利学者约瑟夫·洛克。

② 洛克 1884 年出生于维也纳，1905 年去美国求学。1922 年他以植物学教授的身份到云南丽江采集植物标本。这一方水土立刻迷住了他，从此他把灵魂（línghún）融入了这方水土，一住就是二十年，从事纳西族民风、民俗、文化、宗教研究。和以往一些探险家不同，洛克对他的考察对象不只是充满好奇，而是充满感情，更没有偏见和野心。他有过"与我的纳西族朋友共存亡"的诺言，并带着偏爱称纳西人是"纯朴的大自然之子"。

③ 洛克无疑是可敬的。但是香格里拉是一个客观自然的存在，洛克到来之前，纳西就有了自己的学者和文化人。换一个角度讲，正是香格里拉的一方水土，改变了一个西方学者的命运，塑造了一个全新的洛克，为什么不能说香格里拉发现了洛克呢？我看就像他评价他的纳西兄弟一样，称他是"大自然之子"更平等一些，更合适一些。由此，我们得到一种启示：香格里拉发现了洛克。

④ 人们通常把美好的地方都比做世外桃源，可见人类对自己居住的地方持怀疑态度。人们说世外桃源，就是说世上没有，这说法本身就意味着对现实的批判。"世外"，可以理解成人类还没有实现的理想，若说哪里是世外桃源，就是说哪里已接近或实现了理想的蓝图，那它其实就是世上的桃源了。一旦回到世上，就是人类的势力范围了。那么世上桃源还可以叫做世外桃源吗？或者说世上可能有真正的世外桃源吗？

⑤ 如今的香格里拉是行进在通往理想境界的路上。什么时候，人们的精神世界能够做到和那里的自然风光一样美丽，"恢复人和大自然之间和谐一致的关系"了，什么时候就可以说它真是，或接近香格里拉了。

（摘自《读书》，1999 年 12 期）

根据文章内容，选择正确答案

1. 下列对原文的理解，正确的是： （　　）

　　A. 本文的写作目的是为了证明香格里拉就在云南丽江。

　　B. 香格里拉在汉语中本来的意思并非"世外桃源"。

　　C. 洛克是为了把"灵魂融入这方水土"而来到丽江的。

　　D. "香格里拉发现了洛克"，因为没有洛克，香格里拉就不存在。

2. "香格里拉发现了洛克"的含义是： （　　）

　　A. 洛克对香格里拉没有偏见和野心。

　　B. 洛克在香格里拉一住就是二十年。

　　C. 香格里拉改变了洛克的命运，塑造了一个全新的洛克。

　　D. 洛克在香格里拉从事纳西族民风、民俗、文化、宗教研究。

3. 作者心目中的理想境界是： （　　）

  A. 人的势力范围越来越大。　　　B. 人类没有偏见和野心。

  C. 生活在世外桃源。　　　D. 恢复人和大自然之间和谐一致的关系。

4. 作者认为"世外桃源"的说法意味着对现实的批判，是因为 （　　）

  A. 世外桃源，就是说世上没有，说明人类对自己居住的地方持怀疑态度。

  B. 世外桃源其实就是世上桃源。

  C. 没有真正的世上桃源。

  D. 没有真正的世外桃源。

（二）

冻顶百合

毕淑敏

① 那一年到台湾访问，台湾作家为我们安排了丰富多彩的观光旅游项目。

② 记得那天去台湾岛内第一高峰的玉山，随行的一位当地女作家不断地向我介绍沿路风景，时而插入"玉山可真美啊！"的感叹。山势越来越高了，蜿蜒（wānyán）的公路旁突然出现了密集的房屋和人群。我很好奇：这些人要干什么？

③ 女作家淡然了，说："卖茶。"

④ 我却来了兴趣："什么茶？"

⑤ 女作家更淡然了，说："冻顶乌龙。"

⑥ 我兴致勃勃地说："冻顶乌龙可是台湾的名产啊，前些年，大陆很有些人以能喝到台湾正宗的冻顶乌龙为时髦呢！"说着，我拿出手袋，准备下车去买冻顶乌龙。

⑦ 女作家看着我，叹了一口气说："就是爱喝冻顶乌龙的人，才给玉山带来了莫大的危险。"她面色忧郁（yōuyù），目光黯淡，和刚才夸赞玉山风景时判若两人。

⑧ 为什么呀？我大不解。

⑨ 她拉住我的手说："拜托了，你不要去买冻顶乌龙。你喜欢台湾茶，下了山，我会送你别的品种。"

⑩ 冻顶乌龙为何这般神秘？

⑪ 女作家说，台湾的纬度低，通常不下雪也不结霜。玉山峰顶，由于海拔高，有时会落雪挂霜，台湾话就称其"冻顶"。乌龙本是寻常半发酵茶的一种，整个台湾都有出产，但标上了"冻顶"，就说明这茶来自高山。云雾缭绕（liáorào），人迹罕至，泉水清清，日照时短，茶品自然上乘。

⑫ 冻顶乌龙可卖高价，很多农民就毁了森林改种茶苗。天然的植被遭到破坏，水土流失。茶苗需要灭虫和施肥，高山之巅的清清水源也受到了污染。人们知道这些改变对于玉山是灾难性的，但在利益和金钱的驱动下，冻顶茶园的栽培面积还是越来越大。女作家没有别的法子爱护玉山，只有从此拒喝冻顶乌龙。

⑬ 她忧心忡忡（yōu xīn chōngchōng）的一席话，不但让我当时没有买一两茶，时到今日，我再也没有喝过一口冻顶乌龙。在茶楼，如果哪位朋友要喝这茶，我就把台湾女作家的话说给他听，他也就改换门庭了。

⑭ 又一年，我到西北出差，主人设宴招待。侍者端上了一道新菜，报出菜名"蜜盏（zhǎn）金菊"。

⑮ 金黄色的菊花瓣婀娜多姿，奶油、蜂糖和花儿的混合芬芳，撩动着我们的食欲。

⑯ "吃吧吃吧，这道菜是要趁热吃的，凉了就拔不出丝了。"主人力劝，大家纷纷举筷，赞不绝口。活灵活现的菊花，花瓣像千手观音，厨师好手艺啊！

⑰ 我身边坐着的一位植物学博士面色冷峻（lěngjùn），一口未尝。菜很甜，我悄声问，您不爱吃糖？

⑱ 没想到他大声回答，我不吃这道菜，并不是有糖尿病，我很健康。

⑲ 我一时发窘（fājiǒng），不知他为什么义愤填膺（yīng）。植物学博士继续义正辞严地宣布道，菊花瓣根本经不起烈火滚油，这些酷似菊花的花瓣，是用百合的根茎（jīng）雕刻而成的。

⑳ 我失声道，难道我们今天吃的就是插在花瓶中无比灿烂的百合么？

㉑ 博士说，百合花非常美丽，特别是一种豹纹百合。豹纹百合和菜百合不是同一个品种，但属于一个大家庭，餐桌上吃的是百合的茎。这几年，由于百合的食用和药用价值，人们对它的需求越来越大，越来越多的农民就开始种百合，这种植物，是植物中的山羊。

㉒ 大家实在没法把娇美的百合和攀爬的山羊统一起来，充满疑虑地看着博士。

㉓ 博士说，山羊在山上走过，会啃光植被，连苔藓（táixiǎn）都不放过。所以，很多国家严格限制山羊的数量，因此羊绒在世界上才那样昂贵。百合也需生长在山坡疏松干燥的土壤里，要将其他植物锄净……几年之后，土壤沙化，农民又开辟新区种植百合。百合虽好，土地却飞沙走石。

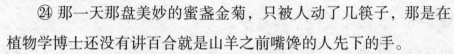

㉔ 那一天那盘美妙的蜜盏金菊，只被人动了几筷子，那是在植物学博士还没有讲百合就是山羊之前嘴馋的人先下的手。

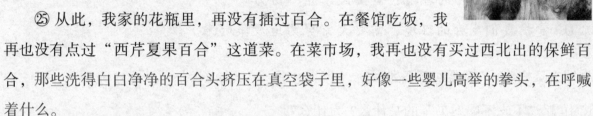

㉕ 从此，我家的花瓶里，再没有插过百合。在餐馆吃饭，我再也没有点过"西芹夏果百合"这道菜。在菜市场，我再也没有买过西北出的保鲜百合，那些洗得白白净净的百合头挤压在真空袋子里，好像一些婴儿高举的拳头，在呼喊着什么。

㉖ 一个人的力量何其微小啊。我甚至不相信，这几年中，由于我的不吃不喝不买，台湾玉山上会少种一寸茶苗，西北的坡地上会少开一朵百合，会少沙化一筐黄土。然而很多人的努力聚集起来，情况也许会有不同。

㉗ "墙倒众人推"一直是贬义词，但一堵很厚重的墙要倒下，是一定要借众人之手的。

（摘自《今世的五百次回眸》，花山文艺出版社，2006 年 1 月）

根据文章内容，选择正确答案

1. 对"改换门庭"最恰当的理解是：　　　　　　　　　　　　　　（　）

　　A. 不在这家茶楼喝茶，换另一家茶楼。

　　B. 不在这家茶楼喝冻顶乌龙，换另一家茶楼喝。

　　C. 不喝冻顶乌龙，改换别的茶。

　　D. 不喝别的茶，改换冻顶乌龙。

2. "这种植物，是植物中的山羊"，意思是：　　　　　　　　　　（　）

　　A. 百合像山羊一样，味道鲜美。

　　B. 百合像山羊一样，应该严格限制数量。

　　C. 种植百合跟放牧山羊一样，使土壤沙化。

　　D. 种植百合跟放牧山羊一样，需要干燥的土壤。

3. "那些洗得白白净净的百合头挤压在真空袋子里，好像一些婴儿高举的拳头，在呼喊着什么。"这句话所用的修辞手法是： （ ）

A. 比喻、拟人 　　　　　　　B. 拟人、排比

C. 比喻、排比 　　　　　　　D. 拟人、比喻、排比

4. 根据本文内容，对"墙倒众人推"最恰当的理解是： （ ）

A. 一个人的力量是微小的，推不倒一堵很厚重的墙。

B. 一堵很厚重的墙要倒下，一定要借众人之手。

C. 爱护我们生存的环境，需要大家齐心协力。

D. 爱护我们生存的环境，需要大家努力地聚集起来。

根据文章内容，简要回答下列问题

1. 作者"不吃不喝不买"的是什么？为什么？

2. 为什么现在很多国家都严格限制山羊的数量？

3. 你对文中的"墙"是怎么理解的？

二 快速阅读下列各段， 按逻辑关系将各段重新排序

（三） 限时：2 分钟

A. 西部是华夏文明的源头。华夏祖先的脚步是顺着水边走的：长江上游出土过元谋人牙齿化石，距今 170 万年；黄河中游出土过蓝田人头盖骨，距今 70 万年。这两处古人类都比距今约 50 万年的北京猿人（yuánrén　最原始的人类）资格更老。

B. 中国西部通常是指黄河、秦岭相连一线以西，包括西北和西南的十二个省、市、自治区。这块广袤的土地面积为 695 万平方公里，约占国土总面积的 71%；人口 3.6 亿，约占全国总人口的 28%。

C. 西部地区又是少数民族及其文化的集萃（jícuì　聚集）地，几乎包括了中国所有的少数民族。在一些偏远的少数民族地区，仍保留了一些久远时代的艺术品种，如纳西古乐、戏曲、剪纸、刺绣、岩画等民间艺术和宗教艺术。特色鲜明，丰富多彩，犹如（yóurú　好像）一个巨大的民族民间艺术文化宝库。

D. 西部地区也是中华文化、艺术的重要发源地。秦皇汉武以后，东西方文化在这里交汇融合，从而有了丝绸之路的驼铃声声。敦煌莫高窟是世界文化史上的一个奇迹，它在继承传统艺术的基础上，形成了自己兼收并蓄（jiān shōu bìng xù　把内容不同、性质相反的东西都吸收进来）的宏伟气度，展现出精美的艺术形式和博大的文化内涵。秦始皇兵马俑、西夏王陵、楼兰古国、布达拉宫、三星堆、大足石刻等历史文化遗产，同样为世界所瞩目，成为中华文化重要的象征。

重新排序_ _ _ _ _ _ _ _ _ _ _

（四）　　　　　限时：2 分钟

A. 西部大开发于 2000 年开始启动，政府投入巨资，在西部新开重点工程 50 项，投资 7300 多亿元。2004 年，国务院又出台了第三份关于西部大开发的重要文件，提出了十项重点和相关政策、措施，要求继续加快推进生态环境和基础设施建设，并且要优先发展教育，同时，加快西部地区特色经济和优势产业的发展也被提到了重要位置。

B. 今年，国家对西部投资的安排上，主要安排基础设施、生态环境和科技教育等方面的建设，力争用五至十年的时间，使西部地区基础设施和生态环境建设取得突破性进展。西部大开发是一个长期的重大战略，将贯穿于中国推进现代化建设的全过程。

C. 几年来，从西部地区"十大工程"到青藏铁路的开工建设；从西气东输到西电东送工程的稳步实施；从西部地区大规模的机场建设，到铁路、公路建设的全面启动；从大规模的城市基础设施建设，到大面积的退耕还林、还草试点。西部大开发——这一跨世纪的伟大工程，正在西部广大地区扎扎实实地推进。

D. 为了促进社会经济全面协调发展，中国政府坚定不移地实施了西部大开发——这一人类历史上规模最大、难度最大的开发战略，以确保西部近 4 亿人民过上富裕生活。

重新排序 _ _ _ _ _ _ _ _ _ _ _ _ _ _ _ _

 三　选择正确的句子填到各段中，并按逻辑关系将各段重新排序

（五）　　　　　限时：3 分钟

句子
① 南至西藏自治区首府拉萨
② 也打通了中国陆路连接欧亚大陆的捷径（jié jìng 近路）
③ 中国西部传来了一条为世界瞩目的新闻
④ 足足经历了48年
⑤ 海拔5068米的唐古拉山车站
⑥ 建设青藏铁路是中国政府的重大决策

A. 2006 年 7 月 1 日，跨越世界屋脊（wūjǐ 屋顶最高的部分）的"天路"终于通车了。如果从 1958 年开工建设青藏铁路一期工程算起，这条穿越青藏高原的铁路从酝酿（yùnniàng 比喻做准备工作）到全线铺通，_____。青藏铁路的贯通，既填补了目前中国包括台湾省在内的 34 个省、市、自治区中，占全国总面积 1/8 的西藏没有一寸铁路的空白，_____。

B. 2001 年 6 月 29 日，在人类刚刚跨入了 21 世纪的开端之年，_____，全长 1118 公里、总投资 330 亿元人民币的青藏铁路第二期工程在世界海拔最高的地区拉开了序幕（xùmù 比喻重大事件的开端），这就是纵穿青藏高原腹地被称为"天路"的——格尔木至拉萨的青藏铁路工程。

C. 青藏铁路东起青海省省会西宁，_____，全长 1933 公里。铁路分两期修建，由青海省西宁至青海西部重镇格尔木（简称西格段）815 公里为一期工程。1958 年动工修建，由于种种原因，于 1984 年 5 月终于建成通车。

D. _____，是中国实施西部大开发战略的一个标志性工程。此前世界上铁路海拔最高点在智利，4826 米；第二高点在秘鲁，4782 米。而青藏铁路海拔高度在 4000 米以上的地段就有 965 公里，其中多年冻土（dòngtǔ 所含水分冻结成冰的土壤或疏松的岩石）地段 550 公里，是目前全球穿越高原、高寒、缺氧及连续性永久冻土地区最长的铁路。_____，是世界上海拔最高的铁路车站；全长 1686 米的昆仑山隧道，是世界上最长的高原冻土隧道；全长 11.7 公里的清水河大桥，是世界上建在冻土地段最长的铁路桥；全长 1338 米，海拔 4909 米的风火山隧道，是世界上海拔最高的冻土隧道……

选择句子填空_ _ _ _ _ _ _ _ _ _ _

重新排序_ _ _ _ _ _ _ _ _ _

（六）　 限时：3 分钟

句子

① 在中国交通史上还是第一次
② 爱护中国土地上的一草一木
③ 由于工地暂时恢复了宁静
④ 一旦遭到破坏
⑤ 同时
⑥ 为了保护好沿途的生态环境

A. "青藏铁路的各位施工者，你们在修建青藏铁路时，可以将工期从五年推迟到六年，但不要扩展施工地面，要十分爱护生态环境，＿＿＿＿＿＿，保护中国的每一寸绿地。"这是几年前前总理朱镕基（Zhū Róngjī）在青藏铁路开工典礼上向全体施工人员提出的要求。

B. 青藏铁路的施工要穿过青藏高原上的两个自然保护区——三江源自然保护区和可可西里自然保护区 300 多公里。这里高寒低氧，生态环境独特、原始而又敏感、脆弱，＿＿＿＿＿＿，就很难再恢复。因此这里被世界自然基金会列为"全球生物多样性保护"的最优先地区。

C. 而在工程设计中，青藏铁路的施工尽可能地采取了绕避的方案；＿＿＿＿＿＿，根据沿线野生动物的生活习性、迁徙规律等，还在格尔木至唐古拉山一带设置了 25 条野生动物通道，并适当调整施工及取土的地点和时间，以保障它们的正常生活、迁徙和繁衍。这种做法，＿＿＿＿＿＿。眼下正是国家濒危一级保护动物藏羚羊迁徙产仔之际，6 月 20 日，在可可西里保护区施工的青藏铁路参建单位暂停施工四天，为藏羚羊让道。民工和施工机械撤离工地，同时拔掉让藏羚羊警觉和恐惧的彩旗。＿＿＿＿＿＿，目前已有 500 多只藏羚羊通过施工工地，前往可可西里卓乃湖一带完成一年一度延续种群的使命。

D. ＿＿＿＿＿＿，青藏铁路全线用于环保工程的投资计划将达 12 亿元，这在中国铁路建设史上还是第一次。青藏铁路还第一次使用了全线环保监理制度，由总指挥部委托第三方对全线环境保护进行全过程监控（jiānkòng　监督和控制）。

选择句子填空＿＿＿＿＿＿＿＿＿＿＿

重新排序＿＿＿＿＿＿＿＿＿＿＿

课 文

课文导读

　　这是一篇报告文学，记叙了女生态学家徐凤翔在两年援藏任务结束后继续留在西藏，为创建高原生态定位研究所——"小木屋"而进行的艰苦努力。一位年近半百的女科学家，为何要把自己的后半生献给高原呢？或许本文能给你答案。

思考题

1. 中国西部包括哪些地区？其地理位置和地理环境如何？
2. 西部大开发的战略意义是什么？到目前为止，西部大开发有了哪些进展？
3. 西部是中国的高寒地带，它是中国的生态屏障。这里有皑皑（ái'ái）雪山，莽莽森林，滔滔江水，种种珍稀动植物。怎样处理好西部开发与生态保护的关系，我们又该为此作出怎样的努力？这是否是值得深思的问题呢？

小木屋（节选）

黄宗英

　　树林神：寨前寨后，各留一片千年万代不砍的老林——是树林神的庙。大年初一不能动神的任何树木。

——藏俗

　　1982年9月初。我随着中国作家协会参观访问团，来到了西藏。我躲过了体格检查。好家伙，一体检，我们团十二名团员去掉仨。在西安，友人张医生为我量了血压——正常。行——拜！

　　西藏啊，西藏！你究竟是古老还是年轻？是滞留于落后还是迅速在前进？是富裕还是贫穷？许多中国人把你传得很可怕、荒凉，许多外国人都争着抢着来看望你。啊，都有根据，也都有道理。迷人的西藏，我国八分之一国土面积的神土啊，你怀里揣着九九八十一个连环的谜语。

千岩万壑在造山运动中，刹那间在这里定格不动了。如果你走进寺庙，历史也仿佛定格不动了。经幡①、圣水②、酥油灯，五体投地一次又一次地长拜、呢呢喃喃一遍又一遍地诵经……既然我不是研究宗教的，那么，让外国旅游者去惊叹并拍摄这宗教自由吧。我要在西藏寻访科学的"未来佛"的"圣殿"；寻访智慧转世③的"玉女仙童"；寻访创造新天地的"五百罗汉④"；寻访能破神土之谜的"千尊金佛"！

我曾先后"朝拜"过日喀则农牧研究所、沃卡电站、羊八井地热站、太阳能研究所、藏医院、地质局等大"庙"小"庙"；会见过许许多多"金刚"⑤"罗汉""真神"。如果我长着三头六臂⑥千只手，我愿一一为他们塑像披金。愿他们一一显灵⑦显圣显神通，变西藏为福地。

只是，时辰已到！

第二天（10月4日），我们就要飞离西藏。

别了——拉萨（藏语：神住的地方）。我采摘着招待所花圃里的种籽；才来时，花儿正盛开，如今已结籽了。娇黄的金盏花、艳红的豌豆花、雪白的山菊花……说不定是当年文成公主带来的，文成不仅带来佛像，还带来医药、蚕种、技工……解放以来，又有多少"文成公主"……其实，文成公主若不来西藏，她的生命也没什么意义，应该说，西藏赋予她存在的价值……

该辞行的单位去辞过行了；该告别的友人，已告过别了；账也结了，行装也理好；集中到指定的房间里……

---

① 经幡（jīngfān）：刻有佛经的垂直悬挂着的一种狭长的旗子。
② 圣水：用来降福驱鬼或治病的水。
③ 转世：喇嘛教（Lǎmajiào 即藏传佛教）为解决其首领的继承问题而设立的制度。凡活佛死后，就通过占卜、降神等活动，从当时出生的婴儿中选定一个作为"转世者"。
④ 罗汉：佛教称断绝了一切嗜欲，解脱了烦恼的僧人。
⑤ 金刚：佛教称佛的侍从力士。
⑥ 三头六臂（bì）：原指佛的法相有三个头六只臂，后比喻本领超凡。
⑦ 显灵：迷信的人指鬼神现出形象，发出声响或使人感到威力。

"什么？退机票？"

我微笑——是那种存心气人的微笑："嗯，退——机——票。"

"荒唐！为什么？"

"想到大森林里住住小帐篷，我碰到了几位搞林的。咱们走这一个月也没看见什么树……"

"你是要写他们吗？"

"还说不上……"

"那更胡闹了！你总有什么目的？"

"好玩儿！"我理直气壮地回答。

"好玩儿？"

"好奇！"

"好奇？"

"不行吗？外国人几万里来到西藏，签证到期了，还赖着不走。我就不可以多玩儿些日子吗？"

"随团回去！"他们火啦。

我也火啦："我是在自己祖国的土地上。我有去留的自由，我死不了！"

推算起来，还是1979年秋天的事了。我去成都列席一个学术会议。会议重点是对我国生态平衡①问题进行交流、讨论。

生态学②，作为一门学科，国际上极重视。19世纪德国文学家歌德，于1786年往意大利寻诗，却迷上了植物生态，朝夕为伴。四年后，出版了《植物形态学》——此大自然的理论诗篇之诞生，早于诗剧《浮士德》③。

在我国，研究此学科的学者也不少。"八十不稀奇"的生态学家侯学煜，本身就是生态学的先锋树种。从40年代初，他就在《贵州日报》上呼吁：切不可如何如何，万不可如何如何；要因地制宜，要保护植被……那年月，哪个听他的？直到十年浩劫④

---

① 生态平衡：在一定的动植物群落和生态系统发展过程中，各种对立因素（相互排斥的生物种和非生物条件）通过相互制约、转化、补偿、交换等作用，达到一个相对稳定的协调状态。

② 生态学：生态学是研究生物与环境关系的一门科学。主要以自然界的有机体或生态系统为研究对象。

③ 《浮士德》：歌德最主要的代表作。

④ 十年浩劫：指1966年至1976年发生在中国的文化大革命。

之后，我国国民经济濒于崩溃，天神地母也愠怒无常，洪、旱、涝、碱一齐泛滥，"生态平衡"这个词儿才不胫而走。从中央到地方，也把这并不新的词儿列入议事日程表。各级党政负责人，嘴上笔下倒也渐渐常挂着它了。只是"民以食为天"的古训，还一个劲儿挤它、挤它。唉，只怪稻、麦、菽、粟也忘了本，忘了它们怎样才能生存。

"开始了很久了吗？"生态平衡会议日程进入大会发言，我进入会场时，已经晚了。俗务缠身，做不得学问。我悄悄溜边进去找座位，一位女同志挪了挪身子，我坐到了她旁边。

她没答理我，还盯着发言人，继续记她的笔记。直到发言者在掌声中下台，她才从活页本上小心地取下前几页，递给我，也才顺便地瞄了我一眼。好锐利的目光，是谴责我不守时吧，职业的敏感使我猜测她是个老师，并常用这样的目光对待学生。幸而她旋又微微一笑，即刻转过头去。

我瞄着她手中纸上娟秀的字体和简明的摘记，并同时以我的广角视线，从头到脚打量着她：短短的头发、纤弱甚至娇小的身躯，一身学生式的打扮，倒也和她的中年的年纪相配，尤其那双眼睛，眼睛！无论刚刚从正面，还是此刻从侧面看，怎么形容呢？美丽？不恰当。刚毅？不适合。总之，这是一双值得拍摄大特写的眼睛。我们的银幕上，需要这样的眼睛——蕴蓄着知识者专注的内在的坚定。

"现在请南京林学院援藏教师、西藏农牧学院徐凤翔同志发言。下一个……准备。"

她站了起来。我忙侧腿让路。果然是老师！判断的准确使我沾沾自喜。

徐凤翔像所有惯常上课的老师一样，从容走上台去，条理与口齿都很清楚地讲开了。她先是概述森林与人类发展之关系。我心里直替她嘀咕："不必要！下边坐的都是专家。"接着，她又讲到全世界应该在哪几处建立高山生态定位站，西藏东南是一处。"嗳，你管全世界干嘛？"我替她着急。然后，她对"生态平衡"一词提出异议，她说："符合自然界演替规律与人类社会需要的生态关系是协调关系。我建议以'生态协调'代替'生态平衡'。"嗬，口气不小！谁理你？喊了几十年生态平衡还行不通，谁还顾得过来协调？何苦如此较真！

当徐凤翔不再像个老师、学者，而是像个小姑娘似的讲到西藏有多美多美的森林，大会主席眯起眼微笑地按时揿① 铃了。每人发言只允许 15 分钟！此刻是预报铃。徐凤翔急速加快节奏，把 1/4 拍换成 1/16 拍，但未截枝剪叶。她建议在藏东南建一座"定位站"，定点观测、分析生态环境和森林，以及林区农、牧业之间协调的关系，为林区生产综合布局和技术措施提供理论依据。她说哪里哪里的森林，是祖国的珍宝，在国内外资料上迄今还未查到有如此高的森林蓄积量……铃声再度响了！徐凤翔涨红了脸执拗地说下去："我要求有关领导、有关方面郑重考虑建站。可以因陋就简，先盖一座小木屋。我愿长期参加这一工作，把自己的一切，献给西藏的森林！"铃声大作！在礼貌和同情的寥落的掌声中，在赞许和睥睨的目光中，她抿了抿嘴唇，矜持庄重地走下台来。是的，听烦了"豪言壮语"的学者对所有的宏图大志都持审慎态度。科学重在实践，不过，幻想是科学的先行。我特意站了起来给她让座，向她索取发言提纲。可是，她把头埋了下去。我懂，这节骨眼上，别碰她，别碰她……

发言就是发言。一个普通知识分子的发言的分量，在天平上占不占、占什么样的砝码，那就要看"国内的、国际的、区域性的、总体的、符合规律的——自然规律、经济规律、社会结构及发展规律——新的、动态的生态协调的需要"。以上，这位女生态学者的观点，所涉及的，都是她八竿子挨不着边② 的。她怎么没测测自己在社会生态环境中的位置？唉，在 1979 年百废待兴的时刻。

当大会闭幕，代表们分别返回时，我不意在嘉陵江畔又遇上她。她戴着小白帆布圆帽，那是植物学者在野外活动必备的。猛一看，我还以为是少先队③ 辅导员哩！我们并肩漫步。我兴致勃勃地说："这儿的画面很有特色。彩色胶片偏黄些，就更显得深沉。"她锐利地盯了我一眼："还不够黄？江水多混浊！含沙量增加了，水位大大下降，下游的森林砍伐得太苦了，都'剃光头'了。生态失调的苦果……"三句话不离本行④，彼此彼此。

"回西藏吗？"我问。

"回西藏。"她用力抿了抿嘴唇。

"……没有什么反响吗？"

"……"她明白我指的是她的发言。她看了看我，那双眼睛比较复杂。

---

① 揿（qìn）：方言词，"按"的意思。

② 八竿子挨不着边：俗语。比喻说话或做事与目标相差很远，完全不着边际。

③ 少先队：少年先锋队的简称，中国少年儿童的组织。

④ 三句话不离本行：俗语，说上三句话就能说到自己行业上去。比喻言谈总是离不开自己的行业或自己关心的事情。

"我希望……有一天到西藏去看望你。看望你的多美多美的林园。"我不能轻率允诺，许愿总要还愿。作为作家，我心里揣着个"踏中华"的小小念头。可是西藏从地理、风俗、语言、气候，从那使我们血管性头痛患者畏惧的海拔高度①——按照我国规定，以黄海平均水面作为全国高程②的基准面来测算，上海除西部残丘外，其余多为海拔五至十米左右；而拉萨是三千七百米，还是拉萨河下游谷地……我，我始终还没敢把它列入自己的行程。

她瞄了瞄我，笑了笑。我明白：她不相信我会去。她也不在意我去还是不去。

"我想，咱们会在西藏的森林里再见。"我伸出右手。

嘉陵江水在私语、在低唱、在啜泣。她的眼睛在探测我的目光。我们的手握在一起了。我赶紧说了声："再见!"掉头跑了。

江水啊，你作证，你担保，可别让我失信! 虽然我根本搞不清什么叫"定位站"! 我……我只明白她想要一座小——木——屋。

没有树。

拉萨、日喀则的几座林卡（藏语：庄园）除外，简直看不到林子。

在上海都市，人的视野通常只限制在一二百公尺内。住家晾衣裳的竹竿，可以伸向邻居的窗台。而在西藏的山头，人的视野可扩大到三百多公里。仰天，离我们有 16.3 光年和 26.4 光年的牛郎织女星③，仿佛来到近在咫尺的电视屏幕上。只是，树……没有!

北京牌吉普在山路上跳着迪斯科（Disco），沙石敲击车窗为它伴奏。一天，两天，车窗外是五颜六色的无尽的山峦，是无边的湖泽，是无际的草原以及和天野浑为一体的牧民、帐篷、牛羊。而那乌黑色的，是泥煤——草的古尸；那是牛粪。牛粪作为燃料，要卖到每百斤七元钱。徐凤翔说的多么美多么美的大森林在哪儿? 徐凤翔又在哪儿?

---

① 海拔高度：也称绝对高度，表示地面某个地点高出海平面的垂直距离。海拔的起点叫海拔零点或水准零点，是某一滨海地点的平均海水面。

② 高程：地面上某点到某一水平面的垂直距离。高程分为：（一）绝对高程，也叫海拔；（二）假定高程，也叫相对高度。

③ 牛郎织女：中国四大民间爱情传说之一。七夕节和牛郎织女的传说相关。

三年了，从1979年秋，到1982年秋。这是一个变革的年代。我听说，中华人民共和国林业部批准了徐凤翔的单项研究课题！即：她可以征得南京林学院的同意，去西藏考察，经费以节约为原则……这种例子可不多——由国家部门直接支持一个知识分子的向往。徐凤翔不必再像蔡希陶（云南植物园的创始人），在旧社会先去种烟叶、卖烟叶……虽然她还属单飞的季候鸟，年年来西藏，还没有"小木屋"，但也算得上时来运转的了。

"你认识徐凤翔吗？"我到处问。

"你问的是咕叽咕叽吧？"有人答。

"咕叽咕叽？"我疑惑。

"是那位年过半百的女同志吧？"

"是过半百了吧，1979年，她48岁，可是像个少先队辅导员，戴着个小白帽。"

"是她，年年来，到处咕叽咕叽，人家叫她'咕叽教授'。"

"她怎么啦？"我以为她得了个不雅的绰号。

"咕叽，就是藏话'求求'的意思，咕叽个'熊掌牌'——就是在路边伸手拦车求捎脚；咕叽吃顿饭、借个宿；咕叽捎带标本；还从这个部到那个局咕叽建个什么站……""咕叽教授"——徐凤翔究竟在哪儿？

有人说："听说她去了下察隅。"

"上个月，在樟木口岸看见她。"

"看见她在尼泊尔边境，傻看对岸的森林。"

"听说她打算去墨脱。那儿可只能步行，骑马都悬。"

那么，肯定她是在西藏。西藏土地面积一百二十多万平方公里，等于十二个浙江省，或者两个法国。出门就是山。我不能贴"寻人"告示。看来前世少缘，今番我们要失之交臂了。

"黄老师，你打听徐凤翔老师吗？她就住在招待所南楼。"听到谁这样说了！我拔脚就往南楼跑，来不及看一眼、谢一声"传音天使"。

我下榻的北楼是住贵客和外宾的。南楼是普通客房。我匆匆穿过走廊挨门嚷嚷："徐凤翔！徐——凤——翔！"有的旅客好奇地打开门，我抱歉地："对不起，咕叽咕叽，我找……"

没找到徐凤翔，却找到了几位新交的老外。

来西藏的外国人可真多。几乎到哪儿都碰见外国人。日本的颇负盛名的电视导演牛山纯一先生的摄制组，正在西藏转。中法地质考察队和我们同楼居住。每天每天，我看见北京来的师傅发动吉普送他们出去，再带回大大小小的石块来。有位法国地质学者，腿一瘸一瘸的，也拄着拐棍去野外。一天，我听到有人用藏语读佛经，原来是法国毛头小伙子！在赛马大会上，美国朋友茉莉女士，迎着奔跑的马抢镜头……罗伯特和他的同屋到我房里喝甜茶。罗伯特是奥地利人，从西安到拉萨的机舱里，我正巧坐在他的邻座。三十不到的年纪，留了个恩格斯式的大胡子。他一句中文也不会，却懂得许多关于西藏的历史、地理。他在大学教史地，攒了两年的钱，到中国来。签证上写有去中国二十四个城市的许可。途经青海格尔木，要在那里过夜，他语言不通，又来找我。我只好当了一通临时翻译。到拉萨下飞机时，西藏文联的同志，向我们献哈达①，他也得到一条，高兴极了。其实，他的签证上没有日喀则城，他也去过了，穿着他那身旧了的圆领衫和蓝布工作服。他的同屋，三男一女，互不相识，都是节节省省地逛。你会常常看到有人灰头土脸地混在大卡车上头，那当然也是"熊掌牌"！我们用混杂的语言和丰富的表情"谈"得无拘无束：

"你在找谁？也是电影明星吗？"

"只能说……可以是；应该是……应该成为中国银幕上的角色。"

"是什么人物？"

我想说生态学家，没学过这单词，"她是……森林的情人！"是的。"她疯狂地迷上了森林。整个中国，除了新疆和云南的西双版纳，大部分的森林她都到过。她用不着担心签证。"

外国朋友羡慕极了："你们是老朋友？"

"是的吧。一共说过三句半话。"

---

①　哈达：藏族和部分蒙古族人民表示敬意和祝贺用的长条丝巾或纱巾，多为白色，也有黄、蓝等色。

当我与徐凤翔故友重逢时，她正在汉族的、藏族的、修表的、开车的、烧饭的、钉鞋的、采购的、探亲的一群人中。小小的客房里，她正闪着大眼睛向大伙讲森林。她对谁都只讲森林。树林神供在她的心中。她是树林神教的传教士①，经她布道而成为该教信徒者不少。迷了，中魔了！

唉。具体的设想和规划，让"咕叽教授"自己再去咕叽吧。为了来年的经费，她也得再去咕叽，何况她站着、醒着、睡着、活着，哪怕死着都在做小木屋的梦呢！有一次，我问她："你是怎么决定学林的？"答："高中毕业后，我跟同学们到南京大学去玩儿，南大森林系是在一座小木屋里，美极了……"噫！就此许了终身。

我呢？我的好朋友曾送我一副对联："天下岂能由我，纸上我自作主。"思前想后：老者老矣，如侯学煜；生者……虽说徐凤翔也只能再干半个云杉龄级——十年吧。果真有十年，也……满足了。让每个科学研究工作者都能获得专心致志于专业的十年，我们的国家将焕然一新！于是，我决定先在绿格稿纸上，为她搭一座小木屋，以祈福祛灾。我把花灯笼挂在我的书桌前，点亮了心之光……

（摘自《人民文学》，1983 年第 6 期，有删改）

思考与回答

1. 简述作者对西藏的感慨和印象。

富裕　　荒凉　　争着抢着　　九九八十一　　刹那间　　定格

2. 什么是 "生态定位站"？

定点　　观测　　分析　　提供

3. 徐凤翔为什么建议以 "生态协调" 代替 "生态平衡"？

符合　　规律　　需要　　关系

4. 徐凤翔是个什么样的人？ 请介绍一下。

5. 文章描写人物的方法有什么特点？

_____

① 传教士：基督教会（包括旧教和新教）派出去传教的人。这里指宣传某种教义或信念的人。

黄宗英（Huáng Zōngyīng）1925年出生，上海市作家协会专业作家。年轻时曾是话剧、电影演员，后改行为电影编剧。她的文学创作成果也很丰富，有散文集和报告文学集：《星》、《大雁情》、《爱的故事》、《一个小孩子》、《小木屋》和《黄宗英报告文学选》等。

　　徐凤翔（Xú Fèngxiáng）1931年出生，生态学家，中国科学院院士。1978年，在南京林学院任教时自愿奔赴西藏农牧学院教授两年的森林生态课程。

　　赴藏之前，徐凤翔查阅资料了解了那里的生态状况。入藏后，在授课之余，她考察了多处峡谷森林，更加深刻地感受到西藏高原拥有丰富的生态类型，这里的生态资源全世界独一无二，值得科学工作者好好研究。两年的援藏任务结束后，她决心留下来，致力于建立高原生态定位研究所。

　　用她的话说，"国外的专家都想到西藏进行生态定位研究，我们中国人更应该责无旁贷。"

　　1979年中国科协在成都召开全国学术年会，徐凤翔结识了作家黄宗英，并得到其对自己想做定位研究的理想的支持。经过"艰难的呼吁和企求"，1985年，西藏高原生态研究所终于在藏东南的林区里建立起来了，而黄宗英的报告文学《小木屋》也风靡（fēngmǐ 流行）了全中国。

　　1996年，65岁的徐凤翔从西藏退休，但她没有回南京舒适的家，而是到北京创建了北京灵山生态研究所、北京灵山西藏博物园、中华爱国工程联合会灵山青少年生态教育基地三位一体的生态园。如今已77岁高龄的女生态学家仍然继续从事着生态环保科研、教育工作，她最大的愿望就是"保护地球、造福未来"。

背景链接

词语

1.	体格	tǐgé	（名）	人体发育的情况和健康的情况。
2.	血压	xuèyā	（名）	血管中的血液对血管壁的压力，由心脏收缩和主动脉壁的弹性作用而产生。
3.	滞留	zhìliú	（动）	停留不动。
4.	看望	kànwàng	（动）	到长辈或亲友等处问候。
5.	刹那	chànà	（名）	极短的时间；瞬间。
6.	定格	dìnggé	（动）	电影、电视片里的活动画面突然停留在某一画面上。
7.	呢喃	nínán	（拟）	〈书〉形容小声说话的声音。
8.	指定	zhǐdìng	（动）	确定（做某件事的人、时间、地点等）。
9.	存心	cúnxīn	（副）	有意；故意。
10.	荒唐	huāngtáng	（形）	（思想、言行）错误到使人奇怪的地步。
11.	胡闹	húnào	（动）	行动没有道理；无理取闹。
12.	列席	lièxí	（动）	参加会议，有发言权而没有表决权。
13.	朝夕	zhāoxī	（名）	天天；时时。
14.	伴	bàn	（名）	同伴。
15.	诗篇	shīpiān	（名）	比喻生动而有意义的故事、文章等。
16.	诗剧	shījù	（名）	用诗做对话的戏剧。
17.	先锋	xiānfēng	（名）	旧时指率领先头部队的将官，现多用于比喻带头人。
18.	呼吁	hūyù	（动）	向个人或社会申述，请求援助或主持公道。
19.	濒于	bīnyú	（动）	临近；接近（用于坏的遭遇）。
20.	崩溃	bēngkuì	（动）	完全破坏（多指国家政治、经济、军事等）。
21.	愠	yùn		〈书〉怒。
22.	涝	lào	（动）	庄稼因雨水过多而被淹（跟"旱"相对）。
23.	泛滥	fànlàn	（动）	比喻坏的事情不受限制地流行。

24.	古训	gǔxùn	（名）	旧时指古代流传下来的、可以作为准则的话。
25.	答理	dāli	（动）	对别人的言语行动表示态度（多用于否定句）。
26.	锐利	ruìlì	（形）	（目光、言论、文笔等）尖锐。
27.	谴责	qiǎnzé	（动）	（对荒谬的行为或言论）严正申斥。
28.	敏感	mǐngǎn	（形）	生理上或心理上对外界事物反应很快。
29.	幸而	xìng'ér	（副）	幸亏。
30.	旋	xuán		〈书〉不久；很快地。
31.	微微	wēiwēi	（副）	稍微；略微。
32.	即刻	jíkè	（副）	立刻。
33.	娟秀	juānxiù	（形）	〈书〉秀丽。
34.	字体	zìtǐ	（名）	同一种文字的各种不同形体，如汉字手写的楷书、行书、草书，出版印刷用的宋体、黑体等。
35.	简明	jiǎnmíng	（形）	简单明白。
36.	纤弱	xiānruò	（形）	纤细而柔弱。
37.	特写	tèxiě	（名）	电影艺术的一种手法，用极近的距离拍摄人或物的某一部分，使特别放大（多为人的面部表情）。
38.	蕴蓄	yùnxù	（动）	积蓄在里面而未表露出来。
39.	条理	tiáolǐ	（名）	思想、言语、文字的层次。
40.	嘀咕	dígu	（动）	猜疑；犹疑。
41.	何苦	hékǔ	（副）	何必自寻苦恼，用反问的语气表示不值得。
42.	较真	jiàozhēn	（形）	〈方〉（~儿）认真。
43.	定点	dìngdiǎn	（动）	选定或指定在某一处。
44.	观测	guāncè	（动）	观察并测量（天文、地理、气象、方向等）。
45.	执拗	zhíniù	（形）	固执任性，不听从别人的意见。
46.	郑重	zhèngzhòng	（形）	严肃认真。
47.	寥落	liáoluò	（形）	稀少；冷落。

48.	睥睨	pìnì	（动）	〈书〉眼睛斜着看，表示傲视或厌恶。
49.	矜持	jīnchí	（形）	庄重；严肃。
50.	先行	xiānxíng	（形）	走在前面的。
51.	节骨眼	jiēguyǎn	（名）	〈方〉（～儿）比喻紧要的、能起决定作用的环节或时机。
52.	砝码	fǎmǎ	（名）	天平上作为质量标准的物体，可称量较精确的质量。
53.	不意	búyì	（连）	不料；没想到。
54.	辅导员	fǔdǎoyuán	（名）	给予帮助和指导的人。
55.	轻率	qīngshuài	（形）	（说话做事）随随便便；没有经过慎重考虑。
56.	允诺	yǔnnuò	（动）	应许；答应。
57.	许愿	xǔyuàn	（动）	迷信的人对神佛有所祈求，许下某种酬谢。
58.	患者	huànzhě	（名）	得某种病的人。
59.	测算	cèsuàn	（动）	测量计算；推算。
60.	残丘	cánqiū	（名）	由风蚀或其他原因形成的成群的石质或土质小丘。
61.	行程	xíngchéng	（名）	路程。
62.	啜泣	chuòqì	（动）	抽抽搭搭地哭。
63.	担保	dānbǎo	（动）	表示负责，保证不出问题。
64.	衣裳	yīshang	（名）	〈口〉衣服。
65.	湖泽	húzé	（名）	湖泊和沼泽。
66.	变革	biàngé	（动）	改变事物的本质（多指社会制度而言）。
67.	咕叽	gūji	（动）	小声交谈或自言自语。现多写作"咕唧"。
68.	疑惑	yíhuò	（动）	心里不明白；不相信。
69.	绰号	chuòhào	（名）	外号。
70.	捎脚	shāojiǎo	（动）	（～儿）运输中顺便载客或捎带货物。
71.	标本	biāoběn	（名）	保持实物原样或经过加工整理，供学习、研究时参考用的动物、植物、矿物样品。

72.	边境	biānjìng	（名）	靠近边界的地方。
73.	拔脚	bájiǎo	（动）	迈步。
74.	下榻	xiàtà	（动）	〈书〉（客人）住宿。
75.	瘸	qué	（动）	行走时身体不稳。
76.	拄	zhǔ	（动）	为了支持身体用棍杖等顶住地面。
77.	正巧	zhèngqiǎo	（副）	刚巧；正好。
78.	攒	zǎn	（动）	聚在一起；拼凑。
79.	许可	xǔkě	（动）	准许；容许。
80.	一通	yítòng	（数量）	一阵。
81.	相识	xiāngshí	（动）	彼此认识。
82.	混杂	hùnzá	（动）	混合掺杂。
83.	探亲	tànqīn	（动）	探望亲属，现多指探望父母或配偶。
84.	布道	bùdào	（动）	指基督教宣讲教义。
85.	中	zhòng	（动）	受到；遭受。
86.	果真	guǒzhēn	（连）	果然，假设事实与所预计的相同。
87.	稿纸	gǎozhǐ	（名）	供写稿用的纸，多印有一行行的直线或小方格儿。
88.	祛	qū	（动）	除去（疾病、疑惧等）。

四字词语

1.	千岩万壑	qiān yán wàn hè	形容山峦高低重叠，形势险峻。岩：山崖；壑：深谷。
2.	五体投地	wǔ tǐ tóu dì	为佛教最恭敬的一种致敬仪式，也比喻尊敬、佩服到了极点。五体：头部和四肢。
3.	因地制宜	yīn dì zhì yí	根据当地的实际情况，制定适当的措施。因：根据；制：制定；宜：适宜。
4.	不胫而走	bú jìng ér zǒu	没有腿却会跑。形容事物不用推行就到处流传（多指著作或消息等）。胫：小腿；走：跑。

5. 沾沾自喜	zhānzhān zì xǐ	形容自以为很好而得意洋洋的样子。沾沾：洋洋自得的样子。
6. 因陋就简	yīn lòu jiù jiǎn	指凭借简陋的条件节约办事。因：依着；陋：简陋；就：凭借。
7. 百废待兴	bǎi fèi dài xīng	许许多多被废置的事情都等待着兴办起来。
8. 五颜六色	wǔ yán liù sè	指各种颜色。
9. 失之交臂	shī zhī jiāo bì	形容遇到好机会而当面错过。交臂：胳膊碰胳膊。
10. 灰头土脸	huī tóu tǔ liǎn	一头灰，一脸土。形容满头满脸沾上灰尘的样子。
11. 无拘无束	wú jū wú shù	不受任何约束。形容非常自由。
12. 思前想后	sī qián xiǎng hòu	反复思考。
13. 专心致志	zhuān xīn zhì zhì	指一心一意、集中精神。致：尽；志：志趣。
14. 焕然一新	huànrán yì xìn	形容出现了崭新的面貌。焕然：形容有光彩。

专有名词

Xīzàng
1. **西藏**　　西藏自治区。在喜马拉雅山北侧。面积120万平方公里，人口232万，其中95％是藏族。是世界上最高的高原，平均高度为海拔4000米。

Xī'ān
2. **西安**　　陕西省省会。

Rìkāzé
3. **日喀则**　　位于雅鲁藏布江与年楚河汇合口附近，是一座具有500多年历史的高原古城，海拔3800米。总面积18.2万平方公里，辖18个县，人口63.52万。历史上被称为"年麦"，藏语意为"年楚河下游"。

Wòkǎ
4. **沃卡**　　西藏地名，温泉之乡。

Yángbājǐng
5. 羊八井　　位于拉萨西北念青唐古拉山下的盆地内，占地面积约 15 平方公里。距拉萨 90 多公里，有丰富的地热资源。

Lāsà
6. 拉萨　　西藏自治区首府，是藏传佛教的圣城。

Wénchéng Gōngzhǔ
7. 文成　公主　　公元 641 年，24 岁的唐朝文成公主嫁给了吐蕃（公元 7 到 9 世纪时古代藏族建立的政权）首领松赞干布。文成公主带去了吐蕃没有的谷物、果品、蔬菜的种子，药材，蚕种，医药、种树、工程技术以及天文历法的书籍，加强了汉藏两族人民的友好关系，为吐蕃经济文化的发展作出了巨大贡献。

Chéngdū
8. 成都　　四川省省会。

Guìzhōu
9. 贵州　　中国西南部的一个省。

Gēdé
10. 歌德　　（1749—1832）18 世纪中叶到 19 世纪初德国和欧洲最重要的作家，在诗歌、戏剧、散文等方面都有较高的成就。

Hóu Xuéyù
11. 侯学煜　　（1912—1991）植物生态学与地植物学家。中国科学院院士、学部常委。

Jiālíng Jiāng
12. 嘉陵　江　　长江上游支流，位于四川省东部。

Huáng Hǎi
13. 黄　海　　泛指出了渤海海峡的海面，面积约为 40 万平方公里。

Cài Xītáo
14. 蔡希陶　　（1911—1981）植物学家，中国科学院院士。是中国最早对云南植物进行全面、深入调查的拓荒者，亲自领导了中国科学院云南热带植物研究所及西双版纳热带植物园的创建。

Xiàcháyú
15. 下察隅　　位于西藏的东南角，在察隅县的南部，是察隅县的边境镇之一。

Zhāngmù Kǒu'àn
16. 樟木　口岸　　位于西藏境内。是到达中国和尼泊尔边境之前的最后一站，海拔 3800 米。

Níbó'ěr
17. 尼泊尔 国名，英文名"Nepal"。

Mòtuō
18. 墨脱 地名，西藏东南部一个县，旅游资源丰富。

Àodìlì
19. 奥地利 国名，英文名"Austria"。

Xīshuāngbǎnnà
20. 西双版纳 傣族自治州。位于云南省南端，与老挝、缅甸接壤，州府为景洪市。具有非常独特的亚热带风光，且动植物资源非常丰富，素有"植物王国""动物王国""药材王国"三大王国的美称。

Wén Lián
21. 文 联 中国文学艺术联合会的简称。

词语讲解与练习

一 词语例释

1. 泛滥

动词 指江河湖泊里的水溢出。

① 短时间内过分集中的暴雨往往会导致洪水泛滥。

② 人类过度地开发、利用自然资源导致了生态环境的恶化。比如森林、农田被毁，洪水泛滥，大气和河流受到污染，土地退化、产生大量的环境难民等。

📖 洪水 + 泛滥。

◎ 直到十年浩劫之后，我国国民经济濒于崩溃，天神地母也愠怒无常，洪、旱、涝、碱一齐泛滥，"生态平衡"这个词儿才不胫而走。

③ 社会过于重视和迷信文凭的不良氛围导致了文凭造假现象的泛滥。

④ 各种搬家公司的小广告在居民小区里泛滥成灾。

📖 具体或抽象事物 + 泛滥。比喻坏的事物不受限制地流行，为贬义。

⑤ 有关人士呼吁，对因特网上垃圾邮件和手机黄色短信不能听之任之，任其泛滥下去。

📖 后面加趋向动词"起来、下去"，也可加动量词"次、回"。

2. 即刻

> 副词 跟"立刻"相同。

◎ 好锐利的目光，是谴责我不守时吧，职业的敏感使我猜测她是个老师，并常用这样的目光对待学生。幸而她旋又微微一笑，即刻转过头去。

① 不即刻做手术的话，这个车祸病人很快就会死亡。

② 你这人的记忆力真差，怎么刚说过的话，即刻就忘了？

③ 机不可失，失不再来，你应即刻辞职，换一种生活方式。

📖 表示某一行为、动作在说话后很快发生。多修饰动词和动词短语。

④ 刚刚望见房子，那马便即刻放缓了脚步。

⑤ 当他发觉谈话有可能引向一个忌讳的话题时，即刻发出一阵笑声把这话题中断了。

⑥ 两个人的目光"砰"地接在一起，几乎冒出火花。他即刻把眼睛避开了。

📖 表示某一行为、动作在另一行为、动作之后紧接着发生，前面一定另有小句或句子，多修饰动词和动词短语。

⑦ 打了一针，病人即刻清醒过来。

⑧ 太阳刚下山，大厅里即刻就暗了下来。

📖 可修饰形容词短语，用得较少。

3. 何苦

> 副词 用反问语气表示不值得，不必自寻苦恼。

◎ 她说："符合自然界演替规律与人类社会需要的生态关系是协调关系。我建议以'生态协调'代替'生态平衡'。"嗬，口气不小！谁理你？喊了几十年生态平衡还行不通，谁还顾得过来协调？何苦如此较真！

① 他早就把你忘了，何苦为他牵肠挂肚呢？

② 何苦与这种势利小人斗气呢？

③ 凭你的本事，在哪儿不能混口饭吃？何苦要在这个小银行里当个小职员？

④ 想来这是一切女人最可夸耀的时候，当两个男人为她争斗。自己何苦空做冤家，让赵辛楣去爱苏小姐得了。

📖 多修饰动词；句末多带"呢"；只能用在主语后。

⑤ 把钱全拼在股票上，何苦呢？

⑥ 何苦来呢？自己跟自己过不去！真是的。

📖 可以单独作谓语。"何苦呢""何苦来呢"用在句首或句末。

⑦ 你何苦不把自己的伤心事都说出来呢？

⑧ 既然你爱他，何苦不向他挑明呢？

📖 可用于否定式。

4. 正巧

副词 表示巧合，相当于"正好""刚好"。

◎ 从西安到拉萨的机舱里，我正巧坐在他的邻座。

① 车坏了，正巧前边不远处有家修车店，没费多少事。

② 当我们急匆匆赶到车站时，旅客正巧开始出站。

③ 想到这儿，他顿时失去了说话的兴致。这时，女儿正巧笑呵呵地走进客厅来。

📖 既可用在主语前，也可用在主语后。

④ 我们到内蒙古的当天，正巧碰上举行庆祝大会。

⑤ 我很崇拜那位电影演员，昨天正巧在商场遇见了他，我请他签了名。

📖 多修饰动词和动词短语。短语中没有数量宾语。

⑥ 你来得正巧，我刚要去找你。

⑦ 你回来得正巧，刚好赶上学校校庆。

📖 可用在动词后面作补语。

5. 果真

连词　表示假设事实或结果跟预期的或所说的相符合。后一分句中常有
"那、那么、就"：果真……，那（那么、就）……。

◎ 思前想后：老者老矣，如侯学煜；生者……虽说徐凤翔也只能再干
半个云杉龄级——十年吧。果真有十年，也……满足了。让每个科学研究
工作者都能获得专心致志于专业的十年，我们的国家将焕然一新！

① 我想他一定会来找你。果真如此，你就告诉他事实真相。

② 果真像你说的能申请到奖学金，那我一定好好谢谢你。

③ 要是大哥果真同梅姐结了婚，那真是人间美满的事情。

副词　表示事实或结果跟预期的或所说的相符合。

④ 天气预报说有中到大雪，傍晚果真下起雪来了。

⑤ 大家都说她一胎生了三个女儿，昨天去一看，果真是三个女儿。

⑥ 都说这是一部高票房的影片，找来一看，果真精彩。

⑦ 喧嚣之中，独有一个卖糖葫芦的小摊贩不吆不喝，过往的人都不能
　　不特别注目。……那糖葫芦果真不凡，吴越这个岁数的人见所未见。

📖 后面可接动词或形容词。

⑧ 我相信只要有"铁杵磨成针"的精神，必有所获。果真努力没有白
　　费，我终于成功了。

⑨ 商场答应尽快送货，果真，我刚到家，他们就把冰箱送来了。

📖 后面可接主谓短语。"果真"后可以停顿。

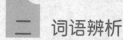

二　词语辨析

1. 荒唐　荒谬

荒唐

◎ "什么？退机票？"我微笑——是那种存心气人的微笑："嗯，退——机——票。""荒唐！为什么？"

① 他竟干出这么荒唐的事来，太可气了。

② 你的说法太荒唐了，难怪大家觉得可笑。

③ 他在朋友的婚礼上喝醉了酒，竟荒唐地拉着新娘子的手不放。

④ 他事情办得荒唐透顶。

⑤ 知道的人都说阿Q太荒唐了，自己去招打；他大约未必姓赵，即使真姓赵，有赵太爷在这里，也不该如此胡说的。

荒谬

⑥ 他的荒谬无比的言论，遭到了大家的反驳（bó）。

⑦ 硬把黑的说成白的，把掠夺说成给予，真可谓荒谬绝伦。

⑧ 他们荒谬地宣扬封建传统观念，可笑之极。

⑨ 我们觉得对方的要求有些荒谬。

⑩ 哥白尼推翻了亚里士多德以来从未动摇过的地球是宇宙的中心、日月星辰都绕地球转动的学说，从而从实质上粉碎了上帝创造人类、又为人类创造万物的那种荒谬的宇宙观。

异同归纳		荒唐	荒谬
同	词性	形容词	
	词义	形容非常不合理。	
	语义色彩	贬义	
	语法功能	可作定语、谓语、状语、宾语。	
异	词义侧重	侧重于不合事理、不尽情理。其结果常使人觉得离奇、可笑，难以理解，如课文例句。	侧重于极端错误，极不合逻辑。其严重性常让人觉得没有可与之相比者，如例⑦⑧⑩。
	搭配对象	这个人（人）、聚会（事）、言论、感情、说话、行动……	思想、言论观点、认识、论调、做法……
		运用范围较宽，可用于人、事、物、思想等。	运用范围较窄，只用于观点、认识、做法等。
	语法功能	可作补语，如例④； 还可指行为放荡，没有节制，如例⑤。	无左边的用法。
	习惯用法	～可笑　　～透顶，如例④	～无比　　～绝伦，如例⑥⑦

2. 幸而　幸好

幸而

◎ 幸而她旋又微微一笑，即刻转过头去。

① 幸而车夫早放慢脚步，否则她定要栽个大跟头。

② 我向来翻译文章都要起草稿，幸而丈夫晚上下班后挤出时间帮我输入。

幸好

③ 幸好我发现得早，关掉了煤气开关，才没酿出大祸。

④ 她最讨厌葡萄酒！幸好给她买的是香槟酒。

⑤ 车轮轰隆轰隆驶过，芳芳一闭眼，心说："完了！"可汽车的喧嚣转瞬即过，两人还活着——幸好没滚到车轮下面去。

⑥ 他心里一动，原来母亲的离家出走与爱情有关呢。幸好，这一切已经过去了。

异同归纳		幸而	幸好
同	词性	副词	
	词义	表示由于基于某种有利条件而侥幸避免了某种不良的或不希望发生的后果。带有觉得幸运的感情色彩。	
	语法功能	多用于主语前；用于复句的前一分句，后一句中多有"才、不然、否则、要不"等。	
异	词义侧重	侧重于在困难不利的情况下，由于某种有利条件幸运地出现了转机，避免了不良后果。如课文例句。	侧重于困难时刻好在有了有利条件，使问题得以解决。如例③⑤。
	感情色彩	较浓	很浓
	语体风格	书面语	口语
	语法功能	后面无停顿。	后面可有停顿，如例⑦。

3. 谴责　责难

谴责

◎ 好锐利的目光，是谴责我不守时吧，职业的敏感使我猜测她是个老师，并常用这样的目光对待学生。

① 联合国安理会通过决议强烈谴责这起恐怖袭击事件。

② 世界进步舆论都强烈谴责侵略者的霸权主义行径。

③ 该地猎杀幼狮的残忍行为遭到世界动物保护组织的谴责。

④ 说实话，我每看一次这部影片，就好像受到谴责，仿佛有人在质问我："你有没有做过什么事情来改变这样的环境？"

⑤ 由于被证券交易所公开谴责，该公司被迫放弃了公开发行股票的计划。

⑥ 晚清时期一些具有改良思想的作家纷纷通过小说抨击政府时弊，提出挽救社会的主张，故得"谴责小说"之称。谴责小说的题材广泛，涉及社会生活的各个领域，是近代中国社会的一面镜子。

责难

⑦ 可以找出许多理由来责难他，也可以找出不少理由来为他辩护。

⑧ 我是一名刚毕业的护士，在工作中，经常有病人对我进行责难，譬如："你怎么扎得这么疼呀，你配做护士吗？"

⑨ 有专家断言，在所有的婚姻中，不幸的婚姻占58％，而破坏婚姻的魔鬼是非难与责难。

⑩ 凡事有好的一面和不好的一面，经验的体会是多方位的，体会责难也是必需的。轻松面对看似无理的责难，你就往成功前进了一大步。责难，既是打击，更是机会。

异同归纳		谴责	责难
同	词性	动词	
	词义	表示斥责、批评。	
	语法功能	可作谓语、宾语；作谓语时可带宾语。	
	语体风格	书面语	
异	词义侧重	侧重于对错误的、荒谬的言论或行为严正申斥。有郑重的态度色彩，如课文例句、例句①—⑥。	侧重于责备。语义比"谴责"轻，如例句⑦—⑩。
	语义轻重	重	较轻
	搭配对象	～社会现实、制度、暴行、行为、错误倾向、言论、自己……（对象指人或事或现象等）	对象多指人。
		强烈地～、进行～、公开～	
	语法功能		可作主语，如例⑩最后一句。
	习惯说法	受到～、遭到～、被～	受到～、进行～、被～
	固定搭配	～小说	

4. 许可 准许

许可

◎ 签证上写有去中国二十四个城市的许可。

① 我们的婚姻并没得到双方父母的许可。

② 只要经济条件许可，我们愿意为社会做力所能及的事情。

③ 未经许可不得擅自入内。

准许

④ 说非婚生子女被人歧视，这是不确实的，是法律所不准许的。

⑤ 铁路部门不准许乘客携带危险品、爆炸物品乘车。

⑥ 机动车必须在准许的时间和范围内行驶。

⑦ 学校准许王刚今年秋季复学。

异同归纳		许可	准许
同	词性	动词	
	词义	表示允许。	
	词义侧重	侧重于同意别人的要求，允许别人做某事。	
	语体风格	书面语	
	语法功能	作谓语。	
异	词义侧重	可以是被人或组织允许，也可以是被条件、时间、环境、政策允许，如课文例句、例①②。	多是被组织允许，或是被规章制度、法律条款、原则等允许，如例④⑤。
	感情色彩	随意	郑重
	搭配对象	家长、主席团、条件、时间、环境、政策……～	组织、法律、制度、条约、原则……～ ～拍照、入境、参加……
	语法功能	可作"得到、经过"等动词的宾语，如例①③。	很少作宾语。
	固定搭配	～证、～法	

三 词语搭配

1. 呼吁

大声 ～	～的声音	～母亲……
强烈 ～	震撼人心的 ～	～人们……
热情 ～	替人民 ～	～社会……

2. 变革

深刻的 ～	～体制	发生了 ～
巨大的 ～	～社会	经历 ～
史无前列的 ～	～思想	完成 ～

3. 崩溃

经济 ～	正在 ～	濒临 ～	～的边缘
走向 ～	体制 ～	逐渐 ～	～的开始
陷于 ～	关系 ～	必然 ～	精神的 ～

4. 疑惑

～的眼光	产生 ～	～地问	满脸 ～
～的神色	消除 ～	～起来	充满 ～
～的心情	有 ～	犯起了 ～	对他的言行感到 ～

四 练习

（一）模仿例子组成新词语

1. 测算	＿＿＿算	＿＿＿算	＿＿＿算
2. 何苦	何＿＿＿	何＿＿＿	何＿＿＿
3. 指定	＿＿＿定	＿＿＿定	＿＿＿定
4. 定点	定＿＿＿	定＿＿＿	定＿＿＿

5. 俗务 _____务 _____务 _____务

6. 相识 相_____ 相_____ 相_____

7. 失信 失_____ 失_____ 失_____

8. 行程 行_____ 行_____ 行_____

9. 简明 简_____ 简_____ 简_____

10. 探亲 探_____ 探_____ 探_____

11. 无拘无束 无_____无_____ 无_____无_____ 无_____无_____

12. 千岩万壑 千_____万_____ 千_____万_____ 千_____万_____

13. 不胫而走 不_____而_____ 不_____而_____ 不_____而_____

（二）选择适当的词语填空

荒唐　荒谬　　幸而　幸好　　谴责　责难　　许可　准许

1. 发生恐怖分子劫持人质事件后，许多国家纷纷对这起恐怖事件表示_____。

2. 我们借着月光继续赶路，突然，一头骆驼横穿马路，_____司机发现得早。

3. 其实，像王先生遇到的这种_____可笑的事，不仅有，而且还很多。

4. 这个小女孩儿说什么也不吃第二盒冰淇淋，再吃就必须经过妈妈_____。

5. 我几乎让风绊住不能动了，_____有同伴的帮助，方才过了这段危险的路。

6. "这种_____绝伦的论调，竟然还上了报纸。"小王拍着报纸说。

7. 中国各航空公司不_____乘客携带酒精类液体乘机。

8. 生活中多一份宽容，必将多出很多令人感动的事情，让每个人都多一份宽容，少一份_____，我们的生活必将更加美好。

（三）用指定词语完成句子

1. 他发现了毒贩的行动，_____。（即刻）

2. 他一向很准时，刚到约定时间，_____。（果真）

3. 晚风从沙漠深处吹来，一下就冷了，_____。（幸好）

4. 我要给儿子办理国外留学手续，_____。（担保）

5. 火车站电子显示屏上的出发时间与我手中车票上的时间不一样，_____
_____。（疑惑）

6. 据报道，有些人为贪图私利大量走私珍稀动植物，_____
_____。（谴责）

7. 我喜欢王教授的讲座，_____。（简明）

8. 我们几个准备"十一"长假驾车出游，_____。（行程）

（四）用指定词语完成下列对话

1. A：经理打算花高价请电影明星为我们的产品做广告。

   B：_____！（何苦）

2. A：听说这次你考得很好，那道难题全班只有你一个人做出来了。

   B：_____。（正巧）

3. A：你对中国的西部大开发怎么看？

   B：_____。（变革）

4. A：奇怪，每次我一提到坐飞机他就显得非常紧张。

   B：_____。（敏感）

5. A：据说，在北京海拔850米的灵山，有一座生态研究所，是徐凤翔的第二个
   "小木屋"。

   B：_____。（迄今）

6. A：人们把"春运"比做全民大迁徙，这是为什么呢？

   B：_____。（探亲）

7. A：最近，许多媒体都在呼吁要加强对青少年思想品德的培养。

   B：_____。（泛滥）

8. A：听说青藏铁路沿线的风景美不胜收，什么时候咱们也去坐坐高原火车吧。

   B：_____。（攒）

（五）选择适当的四字词语填空

> | 不胫而走 | 兴致勃勃 | 千岩万壑 | 理直气壮 |
> | 专心致志 | 无拘无束 | 浑然一体 | 焕然一新 |

1. 那本书实在很畅销，一传十，十传百，消息＿＿＿＿＿＿，现在竟然脱销了！

2. 低头望去，＿＿＿＿＿＿，雪峰相连，犹如波涛汹涌的大海。

3. 虽然整个下午大雨下个不停，但球迷们还是＿＿＿＿＿＿地来到体育场，一睹球星们的风采。

4. 学习时精神集中，＿＿＿＿＿＿，可以提高学习效率，绝不能三心二意。

5. 中国古典园林建有亭台、楼阁、花园、石桥和池塘，结构复杂，布局合理，各宅院彼此相通，＿＿＿＿＿＿。

6. 上海经过二十多年的飞速发展，面貌＿＿＿＿＿＿，已成为继纽约、伦敦、香港、东京之后新一代的世界金融中心。

7. 我觉得跟俱乐部的车队驾车出游，既无需考虑食、住、景点等烦琐小事，又能享受驾驶的乐趣和＿＿＿＿＿＿的感觉。

8. 开发商突然宣布延期交房，业主们即刻＿＿＿＿＿＿地起来抗议，说延期属违约行为，开发商应承担法律责任。

（六）选择适当的四字词语改写下列句子

> | 五颜六色 | 思前想后 | 失之交臂 |
> | 因地制宜 | 专心致志 | 沾沾自喜 |

1. 究竟是走是留？他想了又想，还是拿不定主意。

＿＿＿＿＿＿＿＿＿＿＿＿＿＿＿＿＿＿＿＿＿＿＿＿＿＿＿＿

＿＿＿＿＿＿＿＿＿＿＿＿＿＿＿＿＿＿＿＿＿＿＿＿＿＿＿＿

2. 一棵树上竟开着各种颜色的花儿，太神奇了！就是冲着这个，我才决心一定要种活它。

_____

_____

3. 令人忧虑的是，许多中国人对目前的经济崛起洋洋得意，不少民众甚至表现出骄傲的情绪。

_____

_____

4. 中国地域发展不平衡，不同地域间的农村差别也较大，因此，对农村污水的收集处理，要根据当地的实际情况，采取多元化处理模式。

_____

_____

5. 没料到我以一分之差错过了上清华大学的机会，真是可惜！

_____

_____

（七）选择恰当的一组词语填空

1. ① 青藏铁路将纵贯青海、西藏两省区而成为沟通两省区与内地的大通道，同时也成为西部腹地路网骨架_____的重要组成部分。

② 有识之士一再_____要保护环境，尊重大自然，给子孙后代留一块蓝天和净土。

③ 大概是因为生活_____加快的原因，从 20 世纪末到现在，无论你在何时何地，贫穷或者富有，速食文化都已经成了生活中的一部分。

④ 制约外资流入西部的主要原因在于政策、政府职能、法制环境、市场体系建设等软环境，以及基础设施、通信等硬环境的_____。

A. ① 战略　　② 呼吁　　③ 节奏　　④ 薄弱

B. ① 政策　　② 呼喊　　③ 节奏　　④ 脆弱

C. ① 策略　　② 呼吁　　③ 速度　　④ 脆弱

D. ① 战略　　② 呼喊　　③ 速度　　④ 薄弱

正确选项_ _ _ _ _ _ _ _ _ _ _ _ _

2. ① 西藏的草原并不像人们想象的那般辽阔，可丝毫不影响它自身的魅力。纯绿的草地、纯白的雪山、纯蓝的天空_____，成就了一幅难得的风景画。

② 2000 年 6 月 26 日注定成为人类发展史上的一个里程碑。因为这一天，全人类都听见了自己的"基因密码"被破译成功的伟大声音。人类为自己了不起的发现而自豪，甚至_____。

③ 如果谁真正热爱大自然，那么他的内心与大自然是_____的，即使这样的人已到老年，他仍然有着一颗不泯的童心。

④ 千百年来，九寨沟隐藏在川西北高原的_____中，人类的活动显得微不足道。这里的藏民几乎与世隔绝，过着自给自足的农牧生活。

A. ① 焕然一新　　② 五体投地　　③ 无拘无束　　④ 千岩万壑

B. ① 五颜六色　　② 理直气壮　　③ 息息相通　　④ 千岩万壑

C. ① 浑然一体　　② 沾沾自喜　　③ 息息相通　　④ 崇山峻岭

D. ① 无拘无束　　② 兴致勃勃　　③ 浑然一体　　④ 崇山峻岭

正确选项_ _ _ _ _ _ _ _ _ _ _ _ _ _

（八）下面每段话都画出了 ABCD 四个部分，请挑出有错误的部分

1. 切实加快生态环境保护，是实施西部地区大开发的根本；而大力发展科技和教
　　　　　A　　　　　　　　　　B　　　　　　　　　　　　　C
育，是实施西部大开发的重要条件。　　　　　　　　　　　　　　　（　　）
　　D

2. 随着中国城市户籍制度改革的深入，城乡户口差别日益缩小，但城里人对农村
　　　　　　　　A　　　　　　　　　　　　　B
人观念上的门槛并没有因此完全消除，保姆职业低一等人的观念仍然存在。
　　　　　　C　　　　　　　　　　　　　　　D
　　　　　　　　　　　　　　　　　　　　　　　　　　　　　　　（　　）

3. 金钱是不是判断人生价值的标准？除了金钱之外，应该还有别的东西可以衡量
　　A　　　　　　　　　　　　　B　　　　　　　　　　C
人生价值，"金钱哲学"濒于已经崩溃。　　　　　　　　　　　　　（　　）
　　D

4. <u>西部地区是长江、黄河等重大江河的发源地</u>，<u>因为西部生态恶化会直接危及中</u>
　　　　　　Ａ　　　　　　　　　　　　　　　　　　　　　Ｂ

　<u>下游的生态安全。</u><u>严重的水土流失</u>，<u>已对长江、黄河中下游地区的发展构成了</u>
　　　　　　　　　　　Ｃ

　<u>重大威胁。</u>　　　　　　　　　　　　　　　　　　　　　　　　　（　　）
　　Ｄ

5. <u>在颁奖大会上</u>，<u>她十分钟发言了。</u><u>但就是这十分钟的发言</u>，<u>却博得了全场观众</u>
　　　　Ａ　　　　　　Ｂ　　　　　　　　　　　Ｃ

　<u>长时间的热烈掌声。</u>　　　　　　　　　　　　　　　　　　　　（　　）
　　Ｄ

6. <u>西部是中国少数民族最多的地方</u>，<u>这里居住着全国 55 个少数民族中的 51 个</u>，
　　　　　　Ａ　　　　　　　　　　　　　　　　Ｂ

　<u>这些民族有着独特的民俗、音乐、舞蹈、民间传说。</u>这里，<u>人与自然、人与社</u>
　　　　　　　　　　　Ｃ

　<u>会、人与人的题材的丰富性是五颜六色的。</u>　　　　　　　　　　（　　）
　　Ｄ

修辞提示与练习

 一　篇章的连贯——意合

（一）分析

　　很多时候，段与段之间的连接没有语言上的标志，而是靠相邻的段与段之间的语义关系自然组合，这就是意合。例如：

　　①千岩万壑在造山运动中，刹那间在这里定格不动了。如果你走进寺庙，历史也仿佛定格不动了。经幡、圣水、酥油灯，五体投地一次又一次地长拜、呢呢喃喃一遍又一遍地诵经……既然我不是研究宗教的，那么，让外国旅游者去惊叹并拍摄这宗教自由吧。我要在西藏寻访科学的"未来佛"的"圣殿"；寻访智慧

转世的"玉女仙童";寻访创造新天地的"五百罗汉";寻访能破神土之谜的"千尊金佛"！

我曾先后"朝拜"过日喀则农牧研究所、沃卡电站、羊八井地热站、太阳能研究所、藏医院、地质局等大"庙"小"庙";会见过许许多多"金刚""罗汉""真神"。如果我长着三头六臂千只手，我愿一一为他们塑像披金，愿他们一一显灵显圣显神通，变西藏为福地。

② 生态学，作为一门学科，国际上极重视。19世纪德国文学家歌德，于1786年往意大利寻诗，却迷上了植物生态，朝夕为伴。四年后，出版了《植物形态学》——此大自然的理论诗篇之诞生，早于诗剧《浮士德》。

在我国，研究此学科的学者也不少。"八十不稀奇"的生态学家侯学煜，本身就是生态学的先锋树种。从40年代初，他就在《贵州日报》上呼吁：切不可如何如何，万不可如何如何；要因地制宜，要保护植被……那年月，哪个听他的？直到十年浩劫之后，我国国民经济濒于崩溃，天神地母也愠怒无常，洪、旱、涝、碱一齐泛滥，"生态平衡"这个词儿才不胫而走。从中央到地方也把这并不新的词儿，列入议事日程表。各级党政负责人，嘴上笔下倒也渐渐常挂着它了。

在例①中，前一段写"我"要在西藏寻访科学的"未来佛"的"圣殿";寻访"玉女仙童""五百罗汉""千尊金佛"，后一段写"我""朝拜"过农牧研究所、电站、地热站、太阳能研究所、藏医院、地质局等大"庙"小"庙"，作者在这里把开发、建设西藏的各族人民和科学工作者比做"金刚""罗汉""真神"，蕴涵着丰富的思想内涵，两段之间是靠段与段之间的语义关系组合的。

例②的前一段写生态学在国际上的重要地位，后一段写中国目前生态学的研究状况，两段语义衔接自然。

（二）练习：判断句A后面的句子如何展开

1. A．1982年，黄宗英与高原生态女科学家徐凤翔在西藏邂逅（xièhòu），徐凤翔说，要有个小木屋该多好。黄宗英感动了，对她说："我和你一起来做这个'小木屋的梦'———我先把它搭在纸上！"……　　　　　　（　　）

B₁. 于是白天她跟着徐凤翔跋山涉水，晚上借着篝火的光写《小木屋》。为了这个梦，她三次深入西藏林芝地区，第三次（1995 年）已是七十岁高龄。

B₂. 为了这个梦，她三次深入西藏林芝地区，第三次（1995 年）已是七十岁高龄。于是白天她跟着徐凤翔跋山涉水，晚上借着篝火的光写《小木屋》。

2. A. 去年，徐凤翔在她的灵山研究所举办了一个关于生态脆弱区的图片展，题目叫做"中国高原生态纵览"。……　　　　　　　　　　　（　　）

B₁. 在展览中她介绍了西藏的冰雪生态系统、森林生态系统、水系生态系统、草原生态系统等几大生态类型，还有她几十年来拍摄的图片资料，目的就是让人们了解中国西部生态脆弱的状况，引起大家的关注和保护意识。

B₂. 目的就是让人们了解中国西部生态脆弱的状况，引起大家的关注和保护意识。她介绍了西藏的冰雪生态系统、森林生态系统、水系生态系统、草原生态系统等几大生态类型，和她几十年来拍摄的图片资料。

3. A. 有四个年轻的旅行者，分别叫做"每个人""某个人""任何人"和"没有人"。他们一起去寻找传说中的仙果。……　　　　　　　（　　）

B₁. "每个人"心智平平，他希望更加聪明；"任何人"有点瘸跛，希望百病全消；"某个人"双目失明，希望重见光明；"没有人"弱视弱听，他也希望找到仙果。

B₂. "每个人"心智平平，他希望更加聪明；"某个人"双目失明，希望重见光明；"任何人"有点瘸跛，希望百病全消；"没有人"弱视弱听，他也希望找到仙果。

4. A. 每当我走在街上，看见一对对父子幸福地走在一起时，心中总涌起一种羡慕和惆怅的感情：我的父亲离开我已两年多了。……　　　　（　　）

B₁. 现在，我终于明白：我已经失去了最可珍贵的东西。我失去了父爱，才更觉得父爱的珍贵，但为时已晚，父爱已不可复得。

B₂. 但为时已晚，我失去了父爱，才更觉得父爱的珍贵，父爱已不可复得。现在，我终于明白：我已经失去了最可珍贵的东西。

5. A . 微笑是个人情感的自然流露，老师的微笑对学生尤为重要。……（　　）

　　B₁. 情绪的愉快，能帮助学生增强自信心，克服干扰与困难。表扬与微笑会使
　　　　学生保持良好的情绪，鼓励和欣赏能教会学生调节自己的情绪。

　　B₂. 表扬与微笑会使学生保持良好的情绪，鼓励和欣赏能教会学生调节自己的
　　　　情绪。情绪的愉快，能帮助学生增强自信心，克服干扰与困难。

二　篇章的组织与修辞手段

（一）借代与篇章

不直接把人和事物的名称说出来，而用跟它有密切关系的能显示其特征的事物的名称来代替，叫借代。例如：

①"是她，年年来，到处咕叽咕叽，人家叫她'咕叽教授'。"

②"咕叽，就是藏话'求求'的意思，咕叽个'熊掌牌'——就是在路边伸手拦车求捎脚；……""咕叽教授"——徐凤翔究竟在哪儿？

③你会常常看到有人灰头土脸地混在大卡车上头，那当然也是"熊掌牌"！

④"黄老师，你打听徐凤翔老师吗？她就住在招待所南楼。"听到谁这样说了！我拔脚就往南楼跑，来不及看一眼、谢一声"传音天使"。

例①和例②没有直接说出徐凤翔教授的名字，而是用表现她性格特征的"咕叽教授"代替；例②和例③没有直接出现汽车字样，而是用"熊掌牌"代替；例④不直接点明是谁在说话，而是用表现作者对说话人感情的"传音天使"代替说话的人。

借代有本体和借体。被代替的事物是本体，用来借代的事物是借体，如果不是特别需要，本体可以不出现，而直接使用借体。

（二）反复与篇章

为了强调某个意思，突出某种感情，有意识地重复使用某些词语或句子，叫反复。例如：

①我特意站了起来给她让座，向她索取发言提纲。可是，她把头埋了下去。我懂，这节骨眼上，别碰她，别碰她……

② "我希望……有一天到西藏去看望你。看望你的多美多美的林园。" 我不能轻率允诺，许愿总要还愿。

③ ……"生态平衡"这个词儿才不胫而走。从中央到地方也把这并不新的词儿，列入议事日程表。各级党政负责人，嘴上笔下倒也渐渐常挂着它了。只是"民以食为天"的古训，还一个劲儿挤它、挤它。唉，只怪稻、麦、菽、粟也忘了本，忘了它们怎样才能生存。

④ 徐凤翔说的多么美多么美的大森林在哪儿？徐凤翔又在哪儿？

例①重复使用"别碰她"，强烈表达了作者"懂她"的感慨心情。例②和例④重复使用"多么美"，表达了作者那种热切向往的迫切心情；例③重复使用"挤它""忘了"，表达了作者对"生态平衡"不被重视的惋惜心情。

反复有连续反复和间隔反复两种，以上例句基本是连续反复。

（三）练习：重新安排下列句子的语序

1. A. 西部人还沉浸在自己的一亩三分地

　 B. 西部人与东部人比起来

　 C. 十分保守、顽固

　 D. 不知是否由于地理位置的原因

　 E. 因为当温州人干得红红火火时 ＿＿＿＿＿＿＿＿＿

2. A. 更没有孔雀东南飞的勇气

　 B. 大部分西部人既不满足于自己的生活

　 C. 这是迫在眉睫的问题

　 D. 因此，开发大西北，首先要改变西部人的思想

　 E. 又无从着手改变 ＿＿＿＿＿＿＿＿＿

3. A. 于是专喝啤酒

　 B. 茅台他喝不起

　 C. 有"青岛"就不喝"北京"

　 D. 有瓶的就不喝零的 ＿＿＿＿＿＿＿＿＿

4. A. 啊，它居然还在，还在！

　 B. 这绝对是第二个人想也想不出来的窗子

　 C. 这墙，这墙上的窗子

　 D. 也是任何人都不可能再重复的窗子　　　　＿＿＿＿＿＿＿＿

5. A. 我应该感谢母亲，她教给我与困难作斗争的经验

　 B. 她还教给我生产的知识和革命的意志

　 C. 我应该感谢母亲

　 D. 鼓励我以后走上革命的道路　　　　＿＿＿＿＿＿＿＿

6. A. 西部要发展

　 B. 西部要发展，首先要改变西部人的思想

　 C. 因此，要想发展西部

　 D. 必须依靠产业支撑

　 E. 发展特色经济和优势产业已势在必行　　　　＿＿＿＿＿＿＿＿

三　文体与篇章修辞

（一）报告文学

　　报告文学是一种以文学手法及时反映和评论现实生活中真人真事的新闻文体，是介于通讯和小说之间的文体，其主要特征是新闻性、文学性和政论性。报告文学不同于报纸上的通讯特写，不是丰功伟绩的叙述，而是运用写实的手法，注重选取生活细节，从行为中见精神，从平凡中见伟大。《小木屋》就是一篇反映西藏当代生活的报告文学，作品成功地塑造了献身科学技术的女生态学家徐凤翔的形象。文章正面描写徐凤翔的篇幅并不多，而是善于捕捉到足以反映她性格的生活细节，用很少的笔墨就生动地勾勒出人物的个性特征，使人物形象栩栩如生。

（二）练习：阅读下面的报告文学，体会写实手法与塑造人物性格的关系

选 择

王宏甲

没有什么比选择更能影响人的前程，没有什么比认识更能影响人的一生。认识甚至更重要，因为它是选择的前提，是创造前程真正的出发点。王选一生中有许多次重要选择，其中四次在他的人生中具有里程碑的意义。

王选，1937 年 2 月生于上海。他一生中第一次大的选择，发生在 1956 年夏天，在北京大学二年级选择专业的时候。班上大部分同学选择了纯数学，因为"纯数学的光芒足以照耀到一切科技领域"。另一项选择是计算数学，这只是一个分支学科，北大也刚刚开设，连教材都缺乏，可谓冷清而荒凉。而他，竟选择了后者。

1975 年，王选 38 岁了，却病休在家。还能做什么？就在这一年，他作出了又一个重大选择——决定投身于改革铅字印刷术的"汉字精密照排系统"研究。这个选择是不可思议的。美国 1946 年发明了第一台手动式照排机，50 年代发展了"光学机械式"二代机；1965 年德国推出"阴极射线管"三代机；1975 年英国研制的"激光照排"四代机即将问世。王选的选择是直接向第四代激光照排机挺进。他被认为"妄想一步登天"，还被戏称为"数学游戏"。但正是这个"数学游戏"，踩到了数字化技术的台阶。

他的技术获得了欧洲专利。时值 1982 年，中国专利工作尚未出台，王选的成果表明了在国际上的先进性，他也由此成为世界进入工业时代数百年来，中国大陆第一个获得欧洲专利的人。

但是，难题接踵而来。英国、日本、美国搞的汉字照排系统相继打进中国市场。王选虽握有"顶天"技术，却眼睁睁地看着外国产品长驱直入。多少年来，他一心只想努力搞好科研，就能为祖国作贡献……现在就像一觉醒来，发现自己的技术若不能尽快变成产品，就会变成废物。他作出了一生中又一次重大选择——与企业合作，走与西方企业集团决战市场的道路。北大新技术公司通过经营王选主持研制的照排系统，迅速发展为北大方正集团；到 1989 年底，其汉字激光照排技术，已稳固占据了国内报业 99%、书刊（黑白）出版业 90% 的市场，所有来华同类产品全部退出了中国内地。

1994 年，王选 57 岁，他已是中国科学院、中国工程院"两院"院士和第三世界科学院院士。此时，西方电子印刷技术仍占领着中国香港和台湾的市场，特别是彩印市场。这时的王选发现，自己的科研思维已不如年轻人敏捷，他作出了人生中又一次重大

选择——让年轻人来挑重担。此后，由他的学生主持完成了彩色照排印刷技术的重大突破，为方正系统挺进香港、台湾乃至日本市场作出重要贡献。这一次，是王选人生中最有智慧的选择。

从青年时代开始，王选在同疾病作斗争的一生中，完成了中国激光照排系统的研制。他曾获联合国教科文组织科学奖，以及国家最高科学技术奖等多种国内外大奖，并有《王选文集》《王选谈信息产业》等多种专著问世。他把创新的科研成果推向产业化，从而结束了中国排版印刷"铅与火"的时代，进入"光与电"的世纪，其意义更在于依靠自主创新能力，使中国编辑、印刷、出版全行业实现了从工业时代向数字化时代的历史性跨越。

表达与写作

● 表达训练

1. 为什么西部开发会成为全中国人民关注的大事？

2. 在你看来，中国西部开发有哪些现实意义？

3. 人们明明知道百合是"植物中的山羊"，却仍然大量地栽培、种植，你认为导致这种现象的根本原因是什么？你还知道有哪些类似的情况？你认为应该采取怎样的措施才能杜绝类似情况的发生？

4. 你认为"世外桃源"是否真实存在？像香格里拉这样的世外桃源会变成"世上桃源"吗？结合课文的学习，谈谈你对人与自然的关系的看法。

● 写作训练

试从以下选题中任选其一作文，字数在 700 字左右。

话题一

　　模仿本课的写作格式和手法写一篇小报告文学。

　　题目自拟。

话题二

人与自然

　　"我过去到西藏也是觉得那么美，渐渐地我感到用美来引起大家对西藏的关注和保护远远不够。实际上，在一定地域范围内，美的和保护好的地方占的比例很少，绝大多数高原地区是生态脆弱区域，我必须告诉人们这个残酷的事实。"这是徐凤翔建小木屋的感叹。川西高原的自然之美吸引了大量的中外游客，尤其是青藏铁路的修建，使梦想变为现实。在利用自然为人类造福的同时，如何保护好脆弱的生态环境？人们一向向往世外桃源，而世外桃源一旦成为人类的势力范围就成了世上桃源。人与自然该如何相处？是发现自然还是入侵自然？是对自然充满情感、做淳朴的自然之子，还是主宰自然？其实，选择并不难。

扩展空间

名家典藏

黄宗英《黄宗英报告文学选》　　四川人民出版社　　1985 年

媒体资源

《小木屋》　　　　北京电视台大型专题片　　　　1984 年
《再说长江》第二集《重上江源》中央电视台 33 集大型电视纪录片
《再说长江》第四集《金沙流韵》中央电视台 33 集大型电视纪录片
《新丝绸之路》中央电视台大型系列片　　　　2006 年

词语追踪

黑洞效应　　　速食文化　　　软环境　　　春运　　　提速　　　造假　　　自驾游
业主　　　排污　　　环境难民

背景阅读与练习

一　阅读文章，按要求完成各项练习

（一）
最糟糕的发明

林光如

①　在一次名人访问中，被问及20世纪最重要的发明是什么时，有人说是电脑，有人说是汽车，等等。但新加坡资政李光耀却说是冷气机。他解释，如果没有冷气，热带地区如东南亚国家，就不可能有高的生产力，就不可能达到今天的生活水准。他的回答实事求是，有理有据。

②　看了有关报道，我突发奇想：为什么没有记者问，"20世纪最糟糕的发明是什么?"2002年10月中旬，英国《卫报》就评出了"人类最糟糕的发明"。获此"殊荣"的，就是人们每天大量使用的塑料（sùliào）袋。

③　诞生于20世纪30年代的塑料袋，其家族包括聚苯乙烯（jùběnyǐxī）快餐饭盒、塑料包装纸、塑料餐用杯盘、电器充填发泡填塞物、塑料饮料瓶、酸奶杯、雪糕杯，等等。这些废弃物形成的垃圾，数量多、体积大、重量轻、不降解，给治理工作带来很多技术难题和社会问题。比如，填埋废弃（fèiqì）塑料袋、发泡胶快餐盒的土地，不能生长庄稼和树木，造成土地板结，而焚烧（fénshāo）处理这些塑料垃圾，则会释放出多种化学有毒气体，其中一种称为二噁（è）英的化合物，毒性极大。

④　此外，在生产塑料袋、发泡胶餐盒的过程中使用的氟里昂（fúlǐáng），对人体免疫系统和生态环境造成的破坏也极为严重。研究还表明，在温度超过85摄氏度的条件下，使用塑料袋和发泡餐具，其分解出的有毒物质危害人体健康。凡此种种，表明塑料袋获"最糟糕的发明"确属"名至实归"。

（摘自《读者》，2003年第9期）

根据文章内容，选择正确答案

1. 下列对原文的理解，正确的是： （ ）

    A. 冷气机是上个世纪最糟糕的发明。

    B. 塑料袋是上个世纪最重要的发明。

    C. 冷气机是二十世纪最糟糕的发明。

    D. 塑料袋是二十世纪最糟糕的发明。

2. 对文中"殊荣"最恰当的理解是： （ ）

    A. 最终被选中的。   B. 值得夸耀的荣誉。

    C. 值得宣传的荣誉。   D. 极其特殊的荣誉。

3. 文中的"废弃物"指的是： （ ）

    A. 塑料袋、聚苯乙烯快餐饭盒、塑料包装纸、塑料餐用杯盘，等等。

    B. 废弃的塑料袋、聚苯乙烯快餐饭盒、塑料包装纸、塑料餐用杯盘，等等。

    C. 填埋的塑料袋、聚苯乙烯快餐饭盒、塑料包装纸、塑料餐用杯盘，等等。

    D. 焚烧的塑料袋、聚苯乙烯快餐饭盒、塑料包装纸、塑料餐用杯盘，等等。

4. 对文中"名至实归"最恰当的理解是： （ ）

    A. 塑料袋容易分解出危害人体健康的有毒物质。

    B. 塑料袋对生态环境造成的破坏极为严重。

    C. 说塑料袋是"最糟糕的发明"与事实相反。

    D. 说塑料袋是"最糟糕的发明"与事实相符。

（二）

进步的回退

韩少功

    ① 当很多富裕起来的中国农民从乡村进入城市的时候，我算是一个逆行（nìxíng）者，两年前开始阶段性地离开城市，大半时间定居在中国南方一个偏僻山区。我在那里栽树，种菜，喂鸡；收获的瓜果和鸡蛋如果吃不完，就用来馈赠（kuìzèng）城市里的亲戚和朋友。这是一种中国古代读书人"晴耕雨读"的生活方式，我觉得没有什么不好。有一位报纸记者跑到这个地方找我，对我的选择表示了怀疑：你这是不是回避现

实？我说什么是现实，难道只有都市的高楼里才有"现实"？而占中国人口69%的农民和占中国土地95%的乡村就不是"现实"？记者的另一个问题是：你这是不是要对抗现代化？我问什么是"现代化"？我在这里比你在都市里呼吸着更清新的空气，饮用着更洁净的水，吃着品质更优良的粮食和瓜果，还享受着更多的闲适和自由，为什么这不是"现代化"，而你被废气、脏水以及某些有害食品困扰并且在都市的大楼、地铁、公寓里一天天公式化地疲于奔命倒成了"现代化"？

② 问题很明显：这里有对"现代化"不同的理解和定义。回顾我们刚刚告别的二十世纪，不管什么主义，各种社会浪潮都以"现代化"为目标，甚至都曾用经济和技术的指标，甚至单纯用GDP（国民生产总值）的数量，来衡量一个地区所谓"现代化"的程度。可惜的是，经济和技术只是我们生活内容的一部分而不是全部；事实上，经济

和技术的活动也并不都体现为GDP。在我这两年的乡下生活里，优质的阳光、空气、水，这些生命体最重要的三大基本要素都不构成GDP。自产自给的各种绿色食品因为不进入市场交换，也无法进入GDP的统计。我所得到的心境的宁静、劳动的乐趣、人际关系的和睦、时间的自由安排，等等，与GDP更没有什么关系。因此在我那位记者朋友看来，我是一个GDP竞赛中的落后者，一定生活得很痛苦，甚至已经脱离了"现实"。在中国当代主流媒体的话语中，一个作家是不应该这样自绝于"现实"的，而"现实""幸福""发展""文明"等，都是繁华都市的代名词，仅仅与车水马龙和灯红酒绿相联系。显而易见，"现代"在这里不再是一个单纯的时间概念，而是发达经济和发达技术的代用符号。

③ 在一般语境之下，"现代"在中国是指十九世纪以后的岁月，在欧洲则是指十六世纪以后的岁月，可见这个概念不过是意指工业化、市场化、科学化的进程。这一进程带来了经济和技术的长足发展，无疑是人类极其值得自豪的伟大进步。依托这种伟大进步，我在乡下也可以用卫星天线和电脑网络来与外部世界沟通，可以获得抵抗洪水、干旱、野兽、疾病等自然灾害的有效技术手段。这就是说，我的生活和我的写作，都受益于经济和技术的进步，因此我毫无理由对"进步"心存偏见。

④ 需要指出的只是：经济和技术的进步在历史上并没有常胜的纪录，GDP再高也不能解决所有的社会问题。很多知识分子已经看到跨国资本对发达国家内部弱势阶层带

来的损害，却很难看到跨国资本正在对很多发展中国家带来损害，很难看到现代化繁荣与广大非受益地区各种问题之间的共生关系。利益正在使人与人之间相互盲视，正在使阶层与阶层、民族与民族之间相互盲视。因此，我们需要高 GDP，更需要社会公正，需要理解的智慧和仁慈的胸怀，来促成旨在缓解现代性危机的思想创新和制度创新。而所谓公正，等等，无疑是一些古老和永恒的话题，没有什么进步可言。因为无论有多少伟大的现代进步，也只是改变了生活的某些形态和结构，却并不能取消生活中任何一个古老的道德难题或政治难题。中国古代一个大智者老子在《道德经》中说过："为学者日益，为道者日损。"就是说在学习知识方面要做加法，在道德精神方面要做减法；也就是说，不断的物质进步与不断的精神回退是两个并行不悖（bèi）的过程，可靠的进步同时也必须是回退。这种回退，需要我们经常减除物质欲望，减除对知识、技术的依赖和迷信，需要我们一次次回归到原始的赤子状态，直接面对一座高山或一片树林来理解生命的意义。

⑤ 我相信，一个真正成熟的现代主义者，同时也必定是一个古典主义者，因为他或者她知道：生活是不断变化的，而从另一个角度来看，又是没有什么变化的。生活不过是一个永恒的谜底（mídǐ）在不断更新着它的谜面，如此而已。因此当一个现代主义者还是当一个古典主义者，完全取决于我们从哪一个角度来看待生活。我深深地相信：把我们从灾难中拯救出来的伟大力量，与 GDP 所代表的经济和技术进步没有什么关系，而是潜藏在几千年历史中永远不会熄灭的良知和同情，是我们读到一首诗或一篇小说时瞬间的感动。明白这一点，是现代主义的死亡，也是现代主义的永生。

（摘自《进步的回退》，春风文艺出版社，2002 年，有删改）

根据文章内容，简要回答下列问题

1. 作者对"现代化"一词是怎么看的？

2. 作者认为"现代化"给人们带来了哪些益处？

_____

_____

_____

_____

3. 怎样理解"可靠的进步同时也必须是回退"？

_____

_____

_____

_____

二　快速阅读下列各段，　按逻辑关系将各段重新排序

（三）

　限时：1分钟

A. 但到两百多年前工业化开始后，逐渐破坏了生态的平衡。

B. 在这种严峻（yánjùn　严重）的形势下，人类不得不重新审视自己的社会经济行为和走过的历程，认识到通过高消耗追求经济数量增长和"先污染后治理"的传统发展模式已不再适应当今和未来发展的要求。

C. 人类在推进文明发展的同时，人口剧增，资源过度消耗，环境污染，生态破坏和南北差距等现象日益突出，成为全球性的重大问题，严重地阻碍着经济的发展和人们生活质量的提高，继而威胁着全人类未来的生存和发展。

D. 在人类社会发展的历史上，早期人口稀少，主要以打猎谋生，自然生态平衡。太阳光促使生物生长，生物死亡后分解为肥料，再促进生物的生长。自然界的能源、空气、水和土壤都是平衡循环。

重新排序 _ _ _ _ _ _ _ _ _ _

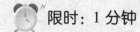

（四）

限时：1 分钟

A. 当今人类面临的酸雨、温室效应和臭氧层破坏三大环境问题，都和人类活动产生的影响密切相关，其中能源生产与消费对三大环境问题有重大影响。

B. 环境是人类赖以生存和发展的基本物质条件和资源。工业革命以后，由人类活动引起的生态环境问题已逐渐上升为影响环境的全局性重大问题。

C. 以 CO_2 为例，从工业革命开始到 1959 年，大气中的 CO_2 容积浓度增加了 13%。而从 1959 年到 1993 年 CO_2 容积浓度又增加了 13%，即这 34 年中大气中的 CO_2 容积浓度上升幅度同前两个世纪一样大。如果不加控制，到 2030 年大气中的 CO_2 容积浓度可能达到工业革命前的两倍，将使地球温度上升 1.5℃ ~ 4.5℃，这将严重威胁人类的生存和发展。

D. 由此可知，传统工业化已陷入严重危机，必须寻找一条可持续发展的道路。

重新排序_ _ _ _ _ _ _ _ _ _ _ _

（五）

限时：2 分钟

A. 20 世纪六七十年代以后，随着公害问题的加剧和能源危机的出现，人们逐渐认识到把经济、社会和环境割裂开来谋求发展，只能给地球和人类社会带来毁灭性的灾难。源于这种危机感，可持续发展的思想在 80 年代逐步形成。

B. 其后，"可持续发展"一词被广泛应用于经济学和社会学范畴，并加入了一些新的内涵。在《我们共同的未来》报告中，"可持续发展"被定义为"既满足当代人的需求又不危害后代人满足其需求的发展"，是一个涉及经济、社会、文化、技术和自然环境的综合的动态的概念。该概念从理论上明确了发展经济同保护环境和资源是相互联系、互为因果的观点。

C. "可持续发展"一词在国际文件中最早出现于 1980 年由国际自然保护同盟制定的《世界自然保护大纲》，其概念最初源于生物学，指的是对于资源的一种管理战略。

D. 1983 年 11 月，联合国成立了世界环境与发展委员会（WECD）。1987 年，受联合国委托，以挪威前首相布伦特兰夫人为首的 WECD 的成员们，把经过 4 年研究和充分论证的报告——《我们共同的未来》提交给联合国大会，正式提出了"可持续发展"（Sustainable Development）的概念和模式。

重新排序_ _ _ _ _ _ _ _ _ _ _ _

三 选择正确的句子填到各段中， 并按逻辑关系将各段重新排序

（六）

 限时：2分钟

> **句子**
> ① 一是对传统发展方式的反思和否定
> ② 报告指出
> ③ 粮食需要保障长期供给
> ④ 对人类发展史进行了深刻的反思

A. 《我们共同的未来》对当前人类在经济发展和保护环境方面存在的问题进行了全面和系统的评价，_____。它提出的"可持续发展"理论得到了全世界不同经济水平和不同文化背景的国家的普遍认同，并为1992年联合国环境与发展大会通过的《21世纪议程》奠定了理论基础。

B. 《我们共同的未来》中包含了两个重要内容，_____，二是对规范的可持续发展模式的理性设计。

C. 就对传统发展方式的反思和否定而言，报告明确提出要变革人类沿袭已久的生产方式和生活方式；就规范的可持续发展模式的理性设计而言，报告提出，工业应当是高产低耗，能源应当被清洁利用，_____，人口与资源应当保持相对平衡。

D. _____，过去人们关心的是发展对环境带来的影响，而现在人们则迫切地感到了生态环境的退化对发展的影响，以及国家之间在生态学方面互相依赖的重要性。

选择句子填空_ _ _ _ _ _ _ _ _ _ _

重新排序_ _ _ _ _ _ _ _ _ _

> **句子**
>
> ① 但是到本世纪后期石油和天然气的供应可能难以为继了
> ② 而新型工业化则是生产生态化
> ③ 在能源与生产技术方面
> ④ 据统计

A. 当今世界一次能源消费，80% 以上是由石化能源提供的。_____，根据目前已探明的具有经济开采价值的储量计算，石化能源中的煤炭、石油和天然气储采比分别为 192、41 和 67 左右。

B. 为解决该问题，专家们提出了在可持续发展战略思想的指导下的以工业生态为主题的新型工业化道路。

C. 随着勘探（kāntàn　查明矿藏分布情况，测定矿体的位置、形状、大小、成矿规律、岩石性质、地质构造等情况）和生产技术的发展，它们的储采比会增加，_____，因此能源的出路的尖锐问题摆在我们面前。

D. 新型工业化和传统工业化在资源利用与生产过程、能源与生产技术、生态与环境这三方面有本质的区别。在资源利用与生产过程方面，传统工业化是"资源→生产→废弃物"，而新型工业化则是"资源→生产→废弃物（再生资源）→再生产（循环经济）"。_____，传统工业化是采用矿物能源和普通机械为主，而新型工业化则是采用物理能源和智能化机械为主。在生态与环境方面，传统工业化是先污染、后治理；_____，是设计像自然生态平衡一样的工业体系，无污染、无废气、无废料、完全可再生循环，以达到可持续发展的目的。

选择句子填空_ _ _ _ _ _ _ _ _ _ _ _ _

重新排序_ _ _ _ _ _ _ _ _ _ _ _

课　文

课文导读

环境和生态危机是当今世界最引人关注的突出的问题之一。它不但促成了席卷全球的环保运动，还引起哲学、历史学、政治学、法学，社会学、人类学、伦理学等学科的广泛兴趣。"可持续发展"理论的提出，为现代社会可持续文明发展制定了战略。

思考题

1. 你对"可持续发展"了解多少？
2. 你对"通过高消耗追求经济数量增长"有什么看法？
3. "先污染后治理"的社会传统发展模式与当今和未来社会发展的要求存在哪些矛盾？

科学技术与可持续发展

叶　平

一、问题的定位

科学技术发展战略问题具有多样性和影响程度上的差异性，分为一般的和重大的两种。所谓一般的科学技术发展战略问题，是那些能够引导科学技术本身的内在逻辑发展仅仅产生渐变效应的战略问题，而重大的科学技术发展战略问题，则是那些能够引发科学技术本身内在逻辑产生质变效应的战略问题。如"微电子①科学技术发展战略问题"跟"科学技术与可持续发展战略问题"相比，前者是一般科学技术发展战略问题，后者是重大的科学技术发展战略问题。因为"微电子科学技术发展"除了适应社会经济发展规律外，仍然没有超出物理世界的科学技术规律的制约和导向。

相反，"科学技术与可持续发展"之所以被认为是重大的科学技术发展战略问题，就是由于这个问题的深入探讨和结果，使科学技术发展将改变运行的传统轨道，开始进入可持续发展的轨道。其特点如下：

① 微电子：电子电路的微小型化，研究在固体（主要在半导体）材料上构成微小型化电子电路、系统及子系统的技术。

1. 颠覆性。以往的科学技术发展主要用于改造自然、征服自然，这被可持续发展规律所批判，并确立新的人与自然协同进化的科学技术哲学，对于传统科学技术观念具有颠覆性。

2. 转折性。以往的自然科学①重点是发现自然界物质运动规律，以往的工程技术重点是应用自然科学规律，利用和改造自然界，不考虑或是根本不顾生态后果，结果造成了今天的生态环境危机。要改变这种现状，由以往科学技术发展在生态上的不可持续走向可持续，需要调整科学技术整体发展的目标、方向和路线。所以，研究科学技术与可持续发展问题对科学技术整体发展具有重大的战略转折性。

3. 建构性。以往科学技术发展不顾生态和环境被破坏，造成地球生态系统结构和功能的紊乱，也影响到当代人的生存和子孙后代的安全和健康，由此可见，缺少环境科学技术门类的整体科学技术结构和体系是不平衡的，缺少恢复自然、建设自然的工程技术门类的整体工程技术结构和体系也是不完整的。要改变这种现状，就要在"益于人类、促进生态"的可持续发展框架下，建构相对完整的科学技术学科结构体系和工程技术实践应用结构体系。

二、问题的性质

1. 科学技术与可持续发展问题，首先是一个认识问题。

在 20 世纪 50 年代，一些著名的未来学者几乎都没有预测到工业社会对环境的影响。

在 20 世纪 60 至 70 年代，观察家预测未来社会的发展和变化，主要集中在社会学②和未来学方面，根本没有关注作为时代精神精华的哲学前沿的变化。他们在预言未来社会发展，或洞察时代思潮前沿进展的时候，几乎都忽视了生态环境变化的影响。当代人类面临的许多棘手问题正是因此而产生并长期积累下来的。

---

① 自然科学：研究自然界各种物质和现象的科学。包括物理学、化学、动物学、植物学、矿物学、生理学、数学等。

② 社会学：研究社会生活、社会制度、社会行为、社会变迁和发展及其他社会问题的综合性学科。

2. 科学技术与可持续发展问题，本质上是一个社会问题。

一是能源转换需要社会的支持和推动。二是人口的适度发展需要社会的合理调控。科学技术的发展为人类解决了不少棘手的问题，同时也带来了新的难以解决的问题。2004年我国人口面临六大问题，其中有两大问题与人们建设未来的规划或有意识的抉择有直接或间接关系。这两个问题是：人口性别比例严重失调；每30多秒钟就出生一个畸形儿。因此，科学技术要推动社会走向可持续发展，不仅将依赖于我们个人和社会的能力，而且最终取决于人类的未来视野和决策者的决策意识。

3. 科学技术与可持续发展问题是超意识形态领域的问题。

所谓意识形态①，本意是指一个阶级相对社会上占统治地位的物质力量而言的占统治地位的精神力量，或者说是统治阶级要维护和巩固民主，具有占统治地位的精神力量。这种意识形态概念，受到科学技术与可持续发展视野的挑战：一方面，可持续发展的目标是全球的整体可持续发展，只有几个国家的可持续发展不是真正意义的可持续发展；另一方面，实现全球范围的可持续发展，也需要各个国家的支持和协同。只有各个国家的可持续发展才有世界的可持续发展。因此，联合国在支持各个国家的可持续发展方面，应当为打破科学技术"封锁"和"壁垒"而积极工作，应当确立可持续科学技术无偿援助的观念，并且发挥联合国超国家、超阶级的特殊意识形态的作用。

4. 科学技术与可持续发展问题是人类走向新文明的问题。

自然界并不是一台任人宰割的机器，它是一个不可分割的有无限生机的有机体②。特别是地球自然界，是一个人类文化世界与其他非人类生态世界的整体。人类社会的可持续最终取决于地球生态系统的可持续。要改变传统的科学观、技术观和社会政治观，实现向人与自然协同进化方向的转轨，这就不仅仅要研究可持续的科学技术形态，而且也要研究可持续科技的社会文明形态。

① 意识形态：在一定的经济基础上形成的对于世界和社会的系统的看法或见解，包括政治、法律、艺术、宗教、哲学、道德等思想观点，是上层建筑的组成部分。也叫观念形态。

② 有机体：具有生命的个体的统称，包括植物和动物，例如最低等最原始的单细胞生物、最高等最复杂的人类。也叫机体。

（1）可持续的科学形态应当吸收后现代科学的合理思想。

现代科学思想有三个主要特点。一是重"量变"轻"质变"。把森林和动物与煤和石油都归结为自然资源，忽视它们有生命与没有生命这种质的差异，仅仅考虑方便测量、计算并可转化为数学公式的形式。二是简约主义。典型的现代科学解题思想，是建立在"问题最好由分析来解决"的假设之上。根据这种思路，研究问题就是要把整体分解为部分，部分分解成要素，要素再划分出主要要素，用这个主要要素的性质和特征表达这个整体的主要性状。三是坚守科学是客观的，不以人的意志为转移的，由此，断然坚持科学解释不包括目的和理解力。因而，后现代科学① 提出消除真理与德行的分离、价值与事实的分离、伦理与实际需要的分离的主张，值得考虑。当然要消除这些分离，我们就必须对知识的总体态度进行一场革命。

（2）可持续的工程技术形态应当包括为人类服务的工程技术和为生态服务的工程技术。

众所周知，以往的工程技术完全都是为人类服务的，这种工程的特征，主要体现在两大方面：一是作为工程师的工作哲学，主要是人类伦理学，工程师把施工中的安全看作是至高无上的；二是工程的社会评价，主要集中在经济和技术方面，"本—利"分析是决定工程的关键。这种工程观实质上是技术经济观，这种经济观是导致生态环境破坏的根源之一。要改变这种技术经济观，确立可持续发展的工程技术观，就要不仅完善工程师的工作哲学，而且在工程的社会评价中包括环境评价。不仅如此，更要大力发展为生态服务的工程技术，重视生态生产和生产生态化。

（3）可持续科技的社会文明形态应当包括生态文明。

当今世界，无论是像美国那样的资本主义世界，还是如同中国这样的社会主义世界，都面临两个必须回答的问题：如何不断地提高人民的福利，同时如何保护好共同的生态环境。这将带来一系列社会发展指导思想和观念。

三、问题的重要性

1. 科学技术与可持续发展是地球史进入生态时代不可回避的重大问题。

在地球发展史上，至今发生了三次重大的生态变化。第一次是发生在距今约 36 亿年前的生命的出现。其特征是：出现生命与环境的关系，生命适应地球的环境并使地球环境适应生命的进化和变异。第二次，大约在二三百万年前，在众生中，人类脱颖而

---

① 后现代科学：后现代主义思潮在科学哲学领域中的反映，是科学实在论和反实在论争论的一个结果。

出，使地球生命历史过程进入了所谓"新生代"①。其明显的特征是：在生命的长河中凸显有文化的物种②的社会存在，以及以经济为特征的全球现代化发展潮流。地球发生的第三次重大生态变化，是在我们所在的这个时代正在发生着的，我们能够亲身感

受到的全球生态异常变化。这种变化促使人与自然关系进入所谓生态时代。其特征是：（1）人类第一次成为主导地球生态方向和发展速度的特殊物种；（2）地球进入生态时代，这是人类明智的优化的选择；（3）使地球走向生态时代是从现在开始的一个相当长的历史转变过程，既需要全民在环保观念上和公众参与意识上的转变，也需要科学技术的生态转向，修补、改善和

重建人与自然的和谐关系，使人类文明走向与其他物种同一、统一的生态文明。科学技术与可持续发展的关系问题，是贯穿这个生态时代始终的带有根本性的重大问题。

2. 20世纪科技观的大讨论使科学技术与可持续发展问题成为迫切需要研究的重大问题。

一种观点是科技万能论，另一种观点是科技有限论。这样两种根本对立的科技观，反映了科学技术本身内在逻辑的指导思想问题，而不是科学技术外在应用的社会约束问题；同时也反映了20世纪关于科技生存状态在发展观上的争论。这种争论，在本质上使科学技术与可持续发展这个重大的战略问题研究具有现实迫切性。

四、问题的实质

科学技术与可持续发展的争论，究其理论阵营，主要有两大学派。一是人类中心主义③的科学技术论。这种观点的典型代表是布伦德兰德关于《我们共同的未来》的报告（WCED，1987）。二是生态中心主义④的科学技术论。主要代表是世界自然保护联盟和联合国环境规划署联合主编的《世界自然保护战略》（WCN/UCN，1980）。

---

① 新生代：地质年代的第五个代，延续约五千九百万年，是地质历史中最新的一个代，分为第三纪和第四纪两个纪。在这个时期地壳有强烈的造山运动，中生代的爬行动物绝迹，哺乳动物繁盛，生物达到高度发展阶段，和现代接近，后期有人类出现。

② 物种：生物分类的基本单位，不同物种的生物在生态和形态上具有不同的特点。物种是由共同的祖先演变发展而来的，也是生物继续进化的基础。

③ 人类中心主义：是一种以人作为宇宙中心的观点，认为人在万物之上，是自然的中心、主宰、统治者，人对自然有绝对的自由支配权利，一切应从人的利益出发。

④ 生态中心主义：是一种以自然作为宇宙中心的观点。该观点极端地否定人的中心地位、轻视人的利益和创造力，认为一切应该顺应自然，自然与人有同样的法律地位和权利，将人类社会的发展喻为"宇宙之癌"。

人类中心主义的科学技术论认为，科学技术的发展不仅仅局限于本国利益和价值的追求，也应当植根于人类的价值和利益的基础上，特别是需要全球合作和各个国家整体协调的科技技术领域，应当突破和扩展传统的民族利益，或国家利益的发展框架。

生态中心主义的科学技术论认为，科学技术的发展标尺，应当由以全人类利益为特征的个体论，转向以全球环境利益为特征的整体论。环境无国界。

无论是人类中心主义的还是生态中心主义的科学技术论，它们都必然在实践层面涉及三方面的问题并作出回答：一是公正问题；二是全人类利益或全球环境利益的主体或代理人问题；三是时空尺度的问题。

所谓公正问题，是指在地球上现在生活着的公民，或未来可能成为地球上的公民的未来人，都有平等地享受健康环境和资源的权利，即所谓代内平等和代际平等的权利。

所谓全人类利益或全球环境利益的主体或代理人问题，是指超出国家范围的环境问题，本质上触及到全球环境利益，这个全球环境利益也是全人类利益，其主体应当是世界上所有的公民。联合国环境规划署是全球环境利益主体的代理人。环境规划署是全球最大的非政府组织，其职能的行使不同于常规的政府组织，具有非强制性特征。它的功能本质上是建立起一个全球环境利益的平台，各个国家通过这个平台进行交流和协商，并形成环境共识。

所谓时空尺度的问题，是指作为代理人的决策意识是否充分地考虑分布不同时间和空间的具有典型代表性的那些人的意见和观点的问题。这个问题显然具有很大的模糊度。

首先，不同的国家或民族，在空间上存在着环境异常性，即使同一个国家的不同地区也存在着环境异常性。

其次，作为全球环境利益和全人类利益共同体①的代理人，有责任把子孙后代的利益纳入共同体利益来考虑，而问题是人们在心理上更容易考虑眼前利益。

五、结论：迫切需要研究的问题

科学技术与可持续发展，可以理解为两层含义：一是关于科学技术的可持续发展问题；二是关于可持续发展的科学技术问题。前者，重在科学技术本身内在规律的探究，而后者则重在整个世界的可持续发展对科学技术的需求和导向规律。这两大方面包含了非常丰富的内容和发人深省的问题。

---

① 共同体：人们在共同条件下结成的集体。

科学技术发展既受制于科学家和工程师的自然观和方法论①的影响，有其自身的内在规律，也受制于社会经济、政治和文化变化的影响，遵循社会发展的规律。事实上，科学技术与可持续发展问题，不仅仅存在着科学技术自身内在逻辑和科技哲学观念偏颇的问题，而且也存在着科学技术在应用中缺少生态伦理规范的问题。要解决这些问题，首先就要研究科学工作者的责任、义务和任务，进而概括出科技走向可持续发展的伦理导向。试图回答科学技术与可持续发展的生态伦理定位和科学技术观念的一系列变革问题。

科学技术是人类社会和经济发展的产物，脱离社会和经济的科学技术是不存在的。反之，无论是政治发展，还是经济和社会发展，本质上都离不开科学技术的发展。

科学技术发展的历史也是自然资源开发和生态环境改造的历史。如何在不破坏自然界提供的自然资源能力的前提下利用各种资源，如何在不超过自然生态阈限的基础上改造自然环境，这就需要研究和确证自然资本和生态资本②观。

科学技术与可持续发展问题的提出，源于全球生态环境问题和环境革命，而环境问题和环境革命直接促进环境科学技术的诞生和发展壮大。环境科学技术作为新生的科学技术学科，肩负着建设和恢复自然环境的任务和使命。

信息科学技术是 21 世纪的"朝阳技术"，它不仅仅构成了科学技术的革命性发展，而且也渗透到人们日常生活的方方面面，引发人们生活方式的根本转变。

科学技术的可持续发展与人类文明的可持续发展密不可分。要研究科学技术发展与人类文明的关系，揭示科学技术的生态观，人类生态的文明史观，以及科学技术走向可持续发展的新的科学发展观。

（摘自《自然辩证法研究》，2004 年 12 期）

---

① 方法论：关于认识世界、改造世界的根本方法的学说。

② 生态资本：所谓资本是可以带来价值的价值，随着科技进步，生态恶化，知识、生态在经济活动中的作用越来越大，并在现代经济中被资本化。

1. 为什么说科学技术与可持续发展是重大的科学技术发展战略问题？

   颠覆　　转折　　建构　　轨道　　可持续

2. 为什么说科学技术与可持续发展问题是人类走向新文明的问题？

   取决于　　包括　　后现代科学　　工程技术形态　　生态文明

3. 地球发生的第三次重大生态变化指的是什么？

   亲身　　异常　　特征　　转变　　和谐

4. 你怎样理解"信息科学技术是 21 世纪的'朝阳技术'"？

   革命性　　渗透　　方方面面　　引发　　根本

5. 该论文的论点是什么？ 是从哪几个方面对其进行论述的？

叶平　生于1955年，黑龙江省齐齐哈尔人。哈尔滨工业大学科学技术哲学研究中心主任、学科带头人、教授、博士生导师，国际环境伦理学会中国通讯编委，中国环境伦理学研究会副理事长，黑龙江生态伦理学研究会理事长，黑龙江省委省政府建设环保专家组副组长。

背景链接

词语

1.	战略	zhànlüè	（名）	决定全局的策略。
2.	多样	duōyàng	（形）	多种样式。
3.	渐变	jiànbiàn	（动）	逐渐地变化。

4.	引发	yǐnfā	（动）	引起；触发。
5.	质变	zhìbiàn	（名）	事物的根本性质的变化。是由一种性质向另一种性质的突变。
6.	制约	zhìyuē	（动）	甲事物本身的存在和变化以乙事物的存在和变化为条件，则甲事物为乙事物所制约。
7.	颠覆	diānfù	（动）	翻倒。
8.	改造	gǎizào	（动）	就原有的事物加以修改或变更，使适合需要。
9.	确立	quèlì	（动）	稳固地建立或树立。
10.	协同	xiétóng	（动）	各方互相配合。
11.	或是	huòshì	（连）	也许。
12.	调整	tiáozhěng	（动）	改变原有的情况，使适应客观环境和要求，发挥更大的作用。
13.	建构	jiàngòu	（动）	构建；建立。
14.	紊乱	wěnluàn	（形）	杂乱；纷乱。
15.	门类	ménlèi	（名）	依照事物的特性把相同的集中在一起而分成的类。
16.	框架	kuàngjià	（名）	比喻事物的基本结构、组织。
17.	观察家	guānchájiā	（名）	政治评论家。通常用作报刊上重要政治评论文章作者的署名。
18.	精华	jīnghuá	（名）	（事物）最重要、最好的部分。
19.	前沿	qiányán	（名）	比喻科学研究中最新或领先的领域。
20.	洞察	dòngchá	（动）	观察得很清楚。
21.	思潮	sīcháo	（名）	某一时期内在某一阶级或阶层中反映当时社会政治情况而有较大影响的思想潮流。
22.	棘手	jíshǒu	（形）	形容事情难办，像荆棘刺手。
23.	转换	zhuǎnhuàn	（动）	改变；改换。
24.	调控	tiáokòng	（动）	调节控制。
25.	有意识	yǒuyìshi	（副）	主观上意识到的；有目的有计划的。

26.	畸形	jīxíng	（形）	生物体某部分发育不正常。
27.	取决（于）	qǔjué（yú）	（动）	由某方面或某种情况决定。
28.	无偿	wúcháng	（形）	不要代价的；没有报酬的。
29.	任	rèn	（动）	听凭；听任。
30.	宰割	zǎigē	（动）	比喻侵略、压迫、剥削。
31.	转轨	zhuǎnguǐ	（动）	比喻改变原来的体制。
32.	形态	xíngtài	（名）	事物的形状或表现。
33.	量变	liàngbiàn	（名）	事物在数量上、程度上的变化。是一种逐渐的不显著的变化，是质变的准备。
34.	公式	gōngshì	（名）	用数学符号表示几个量之间的关系的式子，具有普遍性，适合于同类关系的所有问题。
35.	简约	jiǎnyuē	（形）	简单；简略，不详细。
36.	划分	huàfēn	（动）	把整体分成几部分。
37.	性状	xìngzhuàng	（名）	性质和形状。
38.	断然	duànrán	（副）	坚决；果断。
39.	德行	déxíng	（名）	道德和品行。
40.	福利	fúlì	（名）	生活上的利益，泛指对生活的照顾（食、宿、医疗等）。
41.	回避	huíbì	（动）	让开；躲开。
42.	变异	biànyì	（动）	同种生物世代之间或同代生物不同个体之间在形态特征、生理特征等方面表现出差异。
43.	众生	zhòngshēng	（名）	一切有生命的，有时专指人和动物。
44.	凸显	tūxiǎn	（动）	清楚地显露。
45.	潮流	cháoliú	（名）	比喻社会变动或发展的趋势。
46.	主导	zhǔdǎo	（动）	主要的并且引导事物向某方面发展。
47.	优化	yōuhuà	（动）	加以改变或选择使优良。
48.	万能	wànnéng	（形）	无所不能。
49.	外在	wàizài	（形）	事物本身以外的（跟"内在"相对）。

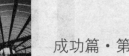

50.	阵营	zhènyíng	（名）	为了共同的利益和目标而联合起来进行斗争的集团。
51.	主编	zhǔbiān	（动）	负编辑工作的主要责任。
52.	标尺	biāochǐ	（名）	衡量事物的准则。
53.	层面	céngmiàn	（名）	某一层次的范围；方面。
54.	代理人	dàilǐrén	（名）	受当事人委托，代表其进行某种活动（如诉讼、纳税、签订合同等）的人。
55.	尺度	chǐdù	（名）	标准；衡量事物的准则。
56.	触及	chùjí	（动）	接触到；触动到。
57.	职能	zhínéng	（名）	人、事物、机构应有的作用或功能。
58.	常规	chángguī	（形）	一般的；通常的。
59.	强制	qiángzhì	（动）	用政治或经济力量强迫。
60.	平台	píngtái	（名）	进行某项工作所需要的环境或条件。
61.	协商	xiéshāng	（动）	共同商量以便取得一致意见。
62.	受制	shòuzhì	（动）	受辖制。
63.	偏颇	piānpō	（形）	偏于一方面，不公正。
64.	进而	jìn'ér	（连）	继续往前；进一步。
65.	前提	qiántí	（名）	事物发生或发展的先决条件。
66.	阈限	yùxiàn	（名）	〈书〉门槛，泛指界线或范围。
67.	确证	quèzhèng	（动）	准确地证实。
68.	渗透	shèntòu	（动）	比喻一种事物或势力逐渐进入到其他方面（多用于抽象事物）。
69.	揭示	jiēshì	（动）	使人看见原来不容易看出的事物。

四字词语

1.	由此可见	yóu cǐ kě jiàn	从这里可以看出。
2.	至高无上	zhì gāo wú shàng	已经是最高的，再也没有更高的了。

3. 脱颖而出　　　tuō yǐng ér chū　　　比喻人的才能全部显露出来。

4. 发人深省　　　fā rén shēn xǐng　　　启发人深刻醒悟。

5. 密不可分　　　mì bù kě fēn　　　形容彼此联系得非常紧密，不能分开。

专有名词

Kěchíxù Fāzhǎn
1. **可持续 发展**　　　国际文件中最早出现于 1980 年由国际自然保护同盟制定的《世界自然保护大纲》。1987 年，在《我们共同的未来》报告中，被定义为"既满足当代人的需求又不危害后代人满足其需求的发展"（Sustainable Development）。

Liánhéguó
2. **联合国**　　　第二次世界大战结束后于 1945 年成立的国际组织，总部设在美国纽约。简称 UN。

Bùlúndélándé
3. **布伦德兰德**　　　即挪威前首相布伦特兰夫人（Dr. Gro Harlem Brundtland）。1987 年，受联合国委托，以其为首的 WECD 的成员们，把经过 4 年研究和充分论证的报告——《我们共同的未来》（*Our Common Future*）提交联合国大会，正式提出了"可持续发展"的概念和模式。

Shìjiè Zìrán Bǎohù Liánméng
4. **世界自然 保护 联盟**　　　成立于 1948 年，致力于将国家、政府机构以及各种非政府组织联合成为一个独特的世界合作伙伴。目前该组织共有 1000 多个成员，遍布于 140 多个国家。简称 IUCN。

Liánhéguó Huánjìng Guīhuà Shǔ
5. **联合国 环境 规划 署**　　　正式成立于 1973 年 1 月，是联合国系统内负责全球环境事务的牵头部门和权威机构，总部设在内罗毕，在欧洲、北美、亚太等设有 6 个区域办事处，在布鲁塞尔、纽约、开罗和日内瓦设有 4 个联络处。简称 UNEP。

词语讲解与练习

一 词语例释

1. 或是

| 连词 | 表示选择关系，同"或、或者"。用于书面语。 |

◎ 以往的自然科学重点是发现自然界物质运动规律，以往的工程技术重点是应用自然科学规律，利用和改造自然界，不考虑或是根本不顾生态后果，结果造成了今天的生态环境危机。

① 中国宪法规定，中国允许外国企业和其他经济组织或是个人同中国的企业进行各种形式的经济合作。

② 这是我的名片，有事给我打电话或是发邮件都行。

📖 单用，提出两种可能性，以供选择。可连接词、短语或小句。

③ 我的旅游线路还没确定，或是向西走丝绸之路，或是去观赏青藏铁路沿线的风光，或是南下海南岛吹吹海风。

④ 应该告诉一切愿意知道这些情况的人，让他们羡慕，或是鄙夷，或是称赞，或是嘲笑。

📖 连用，提出多种可能性，以供选择。

⑤ 他们几个下班后常聚在一起，或是吃饭聊天，或是娱乐锻炼。

⑥ 国庆长假大家都不闲着，或是去郊外露营，或是去国外旅游，或是进行各种娱乐活动。

📖 表示两种或是两种以上的情况交替出现，同"有的……有的……"；对于总体中的个体来说，仍然只能选择其中一项。

⑦ 片面地看问题就是只看见局部，看不见全体，或是只看见树木，看不见森林。

📖 表示赞同，被连接的两项所指相同。

⑧ 近几年，由于劳动力市场处于饱和状态，无论本土毕业的研究生或是"海归"，都不容易找到工作。

📖 表示包括所有的情况，用在"无论、不论、不管"的后面。

2. 任

动词　任凭；听凭。表示放任，不干涉，不过问，顺其自然。

◎ 自然界并不是一台任人宰割的机器，它是一个不可分割的有无限生机的有机体。

① 还是任其自然好，刻意求是，反失纯真。

② 一般中产阶层的家庭，教孩子大概有两种方法。一是任其跋扈（báhù），一点儿也不管；二是大加强迫，管得太严。

③ 他冲进雨幕里，任泪水和雨水在脸上流淌。

📖 多用于书面语。后面多带动词性短语。

④ 他一直在这家公司任总经理。

⑤ 小王作风踏实，又有创新精神，可以委以重任。

📖 以上表示"担任；任用；职务"的意思。

连词　有"不管、无论"的意思，表示在任何条件下都是如此。

⑥ 任他跑到天涯海角，我也要把他追回来。

⑦ 这个可爱的小姑娘从小就爱笑，一点小事总是让她咯咯地笑上半天，任谁见了她都会喜欢的。

📖 后面常有表示任指的疑问代词，后一小句中常有"也、都"等词呼应。

⑧ 任你说得天花乱坠，我又不是三岁的孩子，不会轻易相信的。

⑨ 等到你一做了他的爱人，相亲相爱，任是最坚硬的钻石也磨成了有光彩的沙粒，何况是人心。

📖 表示假设和让步；即使，尽管。

3. 断然

副词 表示态度坚决，语气肯定；绝对，一定。用于书面语。

◎ 三是坚守科学是客观的，不以人的意志为转移的，由此，断然坚持科学解释不包括目的和理解力。

① 这样做违反规章制度，是断然不通的。

② 企业绕过监督机构行事，断然不可。

③ 方鸿渐那时候宛如隆冬早晨起床的人，好容易用最大努力跳出被窝，只有熬着冷穿衣下床，断然无缩回来的道理。

📖 后面跟否定形式，修饰动词短语。

④ 执法部门断然拒绝了他们的无理要求。

⑤ 这家公司断然谢绝了记者采访。

📖 后面跟肯定形式，表示态度坚决地。整句的内容多为否定性的。

⑥ "我想自己待一会儿，你别跟着我！"她丢给我一句话，断然地离开了。

⑦ 我唯恐他再胡思乱想，断然地说："就这么定了。"

📖 可以加"地"。

4. 进而

连词 用来连接后面的句子，表示在已有行为的基础上进一步行动。用于书面语。

◎ 要解决这些问题首先就要研究科学工作者的责任、义务和任务，进而概括出科技走向可持续发展的伦理导向。

① 学习外语要先提高听和说的能力，进而提高读和写的能力。

② 先要弄清楚基本概念，才能进而理解段意。

③ 据说齐白石画虾数十年，到了七十岁时赶上了古人的水平，继续努力，进而踏入了更高的境界。

📖 位置多在后一个句子的前面。

④ 得知儿子在外边的所作所为，我始而惊奇，继而愤怒，进而麻木，脑子里竟是一片空白。

📖 连接的句子可以是一个词。

比较 进而 / 从而

"进而"表示的是另一行为;"从而"表示的是带有结果性质的行为。前者表示递进,后者表示因果关系。例如:

▲ 如果承认唐诗是中国诗歌的高峰,那么,就不能不进而承认:盛唐诗乃是这座高峰的顶点。(√)

▲ 如果承认唐诗是中国诗歌的高峰,那么,就不能不从而承认:盛唐诗乃是这座高峰的顶点。(×)

5. 大力

副词 用很大的力量去(做);尽最大的努力。

◎ 不仅如此,更要大力发展为生态服务的工程技术,重视生态生产和生产生态化。

① 科学家们大力宣传保护环境。

② 这里风景优美,交通便利,应大力发展旅游业。

📖 多用于好的方面。

③ 大力提高人民的物质生活水平,是我们的首要工作。

④ 报纸、电视等媒体都在大力提倡文明、健康的生活方式。

📖 作状语,修饰动词:~提高/~发展/~保护/~研究/~开展/~培养/~建设/~配合/~推广/~推动/~整顿/~增加/~兴办/~贯彻……

二 词语辨析

1. 紊乱 杂乱

紊乱

◎ 以往科学技术发展不顾生态和环境的被破坏,造成地球生态系统结构和功能的紊乱,也影响到当代人的生存和子孙后代的安全和健康。

① 服用这种药，会使人神经紊乱，出现幻觉。

② 不合逻辑，就会使文章结构紊乱，甚至自相矛盾。

③ 这次大会组织得不好，会场秩序紊乱不堪。

④ 她的分泌系统紊乱半年了，一直在吃药。

杂乱

⑤ 他的房间混乱不堪，尤其是书，桌子上、椅子上、床上到处都是，真是杂乱无章。

⑥ 突然，门外响起一阵杂乱的脚步声，接着，门铃响了起来。

⑦ 躺在床上，无头绪地想起早上父亲的话以及母亲担忧的神情，我的心绪变得杂乱起来。

⑧ 这篇文章的构思是挺杂乱的。

异同归纳		紊乱	杂乱
同	词性	形容词	
	词义	形容混乱、没有秩序。	
	语法功能	作谓语、定语、补语。	
异	词义侧重	侧重于没有头绪、缺乏系统性。	侧重于纷杂，无次序，没有条理。
	搭配对象	思想、思路、思绪、精神、技艺、神经、功能、系统、结构、组织、秩序、局势、队伍……~	构思、头绪、心绪、思绪、分类、布局~；房间、书籍、线条、东西（事物、处所）……~
		多用于抽象事物。	既可用于抽象事物，也可用于具体事物。
	语法功能	后面可加时量补语，如例④。	少有此用法。
	语体风格	书面语	书面语、口语

2. 协商 磋商

协商

◎ 它的功能本质上是建立起一个全球环境利益的平台，各个国家通过这个平台进行交流和协商，并形成环境共识。

① 9 月 21 日，中国人民政治协商会议第一届全体会议开幕了。

② 民事主体之间的协商必须建立在双方当事人完全自愿的基础之上，任何一方或者第三方均不得强迫另一方接受协商解决方式。

③ 晚上，我再次接到海叔的电话，他告诉我他那边已经按我的意思和吴经理协商好了，吴经理同意了我们的方案。

④ 大家应求同存异，有什么问题都可以协商解决。

⑤ 学校和家长双方这样协商下去，却没有结果，也不是办法。

磋商

⑥ 有关政策的重大变动，经理必须同工人委员会磋商，但日常事务则无须同工人委员会磋商。

⑦ 长达 5 个半小时的会议后，中美双方在保护知识产权和农产品方面达成了一些共识，但业界热盼的纺织品磋商未能获得进展。

⑧ 磋商是一门艺术，而不仅仅是一种技巧，它更多的是需要大家在一起进行心灵层面的沟通，求得精神层面的理解。

⑨ 双方磋商了几次，都没有达成一致意见。

异同归纳		协商	磋商
同	词性	动词	
	词义	表示共同商量。	
	语法功能	作谓语（主语应是复数；是单数时，前面要加"和、跟、同、与"），如例③⑥；后面可加趋向动词"起来、下去"，如例⑤。	
异	词义侧重	侧重于共同商量以便取得一致意见。	侧重于反复商量，仔细讨论。
	搭配对象	~问题　~办法	~问题　~事宜
		多用于代表各方利益的人交换意见，以解决问题，可以是国际、国家等重大问题，也可以是单位、家庭中的重要问题，如课文例句、例⑤。	商谈的大多是国际、国家或单位、组织间的重大问题，如例⑥⑦。
	语体风格	书面语、口语	书面语

3. 渗透　渗入

渗透

◎ 信息科学技术是 21 世纪的"朝阳技术"，它不仅仅构成了科学技术的革命性发展，而且也渗透到人们日常生活的方方面面，引发人们生活方式的根本转变。

① 渗透现象在自然界是常见的，比如将一根黄瓜放入盐水中，黄瓜就会因失水而变小。

② 总之，苏州园林渗透着中华民族传统的审美思想、审美情趣和审美心理，体现了中国古代建筑艺术和时代风貌。

③ 这种社会文化意义不是语言本身所固有的，它是由历史文化背景、社会条件以及个人的经历等所创造出来的，但可以逐渐渗透到语言里去。

④ 失恋的痛苦已经扰乱了他的心绪，渗透进他的心里了。

⑤ 其实，婴幼儿早期教育尤为重要。教育方法不是机械灌输，也不能牵强附会，应在不知不觉中让孩子接受教育，这就得讲究渗透的艺术。

渗入

⑥ 土地干裂得像画出来的板块，一瓶水泼上去，很快就渗入地里。

⑦ 一种叫"尼姆达"的病毒目前正以飞快的速度渗入电子邮件和因特网。它强迫电脑下载由它感染的数据，还能通过电子邮件的附件渗入公司的网络。

⑧ 未经处理的工业污水正慢慢向地下渗入，污染地下水。

⑨ 南方涂料公司整体素质高于北方涂料公司，是北方产品很难渗入南方市场的一个因素。

异同归纳		渗透	渗入
同	词性	动词	
	词义	表示液体或气体从物体的细小空隙中满满地进入。 比喻某种事物逐渐地进入。	
	语法功能	作谓语，可带宾语；可加介词"向、朝"；可带补语"到"。	
异	词义侧重	侧重于渐渐透过。可以透进去、透过去，也可以透出来。比喻义表示某种事物或势力逐渐进入其他事物里面，并且到处分布，如课文例句、例③④。	侧重于慢慢地渗进去。只用于进去，不用于出来。比喻义表示某种事物或势力无孔不入地进入，如例⑦。
	感情色彩	中性	贬义
	搭配对象	思想、文化观念、势力、地下水、雨水、汗水、眼泪、鲜血……	思想、意识、观点、势力、地下水、计算机病毒……
		使用范围比"渗入"广。	
	语法功能	可带动态助词"着"，如例②； 后面可带补语"进"，如例④； 可作定语，如例⑤。	无左边的用法。

4. 扩展 扩张

扩展

◎ 人类中心主义的科学技术论认为，科学技术的发展不仅仅局限在本国利益和价值的追求，也应当植根于人类的价值和利益的基础上，特别是需要全球合作和各个国家整体协调的科技技术领域，应当突破和扩展传统的民族利益，或国家利益的发展框架。

① 今天的练习是把单句扩展成复句。

② 中国古代最大的水利工程都江堰专为灌溉使用。其灌溉面积现已由二百多万亩扩展到六百多万亩。

③ 为了提高自己的能力，不要仅仅停留在原有的工作上，最好是积极地扩展工作范围。

④ 登陆部队消灭滩头敌人后，又继续向纵深扩展。

扩张

⑤ 任何利益，当你不加限制时，它都有无限扩张的自发趋势。

⑥ 看趋势，他们的势力还要继续扩张下去。

⑦ 她觉得自己脸部的毛细血管正在剧烈扩张。

⑧ 现在最后一抹阳光也消失了，满园子苍苍茫茫，夜色正从树丛中爬出来，向外扩张。

异同归纳		扩展	扩张
同	词性	动词	
	词义	表示在原有的基础上发展。	
	语法功能	作定语、谓语，可带名词宾语。后面可加动量词"下、次、回"；后面可加趋向动词"开来、下去、起来"；可加介词"向"和"到"。	
异	词义侧重	侧重于进一步地向外延伸，如课文例句、例①—④。	侧重于不受限制地向外延伸，如例⑤⑥⑧。
	搭配对象	~领域、范围、局面、程度、面积、空间、数量、句子……；	~领土、版图、势力、利益、野心、规模、范围、数量……
			用于"领土、版图、势力、野心、利益"等，含贬义，如例⑤⑥。
	固定搭配		~主义、~政策

三 词语搭配

1. 制约

相互 ~	语言的 ~	~关系
严格 ~	世界观的 ~	受社会制度的 ~
受 ~	社会文化的 ~ 力量	为社会政治、经济所 ~

2. 精华

艺术的 ~	汲取 ~	提取 ~
语言的 ~	取其 ~	~糟粕并存
人生的 ~	吸收 ~	~所在

3. 回避

有意 ～	～ 困难	～ 一下
尽量 ～	～ 问题	～ 难堪的局面
极力 ～	～ 矛盾	～ 的策略

4. 揭示

～ 矛盾	～ 矛盾的特殊性	深刻(地) ～
～ 了本质	～ 人物的内心世界	充分 ～ 出来
～ 历史规律	～ 人物的性格特征	～ 得一清二楚

四 练习

（一）模仿例子组成新词语

1. 学派	＿＿派	＿＿派	＿＿派
2. 推动	推＿＿	推＿＿	推＿＿
3. 忽视	＿＿视	＿＿视	＿＿视
4. 分割	分＿＿	分＿＿	分＿＿
5. 要素	＿＿素	＿＿素	＿＿素
6. 行使	行＿＿	行＿＿	行＿＿
7. 畸形	＿＿形	＿＿形	＿＿形
8. 精华	精＿＿	精＿＿	精＿＿
9. 揭示	＿＿示	＿＿示	＿＿示
10. 万能论	＿＿论	＿＿论	＿＿论
11. 科学观	＿＿观	＿＿观	＿＿观
12. 差异性	＿＿性	＿＿性	＿＿性

（二）选择恰当的词语填空

> 扩张 扩展　　窸乱 杂乱　　协商 磋商　　渗透 渗入

1. 由于组织方的原因，发售彩票的现场秩序显得有些＿＿＿＿＿＿。

2. 为了掌握修理电视机、DVD 等家用电器的技术，＿＿＿＿＿＿再就业门路，
   他钻研了几十万字的学习材料，并四处拜师求教。

3. 记者仔细调查后的结论是：这个小区的楼群号码编得有些＿＿＿＿＿＿。

4. 我咨询过律师事务所，律师说离婚最好还是先＿＿＿＿＿＿解决，解决不了再
   向法院起诉。

5. 他们发现，由于漏油事故，这个海水浴场的海滩已于昨日被油污染，而且油污
   已经＿＿＿＿＿＿沙滩里。

6. 一位管理专家曾经说，一些企业的破产，原因多数是由于企业的领导者头脑发
   热、盲目＿＿＿＿＿＿所致。

7. 家庭对婴幼儿的早期教育，不像幼儿园教育有固定的教材、固定的时间，而是
   结合家庭日常生活逐渐＿＿＿＿＿＿的。

8. 谈判双方就知识产权、纺织品贸易、农产品贸易等一系列问题进行了深入讨论
   和＿＿＿＿＿＿。

（三）用指定词语完成句子

1. 今年有三家单位聘我，＿＿＿＿＿＿＿＿＿＿＿＿＿＿＿＿＿＿。（任）

2. 他的论文我看了，＿＿＿＿＿＿＿＿＿＿＿＿＿＿＿＿＿＿。（窸乱）

3. 中国是个多民族的国家，各地方言也存在很大的差异，为促进各民族、各地区
   的交流，＿＿＿＿＿＿＿＿＿＿＿＿＿＿＿＿＿。（大力）

4. 假如你就这样去求他，＿＿＿＿＿＿＿＿＿＿＿＿＿＿＿＿。（断然）

5. 他们的希望大概有两个：＿＿＿＿＿＿＿＿＿＿＿＿＿＿＿。（或是）

6. 目前国内还存在许多浪费资源、污染环境的现象，＿＿＿＿＿＿＿＿＿＿＿
   ＿＿＿＿＿＿＿＿＿＿＿＿＿＿＿。（回避）

7. 大力发展教育事业，＿＿＿＿＿＿＿＿＿＿＿＿＿＿＿＿＿＿＿。（前提）

8. ＿＿＿＿＿＿＿＿＿＿＿＿，同时保护好生态环境，这是现代社会面临的必须作出回答的问题。（福利）

（四）用指定词语完成下列对话

1. A：这个城市的交通秩序太乱了，我还从没见过这么乱的交通。

   B：＿＿＿＿＿＿＿＿＿＿＿＿＿＿＿＿＿＿＿＿＿＿＿＿＿＿＿。（大力）

2. A：我担心自己胜任不了这个工作，我太害怕失败了！

   B：＿＿＿＿＿＿＿＿＿＿＿＿＿＿＿＿＿＿＿＿＿＿＿＿＿＿＿。（或是）

3. A：听说王刚打算徒步穿越可可西里，多危险哪！你怎么不劝劝他？

   B：＿＿＿＿＿＿＿＿＿＿＿＿＿＿＿＿＿＿＿＿＿＿＿＿＿＿＿。（任）

4. A：你的新房子不错吧？什么时候让我去参观参观哪？

   B：＿＿＿＿＿＿＿＿＿＿＿＿＿＿＿＿＿＿＿＿＿＿＿＿＿＿＿。（杂乱）

5. A：据报道，目前很大一部分中小学生都程度不同地存在着心理健康方面的问题。

   B：＿＿＿＿＿＿＿＿＿＿＿＿＿＿＿＿＿＿＿＿＿＿＿＿＿＿＿。（外在）

6. A：今年夏天的洪灾让十几万人无家可归，问题严重啊！

   B：＿＿＿＿＿＿＿＿＿＿＿＿＿＿＿＿＿＿＿＿＿＿＿＿＿＿＿。（无偿）

7. A：我们的课外阅读书目大部分是中国现代文学作品。

   B：＿＿＿＿＿＿＿＿＿＿＿＿＿＿＿＿＿＿＿＿＿＿＿＿＿＿＿。（精华）

8. A：我们什么时候才能拿到订购的新车呢？

   B：＿＿＿＿＿＿＿＿＿＿＿＿＿＿＿＿＿＿＿＿＿＿＿＿＿＿＿。（取决于）

（五）选择适当的四字词语填空

| 密不可分 | 至高无上 | 发人深省 | 脱颖而出 | 由此可见 |

1. 藏在布袋子里的锥子终究会＿＿＿＿＿＿；是人才也最终会显露出来的。

2. 这起青少年犯罪案震惊社会，＿＿＿＿＿＿。

3. 她一生都在播撒爱心，那种＿＿＿＿＿＿的爱，能够净化人们的心灵。

4. 教育工作者应该懂得：发展学生的智力，必须与培养学生的非智力因素结合起来，因为二者是休戚相关、_____的。

5. 生物学的研究表明，尽管人的左脑和右脑的构造没有什么差别，但它们各自掌管的智能却显然不同。譬如，人脑左半球遭受损伤，那么它的语言能力可能丧失殆（dài）尽，而对音乐才能、空间想象能力及处理人事关系的能力的影响却十分有限。_____，语言能力是一种专门的智能，它同音乐、空间想象等智能并无必然的内在联系。

（六）选择适当的四字词语改写下列句子

| 脱颖而出 | 由此可见 | 至高无上 | 发人深省 |

1. 教育是无比高尚的科学的事业，是艺术的事业，更是一项充满人情、人性和人道的事业！

_____

_____

2. 每个人真的了解自己的需要吗？也真的能了解握在自己手中真实与可贵的幸福吗？这本书告诉了我们一个令人深思的故事。

_____

_____

3. 竞争激烈的职场中，无论家世背景是否显赫，学问资历是否高深，最后决定你是否显露出来的关键因素只有一个：你是否具备成功者的条件与素质。

_____

_____

4. 美国科学家对 16544 位女性进行了长达 4 年的跟踪调查，发现这些人中有 2005 人被确诊为乳腺癌，而吸烟女性比不吸烟女性患病的概率高出 30%。从这里可以看出，女性吸烟易患乳腺癌。

_____

_____

（七）选择恰当的一组词语填空

1. ① MSN 以其相对较高的私密性吸引越来越多的聊天者。我们的生活越来越离
不开它。但_____，它似乎将我们束缚在电脑前，并成为掩盖
（yǎngài）真实情感的工具。

② 韩国和沙特两个队还有一场比赛，中国队能否出线将_____这两个
队的比赛结果。

③ 这些年大规模的城市建设的确给人们的生活带来了便利，可城市规模的__
_____也给周围的环境带来了负面的影响。

④ 如果人类历史的行程也遵循一条自然而又必然的规律，那么这个问题是可
以解答的，是可以_____的。

A. ① 由此可见　　② 取决于　　③ 扩展　　④ 预见

B. ① 与此同时　　② 取决于　　③ 扩大　　④ 预见

C. ① 与此相反　　② 决定于　　③ 扩张　　④ 预示

D. ① 除此之外　　② 决定于　　③ 扩展　　④ 预见

正确选项_ _ _ _ _ _ _ _ _ _ _ _ _ _

2. ① 中国航天运输系统未来发展将分为三个步骤，一是改进现有一次性运载火
箭，二是研制新一代运载火箭，三是开发新概念航天运输系统，以满足中
国未来航天发展_____的需要。

② 为什么人类对火星始终充满向往？因为_____目前的观测情况看，
火星是最有可能成为人类第二家园的地方。

③ 为了减轻灾害的毁灭性影响，目前一些经济发达的国家采取了全社会的周
密规划和防范方法，其中_____教育项目和信息数据管理。

④ 海洋中众多的鱼虾，是人们熟悉的食物。尽管近海的鱼虾捕捞已近_____
_____，但我们还可以开辟远洋渔场，发展深海渔业。

A. ① 策略　　② 对　　③ 包括　　④ 极度

B. ① 策略　　② 就　　③ 包含　　④ 极限

C. ① 战略　　② 就　　③ 包括　　④ 极限

D. ① 战略　　② 对　　③ 包含　　④ 极度

正确选项_ _ _ _ _ _ _ _ _ _ _ _ _ _

（八）下面每段话都画出了 ABCD 四个部分，请找出有错误的部分

1. 我们这样谨小慎微，犹豫不决，断定不能成事，公司前景令人担忧。　　（　　）
　　　A　　　　　　B　　　　C　　　　　　D

2. 要是猛一看他，你猜不到他究竟多大年龄，可以说他四十岁，五十来岁。
　　A　　　　　　　　B　　　　　　　　　C　　　　　D

　　　　　　　　　　　　　　　　　　　　　　　　　　　　　　（　　）

3. 所谓智能广告，是指由电脑控制的能够有多种变化的屏幕显示广告。因其灵活
　　　A　　　　　　　　　　　　　　　　　　　　B

　　多变、色彩丰富而将逐渐占领广告市场，进行取代人们熟悉的霓虹灯广告。
　　　　C　　　　　　　　　　　　　　　D

　　　　　　　　　　　　　　　　　　　　　　　　　　　　　　（　　）

4. 从现代医学的发展趋势看，未来 20 年或 30 年，医学将发生很大的变化，其特
　　　A　　　　　　　　　　B

　　点是：长期以来保存精心的厚厚的病历，将被一张小小的"信息卡"所代替。
　　C　　　　　　　　　　　　　　　D

　　　　　　　　　　　　　　　　　　　　　　　　　　　　　　（　　）

5. 信息高速公路为我们提供了一个机遇，它可以使我们走出大量消耗资源、破坏
　　　A　　　　　　　　　　　　B

　　环境的经济发展的老路，逐步地通过发展信息技术促进经济转变为高技术型，
　　　　　　　　　　　　　　C

　　进而走上发展高效国民经济的道路。　　　　　　　　　　　　（　　）
　　D

6. 这两百年尤其是近一百年、五十年来，世界是由三个互相关联的环节推动着前
　　　A　　　　　　　　　　　　　　B

　　进的：科学带动了工业；工业则带动了经济；而经济的发展反过来又改革了科
　　　　　C　　　　　　　　　　　　D

　　技的发展。　　　　　　　　　　　　　　　　　　　　　　（　　）

修辞提示与练习

一 篇章的连贯——管领词语

（一）分析

所谓管领词语，是指对后面的一个或几个句子有控制、连接作用的动词。通过管领词语，可以把句子和句子，段落和段落连接起来。例如：

① 众所周知，以往的工程技术完全都是为人类服务的，这种工程的特征，主要体现在两大方面：一是作为工程师的工作哲学，二是工程的社会评价。

② 以往科学技术发展不顾生态和环境的被破坏，造成地球生态系统结构和功能的紊乱，也影响到当代人的生存和子孙后代的安全和健康，由此可见，缺少环境科学技术门类的整体科学技术结构和体系是不平衡的，缺少恢复自然、建设自然的工程技术门类的整体工程技术结构和体系也是不完整的。

③ 人类中心主义的科学技术论认为，科学技术的发展不仅仅局限于本国利益和价值的追求，也应当植根于人类的价值和利益的基础上，特别是需要全球合作和各个国家整体协调的科技技术领域。

例①中的"众所周知"是管领词语，它统帅着本段的所有句子，同时又为展开下文作了铺垫。例②中的"由此可见"是管领词语，既承接上文的"此"（以往科学技术发展的后果），又控制着下文。例③中的"认为"是管领词语，它统帅着本段的所有句子，起着承上启下的作用。

常见的管领动词有"众所周知、由此可见、事实证明、相信、觉得、说、想、知道、看见、认为"等，这些词语后面往往可以连接几个句子或段落。

（二）练习：重新安排下列句子的语序

1. A. 科学技术的发展标尺

   B. 应当由以全人类利益为特征的个体论

   C. 生态中心主义的科学技术论认为

   D. 转向以全球环境利益为特征的整体论

2. A. 把一只手扶在另一个穿黑色连衣裙的女士的肩上

    B. 我看见一个盲人

    C. 慢慢地从外面走进来

    D. 他穿着一身整齐的西装   _____

3. A. 从中国目前的情况看

    B. 啤酒则度数低，一般人都能喝

    C. 而喝啤酒的人在逐渐增多

    D. 喝白酒的人在逐渐减少

    E. 白酒浓烈，需要有比较强的适应性

    F. 大家知道   _____

4. A. 就不算到了中国

    B. 我对这句话总是有点怀疑

    C. 不到古都西安

    D. 有人说

    E. 才知道了其意义

    F. 这次真的到了西安   _____

5. A. 造成了道德滑坡

    B. 有些人认为科学的发展固然给人带来了物质利益

    C. 科学只追逐物质利益

    D. 但也造成了环境污染、生态破坏

    E. 还有的人认为   _____

6. A. 都高出我们的想象

    B. 没有受过正规教育的农民的很多能力

    C. 我由此想到

    D. 他们在生活中磨炼出来的生存智慧和应付意外的能力

    E. 通常高出我们的能力   _____

7. A. 众所周知

    B. 孕育着丰富多彩的动植物种群

    C. 在森林内部有着各式各样的生活环境

D. 森林是一个复杂的综合生态系统

    E. 将给生命及环境带来不可估量的损失

    F. 如果森林遭到破坏   _____

8. A. 人类不仅需要一个生存的空间

    B. 事实证明

    C. 把损失降到最低限度

    D. 而且需要一个生机勃勃的大自然

    E. 这样才能抵御灾害的影响   _____

二 篇章的组织与修辞手段

（一）长句的理解和运用

汉语的句子有长有短，表达的意思有繁有简，适用的范围也有所不同。一般来说，口头交际常用短句，书面语言（特别是政论文章、科技论著、法律条文、商务文件等）则多用长句。长句包括长单句和长复句。跟短句相比，长句有下列几个特点：

（1）结构比较复杂。一个长句是短句的扩展，它的句子成分往往由结构复杂的短句甚至是复句形式来充当。例如：

① 后现代科学提出消除真理与德行的分离、价值与事实的分离、伦理与实际需要的分离的主张，值得考虑。

② 所谓一般的科学技术发展战略问题，是那些能够引导科学技术本身的内在逻辑发展仅仅产生渐变效应的战略问题，而重大的科学技术发展战略问题，则是那些能够引发科学技术本身内在逻辑产生质变效应的战略问题。

例①和例②都是长定语句。例①的长定语修饰主语；例②的长定语修饰宾语。

（2）字数多。少的几十字，多的上百字。

（3）表达的意思完整、严密。试比较下面两个句子：

③ 人类第一次成为特殊物种，它主导着地球生态方向和发展速度。

④ 人类第一次成为主导地球生态方向和发展速度的特殊物种。

这两个句子表达的意思相同，但例④是一个长单句，表达的意思集中、准确、严谨。

由于长句结构复杂，表达的内容丰富，因此理解起来不像短句那样一目了然。要正确理解一个长句表达的意思，必须从句子的结构入手。首先要抓住主干，弄清句子的基本架构；其次要理清主干上的"枝叶"，了解它们的表达作用；然后要分清层次，明确分句之间的关系。

（二）句式的转换——主动句和被动句

一件事情如果既有施动者，又有受动者，表达时可以使用主动句式，也可以使用被动句式。这两种句式的主要区别在于：主动句式以施动者为陈述对象，说明施动者做了什么动作；被动句式以受动者为陈述对象，说明受动者受到什么动作。这两种句式表达的意思大体相同，但表达效果却不一样。日常交际中，主动句式用得较多，但在下列情况下，选用被动句式比较合适：

（1）为了突出句子的被动意义，强调受动者受到什么动作、行为以及产生的后果，例如：

① 被指责造成环境污染、生态破坏，还有核军备竞赛的事件，是在工程或工业的层面发生的，是在人们运用科学技术的过程中发生的。

（2）不必说出施动者，或者说不出施动者的，例如：

② 相反，科学技术与可持续发展之所以被认为是重大的科学技术发展战略问题，就是由于对这个问题的深入探讨和结果，使科学技术发展将改变运行的传统轨道，开始进入可持续发展的轨道。

（3）叙述的事情是令人不愉快的，是人们所不希望发生的，例如：

③ 以往科学技术发展不顾生态和环境的被破坏，造成地球生态系统结构和功能的紊乱，也影响到当代人的生存和子孙后代的安全和健康。

（4）使用被动句式有利于上下文的协调和语气的连贯，例如：

④ 可惜正月过去了，闰土须回家里去，我急得大哭，他也躲到厨房里，哭着不肯出门，但终于被他父亲带走了。

例④中，最后一个分句使用被动句式，是受上文影响，承上省略主语，使全句语意连贯，语气顺畅。

（三）练习：请重新安排画线部分的顺序，使其与前面的句子连贯起来

1. 荒漠化被称做"地球的癌症"。_____。

   ① 如沙化、水土流失、土地盐碱化等

   ② 它包括风蚀和水蚀导致的土壤物质流失

   ③ 荒漠化是指因气候变异和人类活动在内的种种原因造成的干旱、半干旱和半湿润地区的土地退化

   ④ 土壤的物理、化学和生物特性或经济性退化以及自然植物的长期丧失

2. 现代技术正以令人瞠目（chēngmù）的速度发展着，不断创造出令人瞠目的奇迹。人们奔走相告：数字化生存来了，克隆来了，_____。

   ① 尽管难以预料，但一切都是可能的

   ② 接下来还会有什么东西来了

   ③ 面对这个无所不能的怪兽

   ④ 现代技术似乎没有什么事情是它办不到的

   ⑤ 人们兴奋而又不安

   ⑥ 欢呼声和谴责声此起彼伏

3. 何谓"黑洞效应"？_____。

   ① 国家对西部地区的资金投入并没有和政策投入理想地结合起来

   ② 被经济学家称之为"黑洞效应"

   ③ 这种状况

   ④ 1953 年至 1983 年的 30 年里

   ⑤ 因而造成西部经济发展总体滞缓（zhìhuǎn）的状况

4. 数学深刻地影响人类精神生活，可以概括为一句话，_____。

   ① 就是它大大地促进了人的思想解放

   ② 数学使人成为更完全、更丰富、更有力量的人

   ③ 从这个意义上讲

   ④ 提高与丰富了人类的整个精神水平

5. 所谓"可降解"，是指在自然界的阳光或微生物的作用下，能在三个月时间内自行分解，不造成污染的环保材料。_____。

   ① 而用淀粉制造的塑料是可降解的

② 而性能上与用石油为原料生产的塑料一致

③ 目前，以石油为原料生产的塑料是不可降解的

④ 它最终可分解成二氧化碳和水

⑤ 这样，废塑料污染环境的问题就迎刃而解了

⑥ 其显著的优点是

6. 面对信息化时代的到来，必须大力加强信息技术教育。中文信息处理是中国信息技术发展的重点，＿＿＿＿＿＿＿＿。

① 语言文字规范化、标准化是中文信息处理的先决条件

② 因此，应该加大学校普及普通话和用字规范化工作的力度

③ 以适应加强信息技术教育的需要

④ 普及普通话和用字规范化有利于提高语言文字信息处理和交换的效益和水平

三　文体与篇章修辞

（一）科技语体

科技语体是一种通过准确而系统地叙述自然、社会和思维的现象，从而揭示和论证其规律性的语言体系，大都用于科学、技术和生产领域，如科技论著、学术论文等。科技语体重在说理，要求说理透彻，逻辑严密，因此段落相对长一些，给人一种严谨周密的感觉。其语言上的特点是，普遍地运用专门术语，倾向于完整而严密的句法，多用长句，并受到外来语的一定影响。

（二）练习：将下列几句话填在文中适当的位置上

① 以便把有关的观点贯穿起来

② 以及这些方面的内部联系

③ 还有一类逻辑问题

④ 绝不应当是一堆观点的偶然排列

写论文，时常会碰到一些逻辑问题。概念准确，判断恰当，推理能够连贯，这是一类逻辑问题；论证充分，这又是一类逻辑问题；此外，＿＿＿A＿＿＿，是在研究了实际材料、形成了若干观点之后，找出一个中心思想，一个论述问题的角度，＿＿＿B＿＿＿，组

织成一个条理分明、思路畅顺的全篇结构。这后一类的论文逻辑问题，是整篇文章范围内的思想结构问题，对于正确地表达思想、反映现实，有重要的意义。

正确的论文逻辑，____C____，也不应当是按照事物的外部标志将一堆观点分类摆在一篇文章里面。论文的逻辑是按照一定的问题，一定的提出问题的方向，找出这个问题本身应有的若干方面，____D____，然后抓住它，作为线索，作为思路，有条理、有秩序地组织有关的思想观点，清楚明白地加以论述，以达到便于别人理解的目的。

表达与写作

● 表达训练

1. 谈谈你对"可持续发展"的理解。
2. 以中国或贵国的能量问题为例，谈谈"可持续发展"的重要性。
3. 现代化改变了我们的生活，同时也带来了新的社会问题。你同意"可靠的进步同时也必须是回退"的观点吗？你怎么看现代化对人们生活的影响？

● 写作训练

题目：互联网给我们带来了什么？

互联网的出现无疑是我们生活中的一个重要事件。你是如何看待互联网的？它给我们带来诸多便利的同时，又为我们增添了什么烦恼？

要求：仿照论文格式，论点鲜明、论证严密地阐述自己的观点。
字数：700～800字。

扩展空间

媒体资源

电影《一棵树》　　　1996 年

电视系列片《穿越风沙线——保护大自然》　　凤凰卫视　　2000 年

蔡睿贤：漫谈能源利用

　　　　　　　　凤凰卫视《世纪大讲堂》http://sjdjt. blog. phoenixtv. com

温铁军：环保与公民责任

　　　　　　　　凤凰卫视《世纪大讲堂》http://sjdjt. blog. phoenixtv. com

词语追踪

可持续农业　　可降解　　可食性包装　　数字化　　智能广告
科学技术现代化　　科技发展战略　　厄尔尼诺现象　　MSN
芯片　　克隆

附录：

学术论文的基本写法

一 学术论文构成的基本形式

1. 绪论：证明本课题研究的理由、意义，此部分要简明。

2. 本论：这是课题的展开，是表达研究者研究成果精华的部分，是学术论文的主体，也是写作的重点。其写作方法大体分两种形式：

   （1）直线推论方式：

   由中心论点出发层层深入地展开论述，由一点进行到另一点的逻辑推演，呈现出直线式的逻辑深入。

   （2）并列分论方式：

   把从属于基本论题的若干个下位论点并列起来，分别进行论述。

3. 结论：即论文的结束部分。这部分要写清以下几个问题。

   （1）对本论所分析、论证的问题加以综合和概括，引出基本论点。

   （2）结论必须是绪论中提出的，本文中论证的，自然得出的结果。不能随意下结论。

   （3）写出对课题研究的展望。

   （4）对在整个研究过程中给予自己帮助的人表示感谢。

二 编写论文提纲的方法

1. 先拟标题，标题要醒目、鲜明、一目了然、直截了当。

2. 要用论点句写出论文的基本论点。

3. 对全文进行总体布局设计，还可设计一个结构图。

4. 全篇文章布局之后，再逐项安排每项的论点，逐项逐级地写出论点句来。

5. 把各个段落安排好。

6. 修改提纲及补充内容。

三 学术论文的段落构成

1. 段落构成的规范性。

一般的段都应该是有论点、论据、论证的段落，它是一个统一的、完整的独立单位。

2. 充分运用段中主句来反映段的主题。

论文中段的中心意思就是其主题，全段的文字都围绕主题展开。

3. 段的容量要适当。

学术论文段的长短没有固定的模式，它由所表达的内容多少而定。内容可长则长，可短则短。一般说来，学术论文的段可稍长一些，否则不易把问题表达清楚。

四 引文和加注

1. 引文。

引文分为段中引文和提行引文。

段中引文不分长短，凡是非强调性的，都写在段中。段中引文如果引用的是原话，要加上引号。如果对引文加以变动，表达的是原意，只在引文前加上冒号即可。

提行引文，是把引文单独列出一段，区别于正文。

2. 加注。

引文出处要加注，加注分段中注、脚注、章（节）附注、尾注四种。段中注也叫夹注，写在正文里的一律都以括号注明。

12 鲁迅·故乡

背景阅读与练习

一 阅读文章，按要求完成各项练习

（一）
鲁迅的文学创作

王富仁

① 鲁迅的小说写的是平凡人的平凡生活，却充满了无穷的艺术魅力。这种魅力是从哪里来的呢？是从他对人、对生活的细致入微的描写和对人的内在微妙心理的入木三分的刻画而来的。这需要高超的艺术功力。读鲁迅的小说，时时有一种"发现的喜悦"。画面是普通的画面，人物是普通的人物，但我们却在这么普通的画面和普通的人物身上，随时都能注意到我们平时注意不到的特征，觉察到我们平时觉察不到的人物的心理活动。青年时期，我们对人生还没有更多的亲身体验，鲁迅的小说到底潜藏着多么丰富的内涵，我们还不可能完全感觉到，但随着社会经验的增加和人生体验的深化，那些人物和画面的内涵就会从中不断地生发出来。此外，为了揭示不同生活画面和不同人物命运的不同意义，鲁迅小说的结构是多变的，几乎一篇有一篇的样式，一篇有一篇的写法。同时，鲁迅运用民族语言的功力也达到了炉火纯青的地步。他的小说是小说，也是诗。

② 在写作《呐喊》、《彷徨》的同时，鲁迅还创作了散文集《朝花夕拾》和散文诗集《野草》。前者出版于1928年，后者出版于1927年。如果说《呐喊》、《彷徨》中的小说是鲁迅对现实社会人生的冷峻（lěngjùn）的刻画，意在警醒沉睡的国民，《朝花夕拾》中的散文则是鲁迅温馨（wēnxīn）的回忆，是对滋养过他的生命的人和物的深情的怀念。幼时的保姆长妈妈，在备受歧视的环境中给予过他真诚的关心的藤野先生，一

生坎坷、孤傲不羁的老友范爱农，给过他无限乐趣的"百草园"，吸引着他的好奇心的民间戏剧和民间娱乐活动……所有这一切，都是在这个险恶世界的背景上透露出亮色和暖意的人物和事物，是他们，滋养了鲁迅的生命。同《朝花夕拾》中那些明净细致的散文不同，《野草》中的散文诗则呈现出奇幻的意境，它们像一团团情绪的云气，变幻出各种意

想不到的形状。鲁迅内在的苦闷，化为了梦，化为了超世间的想象，使《野草》成了中国现代主义文学中的一朵奇葩（qípā）。

③最能充分体现鲁迅创造精神和创造力的还应该首推他的杂文。鲁迅一生写了《坟》、《热风》、《华盖集》、《南腔北调集》、《且介亭杂文》、《且介亭杂文二集》、《且介亭杂文末编》等15部杂文集，他的杂文可以说是中国现代文化的一部"史诗"。它不但记录了鲁迅一生战斗的业绩，同时也记录了鲁迅那个时代中国的思想史和文化史，为中国杂文的发展开辟了一条更加宽广的道路。

④鲁迅晚年还完成了一部小说集《故事新编》（1936年出版）。这部小说集取材于中国古代神话、传说和历史事实，但它没有拘泥（jūnì）于原有的故事，而是加进了鲁迅自己的理解和想象，有些还采取了古今交融的写作手法，使古代人和现代人进行直接的对话。这部小说集以荒诞的手法表现严肃的主题，创立了一种全新的历史小说的写法。

⑤鲁迅的思想和艺术的创造力是惊人的，他在短篇小说、散文、散文诗、历史小说、杂文各种类型的创作中，都有自己全新的创造。这使他成为20世纪中国最伟大的文学家，也是一个世界性的文学大师。

⑥1936年10月19日，鲁迅逝世于上海。成千上万的普通人自动地来为他送行，在他的灵柩（língjiù）上覆盖着一面旗帜，上面写着"民族魂"三个字。

（摘自《鲁迅的生平和创作》）

根据文章内容，简单回答问题

1. 为什么说"读鲁迅的小说，时时有一种'发现的喜悦'"？

_____

_____

_____

2．"最能充分体现鲁迅创造精神和创造力的"是哪种文学形式？为什么？

_____

_____

3．鲁迅的艺术成就主要表现在哪些方面？

_____

_____

_____

 选择正确的句子填入下文

（二）

鲁迅小说中的人物

王富仁

句子

① 这样的人际关系难道是合理的人际关系吗

② 经历的都是悲剧的命运

③ 但更希望他们觉悟

④ 除了社会底层的人物形象之外

⑤ 只有到了鲁迅那里

　　鲁迅的小说作品数量不多，意义却十分重大。中国的小说，_____A_____，才把目光集中到社会最底层这个更广大的题材领域，描写这些底层人民的日常生活状况和精神状况。这是与鲁迅"表现人生、改良人生"的创作目的分不开的。他的小说描写的主要是孔乙己、闰土、阿Q、祥林嫂这样一些最普通的人的最普通的悲剧命运。这些人生活在社会的最底层，最需要周围人的同情和怜悯、关心和爱护，但在缺乏真诚爱心的当时的中国社会中，人们给予他们的却是侮辱和歧视、冷漠和冷酷。这样的社会难道是一个正常的社会吗？_____B_____？最令我们痛心的是，他们生活在无爱的人间，深受生活的折磨，但他们彼此之间也缺乏真诚的同情，对自己同类的悲剧命运采取的是一种冷漠旁观甚至欣赏的态度，并通过欺侮（qīwǔ）比自己更弱小的人来宣泄自己受压迫、受欺侮时郁积（yùjī）的怨愤之气。这是怎样一种扭曲的人生！鲁迅对他们的态度是"哀其不幸，怒其不争"。鲁迅爱他们，_____C_____，希望他们能够自立、自主、自强，挺起腰杆来做人，争取自己幸福的未来。

_____D_____，鲁迅还塑造了一些刚刚觉醒的知识分子形象。这些知识分子有进步的要求，有改善社会的良好愿望，有对人、对己的真诚的感情、真诚的爱，但当时的社会却不能容忍他们。"狂人"诅咒（zǔzhòu）人吃人的现象，希望人人都能成为"不吃人的人"，成为"真的人"，周围的人就把他当成疯子，必欲除之而后快（《狂人日记》）；夏瑜为社会而牺牲，茶客们说他"疯了"，华老栓则用他的血来治儿子的病（《药》）；《伤逝》中的子君和涓生，都曾为社会，为自己，追求过，奋斗过，但在沉滞落后的中国社会，_____E_____。鲁迅同情这些知识分子，就是同情中国社会、关心中华民族的命运，因为在当时的社会，只有这些知识分子还在为社会的进步而挣扎、奋斗。

（摘自《鲁迅的生平和创作》）

三　快速阅读下列各段，按逻辑关系将各段重新排序

（三）　　　　　　　限时：2分钟

A. 鲁迅是中国现代伟大的文学家、思想家。原名周树人，字豫才，"鲁迅"是他1918年为《新青年》写稿时开始使用的笔名。

B. 在过去家境好的时候，周围人是用一种羡慕的眼光看待他这个小公子哥儿的，话语里包含着亲切，眼光里流露着温存。但现在他家穷了下来，周围人的态度就都变了：话语是凉凉的，眼光是冷冷的，脸上带着鄙夷（bǐyí　看不起）的神情。

C. 鲁迅于1881年出生在浙江绍兴一个官僚（guānliáo　旧时政府工作人员的总称）地主的家庭里，但在他13岁那年，原来在京城做官的祖父因故入狱，此后他的父亲又长期患病，终至死亡，家境便迅速败落下来。

D. 家庭的变故对少年鲁迅产生了深刻的影响。他是家庭的长子，上有孤弱的母亲，下有幼小的弟妹，他不得不同母亲一起承担起生活的重担。

E. 周围人这种态度的变化，在鲁迅心灵中留下的印象太深刻了，对他心灵的打击也太大了，这使他感到在当时的中国，人与人之间缺少真诚的同情和爱心。多年之后，鲁迅还非常沉痛地说："有谁从小康人家而坠（zhuì 落）入困顿的么，我以为在这途路中，大概可以看见世人的真面目。"（《〈呐喊〉自序》）

重新排序_ _ _ _ _ _ _ _ _ _ _ _

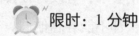

（四） 限时：1分钟

A. 他的外祖母家住在农村，这使他有机会接触和了解农民的生活。特别是在他祖父入狱的前后，他不得不到农村的亲戚家避难，长时期住在农村。

B. 鲁迅一生都把他与农村小朋友这种朴素自然、真诚单纯的关系当做人与人之间最美好的关系而怀念着，描写着。

C. 在那里，他与农村的孩子们成了朋友，与他们一起玩耍，一起划船，一起看戏，有时也一起到他们家的地里"偷"豆子煮了吃。在他们之间，没有相互的歧视和仇视，而是相互关心，相互友爱。

D. 家庭的变故和变故后的人生体验，使鲁迅从少年时候起就亲近下层人民。

重新排序_ _ _ _ _ _ _ _ _ _ _ _

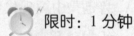

（五） 限时：1分钟

A. 但鲁迅选择的则是一条新的道路：进"洋学堂"。这在当时的中国，被人们视为是"把灵魂卖给洋鬼子"的下贱（xiàjiàn 低贱）勾当。然而，1898 年，18 岁的鲁迅，毅然辞别了故乡，进了南京水师学堂。

B. 在鲁迅的青少年时期，一般的读书人走的是三条道路：一条是读书做官的道路。通过科举考试，可以升官发财。

C. 如果成功，不仅个人地位陡（dǒu 突然）升，家庭也随之受到世人的羡慕。这被认为是读书人的"正路"。

D. 当不上官的还可以去当某一个官僚的幕僚（mùliáo 泛指文武官员的佐助人，一般有官职），为这个官僚出谋划策，奔走效力。借着这个官僚的权势，自己也有了权势。这是当时读书人常走的第二条道路。

E. 假若前两条道路都走不通，还可以去经商，虽然这被当时的官僚所看不起，但毕竟可以发家致富，不致落到被侮辱、被损害的社会底层。

重新排序＿＿＿＿＿＿＿＿＿＿＿＿＿＿

<h2 style="text-align:center">（六）</h2>

 限时：1分钟

A. 1918 年，鲁迅在《新青年》杂志上发表了他的第一篇白话小说《狂人日记》，这也是中国最早的现代白话小说，它标志着中国小说的发展已经进入一个全新的时代。

B. 是讨伐传统封建专制文化的一篇檄文，是呼唤构建中国现代新文化的宣言书。

C. 这篇小说，凝聚了鲁迅从童年时起到那时为止的全部痛苦的人生体验和对于中华民族现代命运的全部痛苦思索。

D. 《狂人日记》之后，鲁迅又连续发表了多篇短篇小说，后来编入《呐喊》、《彷徨》（pánghuáng 犹豫不决，不知往哪个方向去）两个短篇小说集，分别于 1923 年和 1926 年出版。

重新排序＿＿＿＿＿＿＿＿＿＿＿＿＿＿

<h1 style="text-align:center">课 文</h1>

课文导读

　　小说着重刻画了一个受尽旧社会摧残的劳苦农民闰土的形象，通过闰土悲惨遭遇的描述，生动地反映了辛亥革命前后旧中国农村日益破败的面貌，深刻地揭露了封建社会对农民从肉体到精神的严重残害，表达了作者改造旧社会，创造新生活的强烈愿望和坚定信念。

思考题

1. 你是否了解辛亥革命前后中国的社会状况？
2. 你是否了解鲁迅小说中的人物形象？
3. 小说《故乡》塑造了哪些典型人物？

故 乡

鲁迅

我冒了严寒，回到相隔二千余里，别了二十余年的故乡去。

时候既然是深冬；渐近故乡时，天气又阴晦了，冷风吹进船舱中，呜呜的①响，从篷隙向外一望，苍黄的天底下，远近横着几个萧索的荒村，没有一些活气。我的心禁不住悲凉起来了。阿②！这不是我二十年来时时记得的故乡？

我所记得的故乡全不如此。我的故乡好得多了。但要我记起它的美丽，说出它的佳处来，却又没有影像③，没有言辞了。仿佛也就如此。于是我自己解释说：故乡本也如此，——虽然没有进步，也未必有如我所感的悲凉，这只是我自己心情的改变罢了，因为我这次回乡，本没有什么好心绪。

我这次是专为了别它而来的。我们多年聚族而居的老屋，已经卖给别姓了，交屋的期限，就在本年，所以必须赶在正月初一以前，永别了熟识的老屋，而且远离了熟识的故乡，搬家到我在谋食的异地去。

第二日清早我到了我家的门口了。瓦楞上许多枯草的断茎当风抖着，正在说明这老屋难免易主的原因。几房的本家大约已经搬走了，所以很寂静。我到了自家的房外，我的母亲早已迎出来了，接着便飞出了八岁的侄儿宏儿。

我的母亲很高兴，但也藏着许多凄凉的神情，教④我坐下，歇息，喝茶，且不谈搬家的事。宏儿没有见过我，远远的对面站着只是看。

但我们终于谈到搬家的事。我说外间的寓所已经租定了，又买了几件家具，此外须将家里所有的木器卖去，再去增添。母亲也说好，而且行李也略已齐集，木器不便搬运的，也小半卖去了，只是收不起钱来。

"你休息一两天，去拜望亲戚本家一回，我们便可以走了。"母亲说。

---

① 的：助词，义同"地"。
② 阿（ā）：叹词，义同"啊"。
③ 影像（yǐngxiàng）：名词，义同"印象"。
④ 教：动词，义同"叫"。

"是的。"

"还有闰土,他每到我家来时,总问起你,很想见你一回面。我已经将你到家的大约日期通知他,他也许就要来了。"

这时候,我的脑海里忽然闪出一幅神异的图画来:深蓝的天空中挂着一轮金黄的圆月,下面是海边的沙地,都种着一望无际的碧绿的西瓜,其间有一个十一二岁的少年,项带银圈,手捏一柄钢叉,向一匹猹①尽力的刺去,那猹却将身一扭,反从他的胯下逃走了。

这少年便是闰土。我认识他时,也不过十多岁,离现在将有三十年了;那时我的父亲还在世,家景也好,我正是一个少爷。那一年,我家是一件大祭祀的值年②。这祭祀,说是三十多年才能轮到一回,所以很郑重;正月里供祖像,供品很多,祭器很讲究,拜的人也很多,祭器也要防偷去。我家只有一个忙月(我们这里给人做工的分三种:整年给一定人家做工的叫长工;按日给人做工的叫短工;自己也种地,只在过年过节以及收租时候才来给一定人家做工的称忙月),忙不过来,他便对父亲说,可以叫他的儿子闰土来管祭器。

我的父亲允许了;我也很高兴,因为我早听过闰土这名字,而且知道他和我仿佛年纪,闰月③生的,五行缺土,所以他的父亲叫他闰土。他是能装弶④捉小鸟雀的。

我于是日日盼望新年,新年到,闰土也就到了。好容易到了年末,有一日,母亲告诉我,闰土来了,我便飞跑的去看。他正在厨房里,紫色的圆脸,头戴一顶小毡帽,颈上套一个明晃晃的银项圈,这可见他的父亲十分爱他,怕他死去,所以在神佛面前许下愿心,用圈子将他套住了。他见人很怕羞,只是不怕我,没有旁人的时候,便和我说话,于是不到半日,我们便熟识了。

我们那时候不知道谈些什么,只记得闰土很高兴,说是上城之后,见了许多没有见过的东西。

第二日,我便要他捕鸟。他说:

"这不能。须大雪下了才好。我们沙地上,下了雪,我扫出一块空地来,用短棒支

---

① 猹(chá):野兽,像獾(huān),喜欢吃瓜。

② 值年:封建社会中的大家族每年都有祭祀祖先的活动,费用从族中祭产收入支取,由各房按年轮流主持,轮到的称为"值年"。

③ 闰月(rùnyuè):农历三年一闰,五年两闰,十九年七闰,每逢闰年所加的一个月叫闰月。闰月加在某月之后就称闰某月。

④ 弶(jiàng):捕捉老鼠、鸟雀等的工具。

起一个大竹匾，撒下秕谷①，看鸟雀来吃时，我远远地将缚在棒上的绳子只一拉，那

鸟雀就罩在竹匾下了。什么都有：稻鸡，角鸡，鹁鸪②，蓝背……"

我于是又很盼望下雪。

闰土又对我说：

"现在太冷，你夏天到我们这里来。我们日里到海边捡贝壳去，红的绿的都有，鬼见怕也有，观音手③也有。晚上我和爹管西瓜去，你也去。"

"管贼么？"

"不是。走路的人口渴了摘一个瓜吃，我们这里是不算偷的。要管的是獾猪，刺猬，猹。月亮底下，你听，啦啦的响了，猹在咬瓜了。你便捏了胡叉，轻轻地走去……"

我那时并不知道这所谓猹的是怎么一件东西——便是现在也不知道——只是无端的觉得状如小狗而很凶猛。

"它不咬人么？"

"有胡叉呢。走到了，看见猹了，你便刺。这畜生很伶俐，倒向你奔来，反从胯下窜了。它的皮毛是油一般的滑……"

我素不知道天下有这许多新鲜事：海边有如许五色的贝壳；西瓜有这样危险的经历，我先前单知道它在水果店里出卖罢了。

"我们沙地里，潮汛要来的时候，就有许多跳鱼儿只是跳，都有青蛙似的两个脚……"

阿！闰土的心里有无穷无尽的希奇的事，都是我往常的朋友所不知道的。他们不知道一些事，闰土在海边时，他们都和我一样只看见院子里高墙上的四角的天空。

可惜正月过去了，闰土须回家里去，我急得大哭，他也躲到厨房里，哭着不肯出门，但终于被他父亲带走了。他后来还托他的父亲带给我一包贝壳和几支很好看的鸟毛，我也曾送他一两次东西，但从此没有再见面。

---

① 秕谷（bǐgǔ）：不饱满的稻谷或谷子。

② 鹁鸪（bógū）：鸟，羽毛黑褐色，天要下雨或刚晴的时候，常在树上咕咕地叫。也叫水鹁鸪。

③ 鬼见怕，观音手：都是小贝壳的名称。旧时浙江沿海的人把这种小贝壳用线串在一起，戴在孩子的手腕或脚踝上，认为可以"避邪"。这类名称多是根据"避邪"的意思取的。

现在我的母亲提起了他，我这儿时的记忆，忽而全都闪电似的苏生①过来，似乎看到了我的美丽的故乡了。我应声说：

"这好极了！他，——怎样？……"

"他？……他景况也很不如意……"母亲说着，便向房外看，"这些人又来了。说是买木器，顺手也就随便拿走的，我得去看看。"

母亲站起身，出去了。门外有几个女人的声音。我便招宏儿走近面前，和他闲话：问他可会写字，可愿意出门。

"我们坐火车去么？"

"我们坐火车去。"

"船呢？"

"先坐船，……"

"哈！这模样了！胡子这么长了！"一种尖利的怪声突然大叫起来。

我吃了一惊，赶忙抬起头，却见一个凸颧骨，薄嘴唇，五十岁上下的女人站在我面前，两手搭在髀间，没有系裙，张着两脚，正像一个画图仪器里细脚伶仃的圆规。

我愕然了。

"不认识了么？我还抱过你咧！"

我愈加愕然了。幸而我的母亲也就进来，从旁说：

"他多年出门，统忘却了。你该记得罢！"便向着我说，"这是斜对门的杨二嫂，……开豆腐店的。"

哦，我记得了。我还是孩子的时候，在斜对门的豆腐店里确乎终日坐着一个杨二嫂，人都叫伊"豆腐西施②"。但是擦着白粉，颧骨没有这么高，嘴唇也没有这么薄，而且终日坐着，我也从没有见过这圆规式的姿势。那时人说：因为伊，这豆腐店的买卖非常好。但这大约因为年龄的关系，我却并未蒙着一毫感化，所以竟完全忘却了。然而圆规很不平，显出鄙夷的神色，仿佛嗤笑法国人不知道拿破仑，美国人不知道华盛顿似的，冷笑说：

"忘了？这真是贵人眼高……"

"哪有这事……我……"我惶恐着，站起来说。

"那么，我对你说。迅哥儿，你阔了，搬动又笨重，你还要什么这些破烂木器？让我拿去罢。我们小户人家，用得着。"

---

① 苏生（sūshēng）：动词，义同"苏醒"。
② 西施：春秋时越国的美女，后来用来泛称一般美女。

"我并没有阔哩。我须卖了这些，再去……"

"阿呀呀①，你放了道台②了，还说不阔？你现在有三房姨太太；出门便是八抬的大轿，还说不阔？吓，什么都瞒不过我。"

我知道无话可说了，便闭了口，默默的站着。

"阿呀阿呀，真是愈有钱，便愈是一毫不肯放松，愈是一毫不肯放松，便愈有钱……"圆规一面愤愤的回转身，一面絮絮的说，慢慢向外走，顺便将我母亲的一副手套塞在裤腰里，出去了。

此后又有近处的本家和亲戚来访问我。我一面应酬，偷空便收拾些行李，这样的过了三四天。

一日天气很冷的午后，我吃过午饭，坐着喝茶，觉得外面有人进来了，便回头去看。我看时，不由的③非常吃惊，慌忙站起身，迎着走去。

这来的便是闰土。虽然我一见便知道是闰土，但又不是我这记忆中的闰土了。他身材增加了一倍；先前的紫色的圆脸，已经变作灰黄，而且加上了很深的皱纹；眼睛也像他父亲一样，周围都肿得通红，这我知道，在海边种地的人，终日吹着海风，大抵是这样的。他头上是一顶破毡帽，身上只一件极薄的棉衣，浑身瑟索着；手里提着一个纸包和一支长烟管，那手也不是我所记得的红活圆实的手，却又粗又笨而且开裂，像是松树皮了。

我这时很兴奋，但不知道怎么说才好，只是说：

"阿！闰土哥，——你来了？……"

我接着便有许多话，想要连珠一般涌出：角鸡，跳鱼儿，贝壳，猹……但又总觉得被什么挡着似的，单在脑里面回旋，吐不出口外去。

他站住了，脸上现出欢喜和凄凉的神情；动着嘴唇，却没有作声。他的态度终于恭敬起来了，分明的叫道：

"老爷！……"

我似乎打了一个寒噤；我就知道，我们之间已经隔了一层可悲的厚障壁了。我也说不出话来。

---

① 阿呀呀（āyaya）：义同"哎呀呀"。

② 道台：清朝官职的俗称，分总管一个区域行政职务的道员和专掌某一特定职务的道员。

③ 不由的（bùyóude）：副词，义同"不由得"。

他回过头去说，"水生，给老爷磕头。"便拖出躲在背后的孩子来，这正是一个廿①年前的闰土，只是黄瘦些，颈子上没有银圈罢了。"这是第五个孩子，没有见过世面，躲躲闪闪……"

母亲和宏儿下楼来了，他们大约也听到了声音。

"老太太。信是早收到了。我实在喜欢的不得了，知道老爷回来……"闰土说。

"阿，你怎的这样客气起来。你们先前不是哥弟称呼么？还是照旧：迅哥儿。"母亲高兴的说。

"阿呀，老太太真是……这成什么规矩。那时是孩子，不懂事……"闰土说着，又叫水生上来打拱，那孩子却害羞，紧紧的只贴在他背后。

"他就是水生？第五个？都是生人，怕生也难怪的；还是宏儿和他去走走。"母亲说。

宏儿听得这话，便来招水生，水生却松松爽爽②同他一路出去了。母亲叫闰土坐，他迟疑了一回，终于就了座，将长烟管靠在桌旁，递过纸包来，说：

"冬天没有什么东西了。这一点干青豆倒是自家晒的，请老爷……"

我问他的景况，他只是摇头。

"非常难。第六个孩子也会帮忙了，却总是吃不够……又不太平……什么地方都要钱，没有规定……收成又坏。种出东西来，挑去卖，总要捐几回钱，折了本③；不去卖，又只能烂掉……"

他只是摇头；脸上虽然刻着许多皱纹，却全然不动，仿佛石像一般。他大约只是觉得苦，却又形容不出，沉默了片时，便拿起烟管来默默的吸烟了。

母亲问他，知道他的家里事务忙，明天便得回去；又没有吃过午饭，便叫他自己到厨下炒饭吃去。

他出去了；母亲和我都叹息他的景况：多子，饥荒，苛税，兵，匪，官，绅，都苦得他像一个木偶人了。母亲对我说，凡是不必搬走的东西，尽可以送他，可以听他自己去拣择。

下午，他拣好了几件东西：两条长桌，四个椅子，一副香炉和烛台，一杆抬秤。他又要所有的草灰（我们这里煮饭是烧稻草的，那灰，可以做沙地的肥料），待我们启程的时候，他用船来载去。

夜间，我们又谈些闲天，都是无关紧要的话；第二天早晨，他就领了水生回去了。

---

① 廿（niàn）：二十。

② 松松爽爽：形容轻松爽快。

③ 折（shé）了本：赔本。折，指亏损。

又过了九日，是我们启程的日期。闰土早晨便到了，水生没有同来，却只带着一个五岁的女儿管船只。我们终日很忙碌，再没有谈天的工夫。来客也不少，有送行的，有拿东西的，有送行兼拿东西的。待到傍晚我们上船的时候，这老屋里的所有破旧大小粗细东西，已经一扫而空了。

我们的船向前走，两岸的青山在黄昏中，都变成了深黛颜色，连着退向船后梢去。

宏儿和我靠着船窗，同看外面模糊的风景，他忽然问道：

"大伯！我们什么时候回来？"

"回来？你怎么还没有走就想回来了。"

"可是，水生约我到他家玩去咧……"他睁着大的黑眼睛，痴痴的想。

我和母亲也都有些惘然，于是又提起闰土来。母亲说，那豆腐西施的杨二嫂，自从我家收拾行李以来，本是每日必到的，前天伊在灰堆里，掏出十多个碗碟来，议论之后，便定说是闰土埋着的，他可以在运灰的时候，一齐搬回家里去；杨二嫂发见①了这件事，自己很以为功，便拿了那狗气杀（这是我们这里养鸡的器具，木盘上面有着栅栏，内盛食料，鸡可以伸进颈子去啄，狗却不能，只能看着气死），飞也似的跑了，亏伊装着这么高低的小脚，竟跑得这样快。

老屋离我愈远了；故乡的山水也都渐渐远离了我，但我却并不感到怎样的留恋。我只觉得我四面有看不见的高墙，将我隔成孤身，使我非常气闷；那西瓜地上戴银项圈的小英雄的影像，我本来十分清楚，现在却忽地模糊了，又使我非常的悲哀。

母亲和宏儿都睡着了。

我躺着，听船底潺潺的水声，知道我在走我的路。我想：我竟与闰土隔绝到这地步了，但我们的后辈还是一气，宏儿不是正在想念水生么。我希望他们不再像我，又大家隔膜起来……然而我又不愿意他们因为要一气，都如我的辛苦展转而生活，也不愿意他

---

① 发见：义同"发现"。

们都如闰土的辛苦麻木而生活，也不愿意都如别人的辛苦恣睢而生活。他们应该有新的生活，为我们所未经生活过的。

我想到希望，忽然害怕起来了。闰土要香炉①和烛台的时候，我还暗地里以为他总是崇拜偶像，什么时候都不忘却。现在我所谓希望，不也是我自己手制的偶像么？只是他的愿望切近，我的愿望茫远罢了。

我在朦胧中，眼前展开一片海边碧绿的沙地来，上面深蓝的天空中挂着一轮金黄的圆月。我想：希望本是无所谓有，无所谓无的。这正如地上的路；其实地上本没有路，走的人多了，也便成了路。

（选自《呐喊》）

思考与回答

1. "我"渐近故乡时见到的是怎样一片景象？ "我"有什么感触？

　　苍黄　　横　　萧索　　活气　　悲凉

2. 作者写闰土着重使用的是前后对照的方法。作品从哪几方面进行对照的？ 通过对照突出了什么？

　　外貌　　动作体态　　对"我"的态度　　对生活的态度

3. 小说是怎样描写杨二嫂的？ 杨二嫂是个什么样的人？

　　肖像　　语言　　神态　　动作

　　自私　　尖刻　　贪婪　　势利

4. "我"离开故乡时是怎样的心情？ 说明了什么？

　　留恋　　气闷　　模糊　　害怕　　茫远

5. 作品中的"我"是一个什么样的人？

6. 小说描写人物的方法有什么特点？

---

　　① 香炉（xiānglú）：烧香所用的器具，用陶瓷或金属制成，通常圆形有耳，底有三足。

鲁迅（1881—1936）原名周树人，字豫才，浙江绍兴人，中国伟大的文学家和思想家，中国现代文学的奠基人。

时代背景 辛亥革命后，封建王朝的专制政权被推翻了，但代之而起的是地主阶级的军阀官僚的统治。当时的国外势力不但操纵了中国的财政和经济的命脉，而且操纵了中国的政治和军事力量。由于这双重的压迫，中国的广大人民，尤其是农民，日益贫困，他们过着饥寒交迫和毫无政治权利的生活。

写作背景 1919年12月，鲁迅回故乡绍兴接母亲到北京，目睹了在现实社会生活的重压下失去了精神生命力的故乡的人和事，十分悲愤，1921年1月便以这次回故乡的经历为素材，创作了这篇小说。

背景链接

词语

1. 严寒	yánhán	（形）	（气候）极冷。
2. 相隔	xiānggé	（动）	相互间距离。
3. 阴晦	yīnhuì	（形）	阴沉；昏暗。
4. 呜呜	wūwū	（拟）	形容风声。
5. 苍黄	cānghuáng	（形）	灰暗的黄色。
6. 横	héng	（动）	从左到右或从右到左。
7. 萧索	xiāosuǒ	（形）	缺乏生机；不热闹。
8. 悲凉	bēiliáng	（形）	悲哀凄凉。
9. 有如	yǒurú	（动）	就像；好像。
10. 期限	qīxiàn	（名）	限定的一段时间，也指所限时间的最后界线。

11.	瓦楞	wǎléng	（名）	屋顶上用瓦铺成的凹凸相间的行列。也叫瓦垄。
12.	本家	běnjiā	（名）	同宗族的人。
13.	侄儿	zhí'ér	（名）	弟兄或其他同辈男性亲属的儿子。也叫侄子。
14.	外间	wàijiān	（名）	〈书〉指外界。
15.	齐集	qíjí	（动）	聚集；集拢。
16.	搬运	bānyùn	（动）	把物品从一个地方运到另一个地方。
17.	拜望	bàiwàng	（动）	敬辞，探望。
18.	神异	shényì	（形）	神奇。
19.	碧绿	bìlǜ	（形）	青绿色。
20.	叉	chā	（名）	（～儿）一端有两个以上的长齿而另一端有柄的器具。
21.	胯	kuà	（名）	腰的两侧和大腿之间的部分。
22.	家景	jiājǐng	（名）	义同"家境"，家庭的经济状况。
23.	长工	chánggōng	（名）	旧时靠长年出卖劳力谋生，受地主剥削的贫苦农民。
24.	短工	duǎngōng	（名）	临时的雇工。
25.	毡	zhān		用羊毛轧成的像厚呢子或粗毯子一样的东西。
26.	明晃晃	mínghuǎnghuǎng	（形）	（～的）光亮闪烁。
27.	项圈	xiàngquān	（名）	（～儿）儿童或某些民族的妇女套在脖子上的环形装饰品，多用金银制成。
28.	竹匾	zhúbiǎn	（名）	用竹篾编成的器具。
29.	缚	fù	（动）	捆绑。
30.	獾猪	huānzhū	（名）	一种獾类动物。
31.	啦啦	lālā	（拟）	这里用来形容獾啃吃食物的声音。
32.	凶猛	xiōngměng	（形）	（气势、力量）凶恶强大。
33.	畜生	chùsheng	（名）	泛指禽兽。
34.	伶俐	línglì	（形）	聪明；灵活。

35.	窜	cuàn	（动）	乱跑；乱逃。
36.	如许	rúxǔ	（代）	〈书〉如此；这样。
37.	先前	xiānqián	（名）	以前。
38.	潮汛	cháoxùn	（名）	一年中定期的大潮。
39.	希奇	xīqí	（形）	稀少而新奇，也作稀奇。
40.	忽而	hū'ér	（副）	忽然。
41.	哈	hā	（拟）	形容笑声。
42.	尖利	jiānlì	（形）	同"尖厉"，形容声音高而刺耳。
43.	颧骨	quángǔ	（名）	眼睛下边两腮上面突出的颜面骨。
44.	髀	bì	（名）	〈书〉大腿，也指大腿骨。
45.	伶仃	língdīng	（形）	瘦弱。
46.	圆规	yuánguī	（名）	绘图仪器，轴上固定有两个可以开合的脚，一脚是尖针，另一脚可以装上铅笔芯或鸭嘴笔头，用来画圆和弧。
47.	愕然	èrán	（形）	形容吃惊。
48.	咧	lie	（助）	〈方〉用法跟"了""啦""哩"相同。
49.	愈加	yùjiā	（副）	越发。
50.	统	tǒng	（副）	全部。
51.	确乎	quèhū	（副）	的确。
52.	终日	zhōngrì	（副）	从早到晚；整天。
53.	伊	yī	（代）	同"她"。
54.	蒙	méng	（动）	受。
55.	毫	háo	（量）	计量单位的名称。本文比喻极少的数量。
56.	感化	gǎnhuà	（动）	用行动影响或善意劝导，使人的思想、行为逐渐向好的方面变化。
57.	鄙夷	bǐyí	（动）	〈书〉轻视；看不起。
58.	神色	shénsè	（名）	神情；人脸上所显露的内心活动。
59.	嗤笑	chīxiào	（动）	讥笑。
60.	冷笑	lěngxiào	（动）	含有讽刺、不满意、无可奈何、不屑于、不以为然等心情或恶意的笑。

61.	惶恐	huángkǒng	(形)	惊慌害怕。
62.	阔	kuò	(形)	阔绰;阔气;富有。
63.	笨重	bènzhòng	(形)	繁重而费力。
64.	小户	xiǎohù	(名)	旧时指无钱无势的人家。
65.	姨太太	yítàitai	(名)	〈口〉妾。
66.	默默	mòmò	(副)	不说话,不出声。
67.	愤愤	fènfèn	(形)	很生气的样子。也作忿忿。
68.	絮絮	xùxù	(形)	形容说话连续不断。
69.	大抵	dàdǐ	(副)	大概;大都。
70.	瑟索	sèsuǒ	(形)	同"瑟瑟",形容颤抖。
71.	圆实	yuánshi	(形)	〈口〉圆而结实。
72.	连珠	liánzhū	(名)	连接成串的珠子,比喻连续不断的声音。
73.	回旋	huíxuán	(动)	盘旋;绕来绕去地活动。
74.	恭敬	gōngjìng	(形)	对尊长或宾客严肃有礼貌。
75.	老爷	lǎoye	(名)	旧时对官吏及有权势的人的称呼。
76.	寒噤	hánjìn	(名)	因受冷或受惊而身体颤动。
77.	磕头	kētóu	(动)	旧时的礼节,跪在地上,两手扶地,头近地或着地。
78.	颈子	jǐngzi	(名)	脖子。
79.	世面	shìmiàn	(名)	社会上各方面的情况。
80.	照旧	zhàojiù	(动)	跟原来一样。
81.	打拱	dǎgǒng	(动)	同"打躬作揖",弯身作揖,多用来形容恭顺。
82.	收成	shōucheng	(名)	农作物等收获的成绩。
83.	捐	juān	(动)	捐助。
84.	片时	piànshí	(名)	片刻;极短的时间。
85.	饥荒	jīhuāng	(名)	因粮食歉收等引起的食物严重短缺的状况。
86.	苛税	kēshuì	(名)	指繁重的捐税。

87.	匪	fěi	（名）	强盗。
88.	绅	shēn	（名）	绅士；指旧时地方上有势力、有功名的人。
89.	木偶	mù'ǒu	（名）	木头做的人像，常用来形容痴呆的神情。
90.	拣择	jiǎnzé	（动）	挑选；选择。
91.	杆	gǎn	（量）	用于有杆的器物。
92.	启程	qǐchéng	（动）	起程；上路。
93.	忙碌	mánglù	（形）	事情多，没有空闲。
94.	破旧	pòjiù	（形）	又破又旧。
95.	粗细	cūxì	（名）	粗糙和细致的程度。
96.	惘然	wǎngrán	（形）	失意的样子；心里好像失掉了什么东西的样子。
97.	亏	kuī	（动）	幸亏，多亏。这里是反说，表示讥讽。
98.	小脚	xiǎojiǎo	（名）	（～儿）指封建社会妇女缠裹后发育不正常的脚。
99.	留恋	liúliàn	（动）	不忍舍弃或离开。
100.	忽地	hūdì	（副）	忽然；突然。
101.	潺潺	chánchán	（拟）	形容溪水、泉水等流动的声音。
102.	隔绝	géjué	（动）	隔断。
103.	隔膜	gémó	（形）	情意不相通，彼此不了解。
104.	展转	zhǎnzhuǎn	（动）	经过许多地方。也作辗转。
105.	麻木	mámù	（形）	比喻思想不敏锐，反应迟钝。
106.	恣睢	zìsuī	（形）	〈书〉任意胡为。
107.	暗地里	àndìli	（名）	私下；背地里。也说暗地。
108.	偶像	ǒuxiàng	（名）	用木头、泥土等雕塑的供人敬奉的像，比喻崇拜的对象。
109.	切近	qièjìn	（动）	贴近；靠近。
110.	朦胧	ménglóng	（形）	不清楚；模糊。

四字词语

1. 无穷无尽　wú qióng wú jìn　　指没有止境，没有限度。穷、尽：完了；终结。

2. 无话可说　wú huà kě shuō　　没有可说的话。

3. 躲躲闪闪　duǒduoshǎnshǎn　　指有意掩饰或避开事情真相。

4. 一扫而空　yì sǎo ér kōng　　一下子弄得干干净净。

专有名词

Hóng'ér

1. 宏儿　　人名。

Rùntǔ

2. 闰土　　人名。

Yáng'èrsǎo

3. 杨二嫂　　人名。

Dòufu Xīshī

4. 豆腐西施　　指杨二嫂。

Nápòlún

5. 拿破仑　　（1769—1821）即拿破仑·波拿巴，法国资产阶级革命时期的军事家、政治家。1799年担任共和国执政。1804年建立法兰西第一帝国，自称拿破仑一世。英文名"Napoleon"。

Huáshèngdùn

6. 华盛顿　　（1732—1799）即乔治·华盛顿，美国政治家。他曾领导1775年至1783年美国反对英国殖民统治的独立战争，胜利后任美国第一任总统。英文名"George Washington"。

Xùngēr

7. 迅哥儿　　对作者"我"的称呼。

Shuǐshēng

8. 水生　　人名。

词语讲解与练习

一 词语例释

1. 默默

> **副词** 行为、动作不出声、无声息地发生或进行。多用于书面语。

◎ 我知道无话可说了，便闭了口，默默地站着。

◎ 他大约只是觉得苦，却又形容不出，沉默了片时，便拿起烟管来默默地吸烟了。

① 人都走了，只剩下大梁和小山。天黑下来，谁也看不清谁的脸，谁也没有说话，就这么默默地坐着。

② 我们和孩子说话时，不远处有位妇女默默地注视着这边，她就是孩子的母亲。

③ 千百年来，这自生自灭的天然胡杨，总是默默地为人们提供各种财富。

④ 四个女儿天各一方，负责通信、打电话的是母亲，做父亲的总是在忙别的事情，只在心底默默地思念着她们。

📖 作状语，可加"地"。

⑤ 一路上他始终默默无语，好像有什么心事。

⑥ 老板心里默默计算着成本和收益。

📖 也可以不加"地"。

⑦ 有好几回，望着那些默默滋长的花草，竟生出一种凄凉的感觉。

⑧ "有烟吗？"默默地站在我身后的老人忽然说了话。

📖 "默默 (地) +动词/动词短语" 在定语位置上。

⑨ 洗手的时候，日子从水盆里过去；吃饭的时候，日子从饭碗里过去；默默时，便从凝然的双眼前过去。

⑩ 我判断得果然不错，那里是紧张的劳动场面，这里是默默的儿女情长。

📖 可以作定语。

2. 照旧

动词　跟原来一样。

◎ "阿，你怎的这样客气起来。你们先前不是哥弟称呼么？还是照旧：迅哥儿。"母亲高兴地说。

① 这一星期以来，我对新环境更加熟悉了，饭量和睡眠照旧。

② 今年公司效益不错，年底奖金照旧。

📖 可以作谓语。

③ "这学期开学时有补考吗？""照旧吧。"

④ "今年收费情况如何？""照旧。"

📖 可以在回答问话时单用。

副词　表示行为、状态跟平常或以前一样进行或出现。

⑤ 他只休息了一天，便照旧去送货。

⑥ 农历新年到了，大街上照旧又热闹了起来。

⑦ 虽然是假期，她照旧一早就起床了。

📖 多修饰动词或动词短语。

3. 亏

动词　通常表示幸运地得到免除不良后果的有利条件；幸亏；多亏。常与"才、不然、否则"等连用，表示后果得以避免或不可避免。

① 亏你电话里提醒我，才没忘记。

② 亏我带了学生证，他们才让我进去。

③ 那个人真不讲道理，亏你没去，不然一定也被他骂一顿。

④ 他家那么远啊，亏我出来得早。

📖 后面多跟单音节词。

⑤ 亏了邻居发现早，才没有造成更大的损失。

⑥ 亏得抢救及时，不然命早没了。

 也可说"亏了、亏得"，音节没有限制。

⑦ 也真亏是你，要我早就没有这个耐性了。

⑧ 那蜈蚣（风筝）五十来米长，要一节儿一节儿做起来，一节儿一节儿连起来，还要让它上天飞起来，真亏他父子能把它做出来。

 表示做到了不容易做的事。前面有副词"真"。

◎ 杨二嫂发见了这件事，自己很以为功，便拿了那狗气杀飞也似地跑了，亏伊装着这么高低的小脚，竟跑得这样快。

⑨ 亏你还学过高等数学呢，这种题目都不会做。

⑩ 这个馊主意亏他想得出来。

 正话反说。实际意思跟字面意思相反，表示不满、讽刺等情绪。

4. 暗地里

名词 表示动作、行为不公开地或无声地进行。

① 这十年来我暗地里崇拜着的那位演员宣布退出演艺界了。

② 他刚到公司就当了部门经理，许多人暗地里把他看成竞争对手。

③ 大约实在是日子太久、病情太严重的缘故，几个朋友暗地里协商后请了国外的医生来。

④ 看到别人都快做完了，他暗地里加快了手上的动作。

 作状语。

◎ 闰土要香炉和炉台的时候，我还暗地里以为他总是崇拜偶像，什么时候都不忘却。

⑤ 爸爸妈妈发生争吵时，爸爸总是搬出这件事使自己立于不败之地。这时我就暗地里同情起妈妈来。

⑥ 小时候我虽然为他对我的赞赏暗地里高兴过，还增加了对他的敬佩，但也就从那时起，我对他还产生了几分恐惧心理。

 接修饰心理活动的词语，表示心理活动不显示、公开出来。

5. 忽而

| 副词 | 表示事情来得迅速而出乎意料；忽然。用于书面。 |

◎ 现在我的母亲提起了他，我这儿时的记忆，忽而全都闪电似的苏生过来，似乎看到了我的美丽的故乡了。

① 他走着走着，忽而停住了。

② 人们正在散步，忽而听见有人大叫一声，不知出了什么事。

③ 新年才过，她刚从河边淘米回来，忽而失了色，说刚才远远地看见一个男人在对岸徘徊，很像夫家的堂伯，恐怕是正为寻她而来的。

📖 多用于动词、形容词前。

④ 河道忽而宽，忽而窄。

⑤ 我问你，你的态度，忽而软，忽而硬，究竟是怎么回事？

⑥ 前面那辆车怎么了？忽而向左，忽而向右，司机大概喝醉了吧？

⑦ 参加文化节的游行队伍忽而走，忽而停，忽而唱，忽而舞。

📖 连用。表示行为、状态不断地变化；同"一会儿……一会儿……"。多修饰意义相同、相近或相对的形容词、动词。

二 词语辨析

1. **先前　以前**

先前

◎ 先前的紫色的圆脸，已经变作灰黄，而且加上了很深的皱纹。

① 先前他们是朋友。/他们先前是朋友。

② 从这时起她变了，不像先前那样能干活了。

③ 先前的那些伤心事就别再提了。

以前

④ 他两鬓的白发比以前多了些。

⑤ 我先前跟着父亲来过成都，这个城市以前很美，也很安静，人家门口还种鲜花。

以上各句"先前""以前"可以互换。

⑥ 三千多年以前，中国已经能织出很漂亮的带花的丝绸了。

⑦ 在她离家以前，你们是不是吵架了？

⑧ 从《聊斋志异》一书的创作借鉴来说，它主要取法于唐人和唐人以前的小说。

⑨ 很久以前有个诸侯来到这儿，带着三只鹰用来捕鸟，从此以后大家就把这个地方叫做三鹰市。

以上各句"以前"不能换成"先前"。

异同归纳		先前	以前
同	词性	名词	
	词义	指现在之前的时期。	
	语法功能	作状语、宾语、定语，作定语必带"的"。	
异	词义侧重	指"现在"之前的时间，区别于"现在""将来"。	指所说某个时间之前的时间。
	语法功能	无右边的用法。	前面常带定语，构成"……以前"的格式，如例⑥—⑨。
	固定搭配		很久（很早）～、不久～、很久很久～

2. 神色　脸色

神色

◎ 然而圆规很不平，显出鄙夷的神色，仿佛嗤笑法国人不知道拿破仑，美国人不知道华盛顿似的，冷笑说："忘了？这真是贵人眼高……"

① 她见丈夫脸上挂着笑，神色十分镇定，才稍稍安心了一些。

② 他大概从我的眼里看出了疑虑的神色，便附身过来在我耳边说："放心吧，我已经在这儿干了五年了！"

③ 年轻人指手画脚地说了事情的经过。现在他神情自若，脸上一点也没有不自然的神色了。

脸色

④ 晚上，父亲从外边回来了，脸色阴沉得可怕。

⑤ 你们大家看，阿光总是看老婆的脸色行事，真是标准的"气管炎"
（妻管严）。

⑥ 晓蕊晚上回家稍晚一点儿，婆婆就给她脸色看。

异同归纳		神色	脸色
同	词性	名词	
	词义	指人的脸上显露出来的内心活动。	
	语法功能	作主语、宾语。	
异	词义	无此义。	本义指脸的颜色，还指脸上表现出来的健康情况。如"红扑扑的脸色""苍白的脸色"。
	搭配对象	～镇定、疑虑、慌张、不安、紧张、异常、匆忙、惶恐、羞愧、惘然、尴尬…… 使用范围比"脸色"宽。	～严肃、阴沉、难看、忧郁、为难……
	固定搭配	～自若	看……的～行事 给……～看

3. 大抵　大致

大抵

◎ 眼睛也像他父亲一样，周围都肿得通红，这我知道，在海边种地的
人，终日吹着海风，大抵是这样的。

① 在小城的宾馆里，我们大抵一起来就看报。

② 我是像候鸟一样来去城乡两地的人，大抵暑期在乡下的时间多，冬
季则多住在城里。

③ 如果出到十几文，那就能买一样荤菜，但这些顾客，多是短衣帮，大抵没有这么阔绰。

④ 等他以后做了官，大抵也要摆架子吧。

大致

⑤ 这篇文章的内容大致可以概括为三个方面。

⑥ 你能不能把那儿的环境、条件大致地介绍一下儿？

⑦ 常用汉字的数目，今天还没有很确切的统计。要能大致读懂一般的书籍报纸，大概有三千字左右就行。

⑧ 这两种情况，大致上没有什么差别。

⑨ 事情的大致经过就是这样。

异同归纳		大抵	大致
同	词性	副词	
	词义	表示就大多数情况来说是如此。	
	语法功能	作状语。	
异	词义侧重	表示大部分人或者在大多数情况下是如此；大多用于已发生的事情。	表示从主要方面来说；粗略地、概括地。既用于已经发生的事，也用于尚未发生的事。
	语法功能	可用在主语后、谓语前，也可用在主语前； 后面不能加"地、上"； 主要修饰动词短语，如例④； 修饰形容词短语较少，如例③； 用于未发生的事时，一般表示推测，如例④。	只用在主语后，谓语前，如例⑤—⑧。 后面可加"地、上"，如例⑥⑧； 可修饰动词短语和形容词短语。
			兼作形容词，可作定语，如例⑨。
	语体风格	书面语	书面语、口语

4. 隔绝　隔离

隔绝

◎ 我想：我竟与闰土隔绝到这地步了，但我们的后辈还是一气，宏儿不是正在想念水生么。

① 突发的灾难，隔绝了我和家人的联系。

② 用电弧焊接火箭、飞机、轮船、导弹等用的不锈钢、铝或铝合金等时，可以用氩气来隔绝空气，防止金属在高温下跟其他物质起反应。

③ 他躲进深山，过着与世隔绝的生活。

隔离

④ 我们隔离在两地，几乎没有再见面的机会。

⑤ 我们都时时牵挂着对方，不但不因为山水相隔而彼此冷淡，反倒因为隔离而更亲密。

⑥ 这是隔离区，不得擅自入内。

异同归纳		隔绝	隔离
同	词性	动词	
	词义	表示隔开，不联系，不接触。	
	语法功能	可作谓语、定语。	
异	词义	无此义。	还表示把患传染病的人、畜和健康的人、畜分开，避免接触，或控制人的行动，不让与别人接触。如：~治疗、~审查。
	词义侧重	着重于人与人、人与外界断绝联系，事物与事物不相通、不接触，如课文例句。	着重于隔开、分离、不接触；只用于人或动物。
	语法功能	可以带宾语，如例①②；可以加"到"作补语，如课文例句。	不能带宾语；可以带结果补语，如例④。
	固定搭配	与世~	
	语体风格	书面语	书面语、口语

三 词语搭配

1. 凶猛

～的白鲨	～地扑过去	性情～
～的动物	～地进攻	来势～
～的暴风雪	风刮得更～了	大坝被～的洪水冲塌了

2. 忙碌

～的人群	很～	～了一天
～的蜜蜂	显得～	紧张地～着
生活是～的	看她那样～	高兴地～起来

3. 朦胧

～的月光	天色～	～地看见
～的记忆	夜色～	～起来
～的感觉	雾气～	对一切还很～

4. 留念

～故乡	～的地方	对过去很～	有些～
～过去	～的口吻	充满～之情	值得～
～以往的生活	无限地～	～地看来看去	使人～

四 练习

（一）模仿例子组成新词语

1. 家具　　＿＿＿＿具　　　　　＿＿＿＿具　　　　　＿＿＿＿具

2. 随便　　随＿＿＿＿　　　　　随＿＿＿＿　　　　　随＿＿＿＿

3. 木器　　＿＿＿＿器　　　　　＿＿＿＿器　　　　　＿＿＿＿器

4. 隔绝　　　隔_____　　　　隔_____　　　　隔_____

5. 供品　　　_____品　　　　　_____品　　　　　_____品

6. 风景　　　风_____　　　　风_____　　　　风_____

7. 搬运　　　_____运　　　　　_____运　　　　　_____运

8. 嗤笑　　　_____笑　　　　　_____笑　　　　　_____笑

9. 景况　　　_____况　　　　　_____况　　　　　_____况

10. 事务　　　_____务　　　　　_____务　　　　　_____务

11. 无穷无尽　无_____无_____　　无_____无_____　　无_____无_____

12. 一扫而空　一_____而_____　　一_____而_____　　一_____而_____

13. 无话可说　无_____可_____　　无_____可_____　　无_____可_____

（二）选择适当的词语填空

| 大致　大抵　　隔离　隔绝　　神色　脸色　　先前　以前 |

1. 村子里上不了网，我才回来两天，就像同外面的世界_____了一样。

2. 媒体曝光后，我们立即进行了调查，调查的情况跟报上的报道_____相同。

3. 大约四五十万年_____，在北京西南周口店龙骨山的山洞里，居住着原始人类。

4. 我们一别五十年，真想马上见到他，同他叙叙_____半个世纪彼此不同的情况。

5. 凡是逃出险境的人，_____在宾馆、饭店和茶馆闲坐，讲述遇险的故事。

6. 愿望终于变成了现实，他高兴得晚上做的梦都和_____大不相同了。

7. 小王就是这样的人，只知道看领导的_____行事。

8. 一位旅美女作家，在街上遇到一位卖花儿的老太太。老太太穿着破旧，身体虚弱，但脸上的_____却是那样祥和和兴奋。

（三）用指定词语完成句子

1. 两天没上网，＿＿＿＿＿＿＿＿＿＿＿＿＿＿＿＿＿＿＿＿＿。（隔绝）

2. ＿＿＿＿＿＿＿＿＿＿＿＿＿＿＿＿，而这在青少年身上表现得尤其突出。（崇拜）

3. 时过境迁，很多往事都成了过眼云烟，＿＿＿＿＿＿＿＿＿＿＿＿＿。（忘却）

4. 善良是为了社会更加和谐稳定，是一种不违背原则的退让，而不是＿＿＿＿＿
   ＿＿＿＿＿＿＿＿＿＿＿＿＿＿＿＿＿＿＿＿＿＿＿＿。（默默）

5. 我之所以心系南方有名的绿城——南宁，不仅仅在于江水的迷人，也不仅仅在
   于满街绿树鲜花的美丽芬芳，＿＿＿＿＿＿＿＿＿＿＿＿＿＿＿＿＿＿
   ＿＿＿＿＿＿＿＿＿＿＿＿＿＿＿＿＿＿＿＿。（留恋）

6. 有人说，婚姻中的爱情＿＿＿＿＿＿＿＿＿＿＿＿＿＿＿＿＿＿＿＿
   ＿＿＿＿＿＿＿＿＿＿＿＿＿＿，积存的岁月让它变得醇厚、深沉。（正如）

7. ＿＿＿＿＿＿＿＿＿＿＿＿＿＿＿＿＿＿＿＿＿＿＿＿＿＿＿
   ＿＿＿＿＿，学生为考试而忙，上班族为工作而忙，主妇为家务而忙。（忙碌）

8. 有些人可能会有这样的举动，比如打不过对方，就会背后算计人家，＿＿＿＿
   ＿＿＿＿＿＿＿＿＿＿＿＿＿＿＿＿＿＿＿＿＿＿。（暗地里）

9. ＿＿＿＿＿＿＿＿＿＿＿＿＿＿＿＿＿＿，并不像你们所想的那样。（大致）

（四）用指定词语完成下列对话

1. A：除夕晚上人们一般怎么过？
   B：＿＿＿＿＿＿＿＿＿＿＿＿＿＿＿＿＿＿＿＿＿＿＿＿＿。（照旧）

2. A：藏獒（zàng'áo）是世界猛犬的祖先。
   B：＿＿＿＿＿＿＿＿＿＿＿＿＿＿＿＿＿＿＿＿＿＿＿＿＿。（凶猛）

3. A：咱们俩是不是弄不了啊？我以为没什么东西呢。
   B：＿＿＿＿＿＿＿＿＿＿＿＿＿＿＿＿＿＿＿＿＿＿＿＿＿。（搬运）

4. A：小王嫌毛衣脏就用开水烫，结果不能穿了。
   B：＿＿＿＿＿＿＿＿＿＿＿＿＿＿＿＿＿＿＿＿＿＿＿＿＿。（亏）

5. A：你怎么才干两天就辞了呢？
   B：＿＿＿＿＿＿＿＿＿＿＿＿＿＿＿＿＿＿＿＿＿＿＿＿＿。（脸色）

6. A：昨晚的晚会很热闹吧？你一定玩儿得很开心。
   B：什么呀，＿＿＿＿＿＿＿＿＿＿＿＿＿＿＿＿＿＿＿＿＿。（忽而）

7. A：你为什么怀疑是他？

    B：_____。（神色）

8. A：_____。（暗地里）

    B：你怎么不向她表白呢？当心别人捷足先登了。

（五）选择适当的四字词语填空

> 一扫而空　　无话可说　　躲躲闪闪　　无穷无尽

1. 有关人士认为，对于转基因的标志问题已达成共识，包括中国在内的 113 个国家在加拿大签署的联合国《生物安全议定书》中明确规定，消费者有对转基因食品的知情权。转基因产品不应再_____了，要让市民明明白白消费。

2. 海洋馆主体建筑造型为一个巨大的游艇，色彩以蓝色为基本色调，代表了神秘的海洋和海洋生物_____的生命力。

3. 据唱片公司透露，一家经销商向他们反映，如此火暴的抢购场面，已经好久没有遇到过了，仅仅是两个小时，店内的 6000 张专辑就被_____，以至于晚来一点的歌迷都不得不空手而归。

4. 对各家报价，该集团为何_____？难道真如有人怀疑的那样——"有秘密需要掩盖"？

5. 写作_____是因为你对该话题不够了解。我们常说阅读是输入，写作是输出，要言之有物，就需要平时对该话题有一定的阅读量，了解相关背景，这样才能形成自己的观点和看法。

（六）选择适当的四字词语改写下列句子

> 一扫而空　　无话可说　　躲躲闪闪　　无穷无尽

1. 他说要跟我商量事情，但又不痛快地说，好像想故意掩饰什么，真让人着急。

    _____

    _____

2. 房价像被炒作似的，一个劲地往上涨，而买房者追涨的风潮也一浪高过一浪，新近推出的楼盘一下子又卖光了。

_____

_____

3. 这次培训使我真正感受到了团队的精神和力量是没有穷尽的，一个人的力量是微不足道的。

_____

_____

4. 无论安全会议开多少次，就是没用，目睹矿难，我真的已不知该说什么，也不想再说什么。

_____

_____

5. 说话不要故意掩盖事实真相，既然知道，为什么不堂堂正正地拿出证据来？

_____

_____

（七）选择恰当的一组词语填空

1. ① 年年正月初一，晚辈_____给长辈拜年，而长辈照例给年幼的晚辈压岁钱。

② 当别人对他不公时，他从不以同样的态度对待别人，_____表现得更为公正。

③ 在外求学总是一种难得的经历。在外面待久了，总有些丢不开的乡愁。陌生的街道上，再漂亮的建筑也缺那么点儿乡土_____。

④ 几个孩子总不得消停。或者大的欺负了小的，或是小的欺负了大的，被欺负的哭着嚷着，到我或妻的面前诉苦；_____我仍旧要用老法子来判断的，但不理的时候也有。

A. ① 照旧　　② 反正　　③ 气息　　④ 大致

B. ① 照理　　② 反而　　③ 气味　　④ 大抵

C. ① 照旧　　　② 反而　　　③ 气息　　　④ 大抵

D. ① 照理　　　② 反正　　　③ 气味　　　④ 大致

正确选项_ _ _ _ _ _ _ _ _ _ _ _

2. ① 总之，凡有生命力者，都在为自身的生存而不停地_____着、生活着。人类区别于其他物类的根本点在于不仅为生存而忙，还要为发展、为生存得更好而忙。

② 中国的牛，永远_____地为人类做着沉重的工作。在晨光和烈日下，它拖着沉重的犁，拖出了身后的松土；当满地金黄的时候，它又担当起了搬运负重的工作。

③ 我的父亲是个极普通的农民，劳动一生，默默死去，像一把黄土。黄土长了庄稼，却并不为太多的人注意，全中国的老一辈_____农民都是这样。

④ 这位捏泥人的是一位五六十岁的大叔。从外表看起来，他竟是这般的灵气逼人。眼神中，没有太多的自信，然而_____的他埋着头，用他那几乎形成惯性的双手，把不成形的彩泥捏得如此充满活力。

A. ① 忙碌　　　② 默默　　　③ 大多数　　　④ 朴实

B. ① 繁忙　　　② 默然　　　③ 大多数　　　④ 朴素

C. ① 繁忙　　　② 默默　　　③ 大多　　　④ 朴实

D. ① 忙碌　　　② 默然　　　③ 大多　　　④ 朴素

正确选项_ _ _ _ _ _ _ _ _ _ _ _

（八）下面每段话都画出了 ABCD 四个部分，请挑出有错误的部分

1. <u>专家经过长期研究，发现中国的姓氏分布都具有地区性规律。</u><u>比如谭姓在全国</u>
　　　　　　　　　　　　　　　　　　　　　　　　　　　　A

<u>并不算大姓，但在湖南却进入了前十名。台湾的蔡姓，再如山东的孔姓也有这样</u>
　　　　　　　　　　　　　　　　　　　　　　B

<u>的特点，这是因为几千年来中国基本的村落人口组织相对稳定，</u><u>而聚族而居的关</u>
　　　　　　　　　　　　　　　C

<u>系又会使人们能长期固定地生活在一起。</u>　　　　　　　　　　　　（　　）
　　　　　D

2. 斤斤计较并不能说明一个人精神，反而显得他心胸狭窄，品德自私，为他人所
   　　A　　　　　　　　　　　　　　　　　　B　　　　　C
   不齿。　　　　　　　　　　　　　　　　　　　　　　　　　　　　　　（　　）
   D

3. 儒家思想是农业文明的代表，孔子说："乡愿，德之贼也。"虽然我们很多时候
   　　　　　　　　　　　　　　　　　　　　　　　　　　　　　　　　A
   所谓的善良其实就是"乡愿"——不讲原则、不讲是非地谦退忍让，但整个儒
   　　　　　　　　　　　　　　　　　　　　　　　　　　　　　　B
   家思想的原则仍然是崇尚善良的，很多时候，他不但不能弥补道德和社会制度
   　　　　　　　　　　　　　　　C
   上的缺失，而且会造成更大的损害。在漫长的中国农业社会，善良早已被异化。
   D
   　　　　　　　　　　　　　　　　　　　　　　　　　　　　　　　　（　　）

4. 我羡慕那些来自乡村的人，总有一个在他们的记忆回味无穷的故乡，尽管这故
   　　A
   乡可能其实是个贫困的地方，但只要他们愿意，便可以尽情地想象自己丢了的
   　　　　B　　　　　　　　　C
   某些东西仍寄存在那个故乡，从而自我原谅和自我慰藉。　　　　　　（　　）
   　　　　　　　　　D

5. 鲁迅把中国几千年的封建历史概括为两个时代：想做奴隶而不得的时代；暂时
   做稳了奴隶的时代。前一时代，是天下大乱的时代，社会动荡，没有奴隶规
   　　　　　　　　　　　A
   则，百姓连奴隶都不如；后一时代，是天下暂时太平的时代，百姓走上了奴隶
   　　　　　　　　　　　　　　　　　　　　B
   的轨道。在这里，鲁迅首先把批判的矛头指向了封建暴君，其实，鲁迅还把批
   　　　　　C
   判的矛头指向了老百姓，批判了国民性的弱点。　　　　　　　　　（　　）
   D

修辞提示与练习

 一 篇章的连贯——开头和结尾

（一）分析

开头和结尾是篇章的重要组成部分，在篇章中有着特殊的作用。好的开头和结尾往往能使篇章增色不少。

开头是作者思路的起点，关系着作者思路的发展，是篇章的一个特殊部分。因此，开头既要有利于篇章的展开，给全篇打下一个好的基础，又要有吸引人的力量，能够紧紧抓住读者。

一般说来，开头应开门见山，直接入题。不能下笔千言而离题万里。开门见山，直接入题能直接揭示文章的中心，或直接接触文章的内容、主要事件和人物等，能达到引人入胜的效果。

就记叙文而言，叙述一件事情，事情的经过是它的主体，事情的开端就可以作为开头，事情的结局就是它的结尾。大部分记叙文都采用这种方式，例如《故乡》的开头：

我冒了严寒，回到相隔二千余里，别了二十余年的故乡去。

时候既然是深冬，渐近故乡时，天气又阴晦了，冷风吹进船舱中，呜呜的响，从篷隙向外一望，苍黄的天底下，远近横着几个萧索的荒村，没有一些活气。我的心禁不住悲凉起来了。

这是作者眼里看到的二十年后故乡的实景：晦暗、萧条、令人悲凉。"严寒"写回故乡的季节；"二千余里"写"我"与故乡相隔之远；"二十余年"写"我"与故乡分别之久。而对农村衰败荒凉景象的描写，衬托了"我"悲凉的心情，交代了时间、地点及回家的心情。

记叙文的开头也可以采用倒叙结构：开头先交代事情的结局，再回过头来叙述事情的开端和经过。这种方式在小说里比较常见。例如鲁迅的另一篇小说《祝福》，先写"我"回到故乡，看到故乡祝福的景象以及见到祥林嫂和祥林嫂之死，然后由她的死引出对她半生经历的回忆。

结尾是作者思路的终点，是篇章内容发展的自然结果。作为篇章的一个特殊部分，结尾有两个作用，一个是结束全文，一个是加深读者印象。也就是说，既要善于归纳总结，使篇章完整严谨，又要给读者留下深刻的印象和回味的余地。

一般来说，许多篇章都是在结尾概括全篇的主要内容，点明或深化篇章的中心；也有的篇章在开头点明中心，结尾再简单回应开头，再次强调或深化中心。例如《故乡》的结尾：

我在朦胧中，眼前展开一片海边碧绿的沙地来，上面深蓝的天空中挂着一轮金黄的圆月。我想：希望本是无所谓有，无所谓无的。这正如地上的路；其实地上本没有路，走的人多了，也便成了路。

这是小说中作者头脑里想象出的二十年前的故乡的图画：明朗、美丽、令人神往。作者采用了对比的写法，开头写现实的故乡"没有一点活气"，结尾又再现了记忆中故乡的美丽画面，这是"我"的美好希望的象征，也是对新生活的想象、憧憬。深化了中心："我"非常失望，但也充满了希望。

（二）练习：判断下列各段是文章的开头还是结尾

1. 相传水仙花是由一对夫妻变化而来的。丈夫名叫金盏，妻子名叫百叶。因此水仙花的花朵有两种，单瓣的叫金盏，重瓣的叫百叶。　　　　　　　　（　　）

2. "妈妈，咱们走吧！我不要变形金刚。"十岁的儿子对我说。

这是一家新开的百货商场。作为一个家境不宽裕的主妇，每逢我带着儿子去商场的时候，总是像避开雷区一样躲着玩具柜台。这一家商场的经理很精明，在一进门通常飘荡着化妆品香风的大厅处，摆满了令人耳目一新的玩具。　　　　　　　（　　）

3. 由于风力发电是最环保、最经济的发电方式，所以各地政府应该大力发展这种风力发电业，建设更多的风力发电站，以缓解目前电力紧张的局面。　　　（　　）

4. 这事到了现在，还是时时记起。我因此也时时熬了苦痛，努力地要想到我自己。几年来的文治武力，在我早如幼小时候所读过的"子曰诗云"（泛指儒家古籍）一般，背不上半句了。独有这一件小事，却总是浮在我眼前，有时反更分明，教我惭愧，催我自新，并且增长我的勇气和希望。　　　　　　　　　　　　　　（　　）

5. 花怎么会有各种美丽鲜艳的色彩呢？这是由于花瓣的细胞液中存在着色素。

（　　）

6. 总之，独生子女的问题并不像我们想象的那么严重，不要过于强调"独生子女"这一现象，要给孩子们一个更加宽松的社会舆论和更加自然的社会环境。　（　　）

7. 得到母亲去世的消息，我很悲痛。我爱我母亲，特别是她勤劳一生，很多事情是值得我永远回忆的。 （　　）

8. 有一天，人类能对金钱反转身来，使役（yì）人的金钱乖乖地被役于人，则世界怕是有希望了吧。 （　　）

9. 这几天心里颇不宁静。今晚在院子里坐着乘凉，忽然想起日日走过的荷塘，在这满月的光里，总该另有一番样子吧。月亮渐渐地升高了，墙外马路上孩子们的欢笑，已经听不见了；妻在屋里拍着闰儿，迷迷糊糊地哼着眠歌。我悄悄地披了大衫，带上门出去。 （　　）

10. 他在信中写道："亲爱的女儿，从这个月起，我每月给你700元生活费。多出来的100元，你可以买零食，去麦当劳，去必胜客……记住：任何时候，都要用自己的钱埋单，这才是有质量的生活。还有，如果你喜欢某个男生，开始谈恋爱，请一定告诉我，我会每月再给你增加100元，作为恋爱的经费。请你一定记住：每次约会，不要忘记带上你的钱包，你要学会并习惯为自己所爱的人埋单。这样你才有资格得到一份有质量的爱情。" （　　）

二　篇章的组织与修辞手段——反语与篇章

（一）分析

在《故乡》中，杨二嫂也是作者着力刻画的一个小市民的典型形象，她是当时社会既被侮辱、被损害，而又深受私有观念支配的村镇小私有者形象的代表。二十年前的杨二嫂，人称"豆腐西施"，年轻漂亮，安分守己。二十年后的杨二嫂，不仅老、丑而瘦，而且变得尖刻、势利、贪婪、自私。鲁迅是这样描写她的神态、动作的：

① 那豆腐西施的杨二嫂，自从我家收拾行李以来，本是每日必到的，前天伊在灰堆里，掏出十多个碗碟来，议论之后，便定说是闰土埋着的，他可以在运灰的时候，一齐搬回家里去；杨二嫂发现了这件事，自己很以为功，便拿了那狗气杀飞也似的跑了，亏伊装着这么高低的小脚，竟跑得这样快。

"每日必到"按理说是来帮忙的，但杨二嫂却是来要东西或"顺"东西的，当她在灰堆里，掏出十多个碗碟来时，自己就"很以为功"，于是理所当然地又拿了一件器具"飞也似的跑了"，想不到她"装着这么高低的小脚，竟跑得这样快"，真是很不一般，平日里怎么就没发现呢？作者用这些与本意相反的词句来描写人物，正是为了表现杨二嫂贪婪、自私的性格。这种修辞法叫"反语",是借与本意相反的词语或句子来表达本意,也就是"说反话"。它比正说、直说更有力量,能取得讽刺、幽默的效果。

鲁迅的作品中反语方法的运用是比较多的。例如:

② 好个"友邦人士"!

③ 当三个女子从容地辗转于文明人所发明的枪弹的攒射中的时候,这是怎样的一个惊心动魄的伟大呀?

例①、②、③都是正话反说,用正面的话表达反面的意思。还有一种是反话正说,即用反面的话表达正面的意思。例如:

④ 几个女人有点儿失望,有点儿伤心,各自在心里骂着自己的狠心贼。

⑤ 不知不觉中,我已从心底里爱上了这个傻乎乎的人。

例④"狠心贼"指的是女人各自的丈夫,是对丈夫的真挚情谊的自然流露;例⑤的"傻乎乎"也是反话,实际上是觉得这个人很可爱。反话正说一般用于亲朋好友之间,带有亲切、喜爱的思想感情。

(二)练习:重新安排下列句子的语序

1. A. 一听说国家要开发大西北

   B. 这个狠心的女人

   C. 独自一人走了

   D. 把工作辞了,孩子扔给了父母

   E. 还说总算找到了用武之地 _____

2. A. 积极附和的开发商暗地里却在力挺房价

   B. 就会"昨日重现",强烈反弹

   C. 面对系列楼市调控

   D. 认为熬过3到6个月后 _____

3. A. 他身材很高大,一脸乱蓬蓬的花白的胡子

   B. 穿的虽然是长衫

   C. 青白脸色,皱纹间时常夹些伤痕

   D. 可是又脏又破

   E. 似乎十多年没有补,也没洗 _____

4. A. 多少可以去为农民如何脱贫出出点子

　　B. 原以为我们这种所谓的文明人

　　C. 还坚持说农民一点儿不比专家笨

　　D. 但这些经历使我慢慢开始明白

　　E. 为什么舒尔茨在得了诺贝尔奖以后　　　　　＿＿＿＿＿＿＿＿＿

5. A. 母亲一天比一天老了

　　B. 各自忙着各自的事情

　　C. 走路已经显出老态

　　D. 她的儿女都已经长大成人了

　　E. 匆匆回去看一下她，又匆匆离去

　　F. 狠心的儿女们啊　　　　　　　　　　　　　＿＿＿＿＿＿＿＿＿

6. A. 还会唱歌、背诗、画画

　　B. 认识许多简单的汉字

　　C. 我表妹今年五岁多

　　D. 好像在想什么鬼主意似的

　　E. 她鼻子大大的，头发柔顺而乌黑

　　F. 黑葡萄似的眼睛总是转来转去　　　　　　　＿＿＿＿＿＿＿＿＿

三　文体与篇章修辞

（一）小说和小说中的人物描写

　　有人曾经就叙述和描写在文中的作用打了一个生动的比喻：如果把一篇文章比做用珍珠宝石制作而成的一串闪闪发光的项链，那么串连珍珠宝石的链条就是叙述；而每一颗珍珠宝石就是一个个形象鲜明的描写。文章交代环境、讲述事件离不开叙述，但是，只是叙述会使文章显得抽象，缺乏吸引力。只有对人物、时间、环境作具体的描写、刻画，才能给人生动鲜明的印象。

　　人物描写，就是要写出人物的个性特征。个性特征，指的是一个人的思想、品行、行为习惯等方面不同于他人的特征。这些特征是在特定的社会环境和生活经历中形成的。由于人们的生活经历和所处的社会环境各不相同，因而普遍存在着个性差异。只有善于表现人物的个性特征，文章才有可能打动读者。

鲁迅的小说《故乡》通过对比描写，典型地表现了人物的个性特征，成功地塑造了闰土这个典型的农民形象。

（二）练习

1. **完成下列表格，并说明这些对比描写表现的深刻意义是什么**

描写对象	少年闰土	中年闰土
外貌		
动作、语态		
对"我"的态度		
对生活的态度		

2. **重新安排画线部分的顺序，使其与前面连贯起来**

① 她头一次回国，是两年前的一个下午。快乐的声音我根本无需去猜："Kelly!"回转身，惊喜之余我不禁被突如其来的陌生感噎住了：＿＿＿＿＿＿＿。

　A. 我的脑海中浮起了三个字：厚障壁

　B. 如今已是一身典型的美式装束，"内衣外穿"的毛衣前晃呀晃的饰物令我有些茫然

　C. 但我似乎已感觉不到往日的随便，一种担心莫名奇妙地涌起

　D. 重逢总是喜悦的，我没有说什么

　E. 记忆中还是长辫子运动服一脸恬静的她

② 当夏日夕阳下她带着金色的影子站在我面前时，我竟良久无言；我被深深地震撼了；她变了，＿＿＿＿＿＿＿。

　A. 而是游历世界后心胸豁达的笑容

　B. 眉宇间没有了为骄傲而展现的微笑

　C. 充满真诚的眼睛

　D. 眼前，是一个可以用自己眼睛看清世界的长大了的女孩

　E. 少了一份迷茫多了一份坚定，神采奕奕地望向未来

③ 门打开，一个高高的、脸儿白净的青年迎出来，_____。

  A. 他喉音挺重，像成年人的声音

  B. 伸出一双又细又长的大手，热情地同我握手说："记得，记得，快请进！我姐姐和爸爸都在家。"

  C. 咬字可不清晰，不像他姐姐口齿那样伶俐

  D. 我一眼就认出他是简梅的弟弟简松

  E. 他也认出了我，露出甜甜的、讨人喜欢的笑容

④ 这时候，我倒是真的想到了母亲的艰辛和不易；她为了养活一家老小，从早到晚地忙碌着，每天晚上，在我进入梦乡之前，_____。

  A. 她白天已经在农田里劳动了一天了，有时做着做着，就开始打瞌睡

  B. 可是过不了多久，又开始重复那个动作……

  C. 不是剥花生就是捻玉米，要么就是凑在灯下给我们缝补衣服

  D. 头缓缓地垂下去，然后再极力地抬起来，用力摇动一下

  E. 她那双像树皮一样粗糙的手从来没闲过

表达与写作

● 表达训练

1. 二十年间，故乡的景象和人物（闰土、杨二嫂）都发生了巨大的变化，你认为发生如此变化的原因是什么？

2. 你认为《故乡》所表现的主题是什么？

3. 作者为什么说"我想到希望，忽然害怕起来"？ 谈谈你的看法。

4. 叙述一段你的故乡的景色和给你印象深刻的故乡人。在你眼里，他们有什么变化？

● 写作训练

以《故乡》为题，写一篇小小说。

要求：（1）用对比描写手法写出故乡的景象和人物的变化。

（2）通过故乡的景象和人物的变化揭示出其社会原因。

（3）字数：800～900 字。

扩展空间

名家典藏

鲁迅小说集：《呐喊》《彷徨》

　推荐小说：《阿 Q 正传》《祝福》《药》《孔乙己》

鲁迅散文集：《朝花夕拾》

鲁迅散文诗集：《野草》

媒体资源

电影《祝福》　　　　北京电影制片厂　1956 年

电影《阿 Q 正传》　上海电影制片厂　1981 年

《百家讲坛——鲁迅》

　　　　　　　　　央视音像精品网　http://goucctv.com/zhongshibaike/

电视系列片《走遍中国——绍兴》　　　中央电视台

词语追踪

脱贫　　反弹　　宏观调控　　疲软　　炒楼　　楼盘　　转基因

新闻炒作　　买单　　埋单　　变形金刚

词语索引

羁绊	jībàn	（动）	7
极端	jíduān	（副）	7
极为	jíwéi	（副）	9
即便	jíbiàn	（连）	9
即刻	jíkè	（副）	10
棘手	jíshǒu	（形）	11
妓（女）	jì（nǚ）	（名）	9
祭	jì	（动）	7
寄托	jìtuō	（动）	9
家常	jiācháng	（名）	9
家景	jiājǐng	（名）	12
尖利	jiānlì	（形）	12
坚挺	jiāntǐng	（形）	9
拣择	jiǎnzé	（动）	12
简明	jiǎnmíng	（形）	10
简约	jiǎnyuē	（形）	11
间接	jiànjiē	（形）	8
建构	jiàngòu	（动）	11
渐变	jiànbiàn	（动）	11
僵硬	jiāngyìng	（形）	9
交手	jiāoshǒu	（动）	9
狡黠	jiǎoxiá	（形）	9
较量	jiàoliàng	（动）	9
较真	jiàozhēn	（形）	10
教义	jiàoyì	（名）	9
节骨眼	jiēguyǎn	（名）	10
阶级	jiējí	（名）	7
揭示	jiēshì	（动）	11
杰作	jiézuò	（名）	7
解除	jiěchú	（动）	9
解脱	jiětuō	（动）	8
矜持	jīnchí	（形）	10
锦绣	jǐnxiù	（名、形）	7
进而	jìn'ér	（连）	11

近似	jìnsì	（动）	7
精华	jīnghuá	（名）	11
精英	jīngyīng	（名）	9
颈子	jǐngzi	（名）	12
举动	jǔdòng	（名）	7
捐	juān	（动）	12
娟秀	juānxiù	（形）	10
决裂	juéliè	（动）	9
绝唱	juéchàng	（名）	9

K

开辟	kāipì	（动）	7
看望	kànwàng	（动）	10
慷慨	kāngkǎi	（形）	9
苛税	kēshuì	（名）	12
磕头	kētóu	（动）	12
空前	kōngqián	（形）	7
胯	kuà	（名）	12
宽大	kuāndà	（形）	9
框架	kuàngjià	（名）	11
亏	kuī	（动）	12
阔	kuò	（形）	12
苦痛	kǔtòng	（形）	8

L

啦啦	lālā	（拟）	12
来世	láishì	（名）	8
烂熟	lànshú	（形）	9
老爷	lǎoye	（名）	12
涝	lào	（动）	10
乐于	lèyú	（动）	8
冷笑	lěngxiào	（动）	12

飘飘然	piāopiāorán	(形)	9
拼搏	pīnbó	(动)	9
平台	píngtái	(名)	11
凭借	píngjiè	(动)	9
破旧	pòjiù	(形)	12
破碎	pòsuì	(动)	9
匍匐	púfú	(动)	7

Q

期限	qīxiàn	(名)	12
蹊跷	qīqiāo	(形)	9
齐集	qíjí	(动)	12
祈求	qíqiú	(动)	7
启程	qǐchéng	(动)	12
气韵	qìyùn	(名)	9
砌	qì	(动)	7
恰巧	qiàqiǎo	(副)	7
前提	qiántí	(名)	11
前沿	qiányán	(名)	11
谴责	qiǎnzé	(动)	10
强悍	qiánghàn	(形)	9
强盛	qiángshèng	(形)	7
强制	qiángzhì	(动)	11
切近	qièjìn	(动)	12
轻率	qīngshuài	(形)	10
祛	qū	(动)	10
取决(于)	qǔjué (yú)	(动)	11
颧骨	quángǔ	(名)	12
劝阻	quànzǔ	(动)	9
缺损	quēsǔn	(动)	9
瘸	qué	(动)	10
确乎	quèhū	(副)	12
确立	quèlì	(动)	11

| 确证 | quèzhèng | (动) | 11 |

R

髯	rán	(名)	9
燃烧	ránshāo	(动)	7
人格	réngé	(名)	8
人伦	rénlún	(名)	8
人性	rénxìng	(名)	9
任	rèn	(动)	11
日趋	rìqū	(副)	9
容忍	róngrěn	(动)	9
肉体	ròutǐ	(名)	8
如许	rúxǔ	(代)	12
儒将	rújiàng	(名)	9
入世	rùshì	(动)	8
软绵绵	ruǎnmiánmián	(形)	9
锐利	ruìlì	(形)	10

S

瑟索	sèsuǒ	(形)	12
上溯	shàngsù	(动)	7
捎脚	shāojiǎo	(动)	10
慑服	shèfú	(动)	7
绅	shēn	(名)	12
深奥	shēn'ào	(形)	9
深沉	shēnchén	(形)	7
神色	shénsè	(名)	12
神异	shényì	(形)	12
渗透	shèntòu	(动)	11
诗剧	shījù	(名)	10
诗篇	shīpiān	(名)	10
使节	shǐjié	(名)	9

协商	xiéshāng	（动）	11
协同	xiétóng	（动）	11
行程	xíngchéng	（名）	10
形态	xíngtài	（名）	11
幸而	xìng'ér	（副）	10
性状	xìngzhuàng	（名）	11
凶猛	xiōngměng	（形）	12
熊熊	xióngxióng	（形）	7
修养	xiūyǎng	（名）	8
修正	xiūzhèng	（动）	8
许可	xǔkě	（动）	10
许愿	xǔyuàn	（动）	10
絮絮	xùxù	（形）	12
玄妙	xuánmiào	（形）	9
旋	xuán	（动）	10
血压	xuèyā	（名）	10

Y

严寒	yánhán	（形）	12
衍化	yǎnhuà	（动）	9
眼色	yǎnsè	（名）	7
遥想	yáoxiǎng	（动）	7
遥遥	yáoyáo	（形）	7
衣裳	yīshang	（名）	10
伊	yī	（代）	12
依	yī	（介）	9
一通	yítòng	（数量）	10
宜	yí		8
姨太太	yítàitai	（名）	12
遗漏	yílòu	（动）	7
遗嘱	yízhǔ	（名）	7
疑惑	yíhuò	（动）	10
意境	yìjìng	（名）	9

意料	yìliào	（动）	9
意志	yìzhì	（名）	8
臆想	yìxiǎng	（动）	7
阴晦	yīnhuì	（形）	12
吟咏	yínyǒng	（动）	7
引发	yǐnfā	（动）	11
饮泣	yǐnqì	（动）	7
应验	yìngyàn	（动）	7
硬朗	yìnglang	（形）	9
优化	yōuhuà	（动）	11
幽情	yōuqíng	（名）	7
幽幽	yōuyōu	（形）	7
悠悠然	yōuyōurán	（形）	9
有如	yǒurú	（动）	12
有意识	yǒuyìshi	（副）	11
黝黑	yǒuhēi	（形）	7
原野	yuányě	（名）	7
圆规	yuánguī	（名）	12
圆实	yuánshi	（形）	12
淤积	yūjī	（动）	9
羽翼	yǔyì	（名）	7
郁愤	yùfèn	（形）	9
预言	yùyán	（名）	7
阈限	yùxiàn	（名）	11
愈加	yùjiā	（副）	12
允诺	yǔnnuò	（动）	10
愠	yùn		10
蕴蓄	yùnxù	（动）	10

Z

宰割	zǎigē	（动）	11
攒	zǎn	（动）	10
造化	zàohuà	（动）	9

四字词语

B

百废待兴	bǎi fèi dài xīng	10
不胫而走	bú jìng ér zǒu	10

D

大彻大悟	dà chè dà wù	9
东奔西颠	dōng bēn xī diān	9
躲躲闪闪	duǒduoshǎnshǎn	12

F

发人深思	fā rén shēn sī	7
发人深省	fā rén shēn xǐng	11
风调雨顺	fēng tiáo yǔ shùn	7

H

焕然一新	huànrán yì xīn	10
灰头土脸	huī tóu tǔ liǎn	10

J

急流勇退	jí liú yǒng tuì	9
揭竿而起	jiē gān ér qǐ	7
金碧辉煌	jīnbì huīhuáng	7

K

慷慨解囊	kāngkǎi jiě náng	9

L

流连忘返	liúlián wàng fǎn	9
龙飞凤舞	lóng fēi fèng wǔ	9

M

密不可分	mì bù kě fēn	11

Q

千里迢迢	qiān lǐ tiáotiáo	9
千岩万壑	qiān yán wàn hè	10

S

三三两两	sānsānliǎngliǎng	7
失之交臂	shī zhī jiāo bì	10
首屈一指	shǒu qū yì zhǐ	9
熟门熟路	shú mén shú lù	9
思前想后	sī qián xiǎng hòu	10
四分五裂	sì fēn wǔ liè	7
俗不可耐	sú bù kě nài	9

T

脱颖而出	tuō yǐng ér chū	11

W

五谷丰登	wǔgǔ fēngdēng	7
无话可说	wú huà kě shuō	12

专有名词

版权声明

　　《成功之路》是一套对外汉语教材，其中《提高篇》、《跨越篇》、《冲刺篇》、《成功篇》的课文是在真实文本的基础上改写而成的。由于时间、地域等多方面的原因，我们在无法与权利人取得联系的情况下使用了有关作者的作品，同时因教学需要，对作品进行了一些改动。尽管我们力求忠实于原作品，但仍可能使作品失去一些原有的光彩。对此，我们深表歉意并衷心希望得到权利人的理解和支持。另外，有些作品由于无法了解作者的信息，未署作者的姓名，请权利人谅解。

　　为尊重作者的著作权，现特别委托北京版权代理有限责任公司向权利人转付本套书中部分文字的稿酬。请相关著作权人直接与北京版权代理有限责任公司取得联系并领取稿酬。领取稿酬时请提供相关资料：本人身份证明；作者身份证明。

联系方式如下：

北京版权代理有限责任公司

联系人：吴文波、方芳

地　　址：北京海淀区知春路 23 号量子银座 1403 室

邮　　编：100083

电　　话：（010）82357056（57/58）–230/229

传　　真：（010）82357055

编者

2008 年 8 月

责任编辑：王亚莉　/　封面设计：张静

ROAD TO SUCCESS
A SERIES OF PROGRESSIVE CHINESE
TEXTBOOKS FOR FOREIGNERS

欢迎登录北京语言大学出版社网站
www.blcup.com

（五）1. 躲躲闪闪　　2. 无穷无尽　　3. 一扫而空　　4. 躲躲闪闪

　　　5. 无话可说

（六）略

（七）1. C　　2. A

（八）1. B　　2. A　　3. C　　4. A　　5. D

修辞提示与练习

篇章的连贯

（二）1. 开头　　2. 开头　　3. 结尾　　4. 结尾　　5. 开头

　　　6. 结尾　　7. 开头　　8. 结尾　　9. 开头　　10. 结尾

篇章的组织与修辞手段

（二）1. BADCE　　　　2. CADB　　　　　3. ACBDE

　　　4. BADEC　　　　5. ACDBEF　　　6. CBAEFD

文体与篇章修辞

（二）1. 略

　　　2. ① EBDCA　　② DBACE　　③ DEBAC

　　　　④ ECADB

篇章的组织与修辞手段

（三）1. ③②④①　　　2. ②③⑤⑥④①　　　3. ④①⑤③②

　　　4. ①④③②　　　5. ③①⑥④②⑤　　　6. ①④②③

文体与篇章修辞

（二）A－③　　　B－①　　　C－④　　　D－②

12 鲁迅·故乡

背景阅读与练习

（一）略

（二）A－⑤　　　B－①　　　C－③　　　D－④　　　E－②

（三）ACDBE

（四）DACB

（五）BCDEA

（六）ACBD

词语讲解与练习

（一）1. 玩具　茶具　文具　　　2. 随意　随机　随口

　　　3. 竹器　铁器　漆器　　　4. 隔离　隔断　隔开

　　　5. 成品　次品　废品　　　6. 风光　风趣　风尚

　　　7. 托运　空运　海运　　　8. 嘲笑　冷笑　耻笑

　　　9. 状况　情况　近况　　　10. 家务　劳务　任务

　　　11. 无边无际　无缘无故　无声无息

　　　12. 一扫而光　一望而知　一挥而就

　　　13. 无懈可击　无药可救　无人可比

（二）1. 隔绝　2. 大致　3. 以前　4. 隔离

　　　5. 大抵　6. 先前　7. 脸色　8. 神色

（三）略

（四）略

11 可持续发展

背景阅读与练习

（一）1. D　　2. D　　3. B　　4. D

（二）略

（三）DACB

（四）BACD

（五）ACBD

（六）A－④　　B－①　　C－③　　D－②　　BCDA

（七）A－④　　C－①　　D－③；②　　ACBD

词语讲解与练习

（一）1. 门派　宗派　正派　　　　2. 推广　推行　推销

3. 轻视　蔑视　重视　　　　4. 分化　分辨　分类

5. 因素　元素　语素　　　　6. 行礼　行医　行贿

7. 方形　圆形　象形　　　　8. 精美　精密　精确

9. 表示　指示　显示　　　　10. 进化论　信息论　控制论

11. 世界观　人生观　价值观　12. 真实性　确定性　科学性

（二）1. 紊乱　　2. 扩展　　3. 杂乱　　4. 协商

5. 渗入　　6. 扩张　　7. 渗透　　8. 磋商

（三）略

（四）略

（五）1. 脱颖而出　2. 发人深省　3. 至高无上　4. 密不可分

5. 由此可见

（六）略

（七）1. B　　2. C

（八）1. C　　2. D　　3. D　　4. D　　5. D　　6. D

修辞提示与练习

篇章的连贯

（二）1. CABD　　2. BCDA　　3. FEBADC　　4. DCABFE

5. BDECA　　6. DECBA　　7. ADCBFE　　8. BADEC

词语讲解与练习

（一）　1. 推算　计算　预算　　2. 何必　何尝　何况
　　　　3. 决定　敲定　搞定　　4. 定位　定价　定量
　　　　5. 家务　公务　事务　　6. 相比　相等　相通
　　　　7. 失约　失手　失足　　8. 行装　行踪　行迹
　　　　9. 简短　简要　简易　　10. 探望　探病　探监
　　　　11. 无忧无虑　无牵无挂　无怨无悔
　　　　12. 千言万语　千头万绪　千山万水
　　　　13. 不劳而获　不约而同　不谋而合

（二）　1. 谴责　　2. 幸好　　3. 荒唐　　4. 许可
　　　　5. 幸而　　6. 荒谬　　7. 准许　　8. 责难

（三）　略

（四）　略

（五）　1. 不胫而走　2. 千岩万壑　3. 兴致勃勃　4. 专心致志
　　　　5. 浑然一体　6. 焕然一新　7. 无拘无束　8. 理直气壮

（六）　略

（七）　1. A　　2. C

（八）　1. A　　2. D　　3. D　　4. B　　5. B　　6. D

修辞提示与练习

篇章的连贯

（二）　1. B_1　　2. B_1　　3. B_2　　4. B_1　　5. B_2

篇章的组织与修辞手段

（三）　1. DBCEA　　2. BEADC　　3. BADC
　　　　4. ACBD　　　5. ACBD　　6. BADCE

文体与篇章修辞

略

5

（二）1. 转化　　2. 解除　　3. 深奥　　4. 破除

5. 随便　　6. 深刻　　7. 随意　　8. 转移

（三）略

（四）略

（五）1. 熟门熟路　　2. 流连忘返　　3. 首屈一指　　4. 崇山峻岭

5. 东奔西颠　　6. 慷慨解囊　　7. 千里迢迢　　8. 俗不可耐

（六）略

（七）1. B　　2. D

（八）1. B　　2. C　　3. D　　4. A　　5. D　　6. D

修辞提示与练习

篇章的连贯

（二）1. AEDBC　　2. EBADC　　3. ACDB　　4. CBAED

5. EACBD　　6. DEACB　　7. DABEC　　8. ACDBFE

篇章的组织与修辞手段

（二）1. C　　2. A　　3. B　　4. D

文体与篇章修辞

（二）DBCA

10　西部风采

背景阅读与练习

（一）1. B　　2. C　　3. D　　4. A

（二）1. C　　2. C　　3. A　　4. C

（三）BADC

（四）DACB

（五）A－④；②　　B－③　　C－①　　D－⑥；⑤　　CBDA

（六）A－②　　B－④　　C－⑤；①；③　　D－⑥　　ABDC

（六）① – C   ② – A   ③ – D   ④ – B
（七）1. D   2. D   3. B   4. C   5. C   6. B   7. A   8. B

修辞提示与练习
篇章的连贯
（二）1. ① AECBD   ② CEADB   ③ ADBEC   ④ BEDAC
　　　⑤ AECBD   ⑥ BDACE   ⑦ ACBDE   ⑧ BDEAC

2. ① B_2　② B_2　③ B_1　④ B_1　⑤ B_2　⑥ B_1　⑦ B_1　⑧ B_1

篇章的组织与修辞手段
（二）1. A   2. B   3. B   4. A

文体与篇章修辞
（二）1. C   2. D   3. A   4. D

9 西湖文化

背景阅读与练习
（一）1. C   2. B   3. A   4. D
（二）1. C   2. B   3. D   4. D   5. A   6. A
（三）DCAB
（四）ACDBE
（五）CDAB
（六）B - ④   C - ②   D - ①   E - ③
　　　ACBED

词语讲解与练习
（一）1. 好手　老手　新手　　　　2. 尽责　尽心　尽力
　　　3. 旅客　游客　看客　　　　4. 品德　品行　品质
　　　5. 成绩　业绩　战绩　　　　6. 稀少　稀奇　稀有
　　　7. 小型　新型　重型　　　　8. 欲望　欲念　欲火
　　　9. 安全感　优越感　危机感　10. 凝聚力　理解力　购买力
　　　11. 欣欣然　悠悠然　茫茫然　12. 非人道　非卖品　非金属

篇章的组织与修辞手段

（三）1. CADBE　2. AECBD　3. ECADB　4. EACDBF　5. CBAD

文体与篇章修辞

略

8　哲学问题

背景阅读与练习

（一）略

（二）1. A　　2. C　　3. D　　4. D

（三）CADB

（四）BADC

（五）ADBC

（六）DBAC

（七）A－③　　　B－②　　　C－①　　　D－④　　　CABD

（八）B－①　　　D－④　　　E－③　　　F－②　　　BECADF

词语讲解与练习

（一）1. 沉思　反思　寻思　　　　2. 体会　体谅　体察

　　　3. 文学　美学　数学　　　　4. 入门　入境　入侵

　　　5. 脑力　人力　财力　　　　6. 主管　主导　主持

　　　7. 文稿　译稿　草稿　　　　8. 反感　反对　反动

　　　9. 哲学家　思想家　军事家　10. 描绘　描述　描摹

　　　11. 现实主义　浪漫主义　唯美主义

　　　12. 打交道　打官司　打比方

（二）1. 体验　2. 反省　3. 体会　4. 反思

　　　5. 修改　6. 描写　7. 修正　8. 描绘

（三）略

（四）略

（五）1. D　　2. A

7 古迹今日

背景阅读与练习

（一）略

（二）略

（三）CBAD

（四）ECABD

（五）CBDA

（六）BAECD

（七）1. C　2. A　3. D　4. B

词语讲解与练习

（一）1. 方案　议案　提案　　2. 恶劣　拙劣　优劣
　　　3. 透露　暴露　显露　　4. 消灭　磨灭　歼灭
　　　5. 神色　脸色　面色　　6. 职权　特权　霸权
　　　7. 交流　交往　交涉　　8. 深奥　深切　深远
　　　9. 可喜　可笑　可怜　　10. 无限　无效　无理
　　　11. 预测　预报　预定　　12. 极顶　极点　极限

（二）1. 愤怒　2. 激发　3. 近似　4. 挖掘
　　　5. 相似　6. 愤慨　7. 激励　8. 发掘

（三）略

（四）略

（五）1. 三三两两　2. 金碧辉煌　3. 发人深思　4. 一望无际
　　　5. 风调雨顺　6. 四分五裂　7. 揭竿而起　8. 五谷丰登

（六）略

（七）1. C　2. B

（八）1. A　2. D　3. C　4. C　5. D　6. D

修辞提示与练习

篇章的连贯

（二）1. B$_2$　2. B$_2$　3. B$_1$　4. B$_1$　5. B$_2$　6. B$_1$

北京语言大学对外汉语
教材研发中心规划项目

进阶式对外汉语系列教材
A SERIES OF PROGRESSIVE CHINESE TEXTBOOKS FOR FOREIGNERS

成功之路
ROAD TO SUCCESS

2

成功篇
ADVANCED

部分练习参考答案
KEY TO SOME EXERCISES

ROAD TO SUCCESS
A SERIES OF PROGRESSIVE CHINESE
TEXTBOOKS FOR FOREIGNERS

北京语言大学出版社
BEIJING LANGUAGE AND CULTURE
UNIVERSITY PRESS